KB274053

박신애 판타지 장편 소설
FANTASY FRONTIER SPIRIT
AzaRiah
아사랴

아사라 3

박신애 판타지 장편 소설

초판 1쇄 찍은 날 § 2008년 6월 30일
초판 1쇄 펴낸 날 § 2008년 7월 5일

지은이 § 박신애
펴낸이 § 서경석

편집장 § 문혜영
편집 § 정서진 · 유경화 · 최하나

펴낸곳 § 도서출판 청어람
등록번호 § 제1081-1-89호
등록일자 § 1999. 5. 31
어람번호 § 제1-0973호

주소 § 경기도 부천시 원미구 심곡1동 350-1 남성B/D 3F (우) 420-011
전화 § 032-656-4452팩스 § 032-656-4453
http://www.chungeoram.com
E-mail § eoram99@chollian.net

ⓒ 박신애, 2008

ISBN 978-89-251-1375-3 04810
ISBN 978-89-251-1290-9 (세트)

FANTASY FRONTIER SPIRIT
Azu Rinh
박신애
판타지 장편 소설
아사라
충돌 3
도서출판
처림

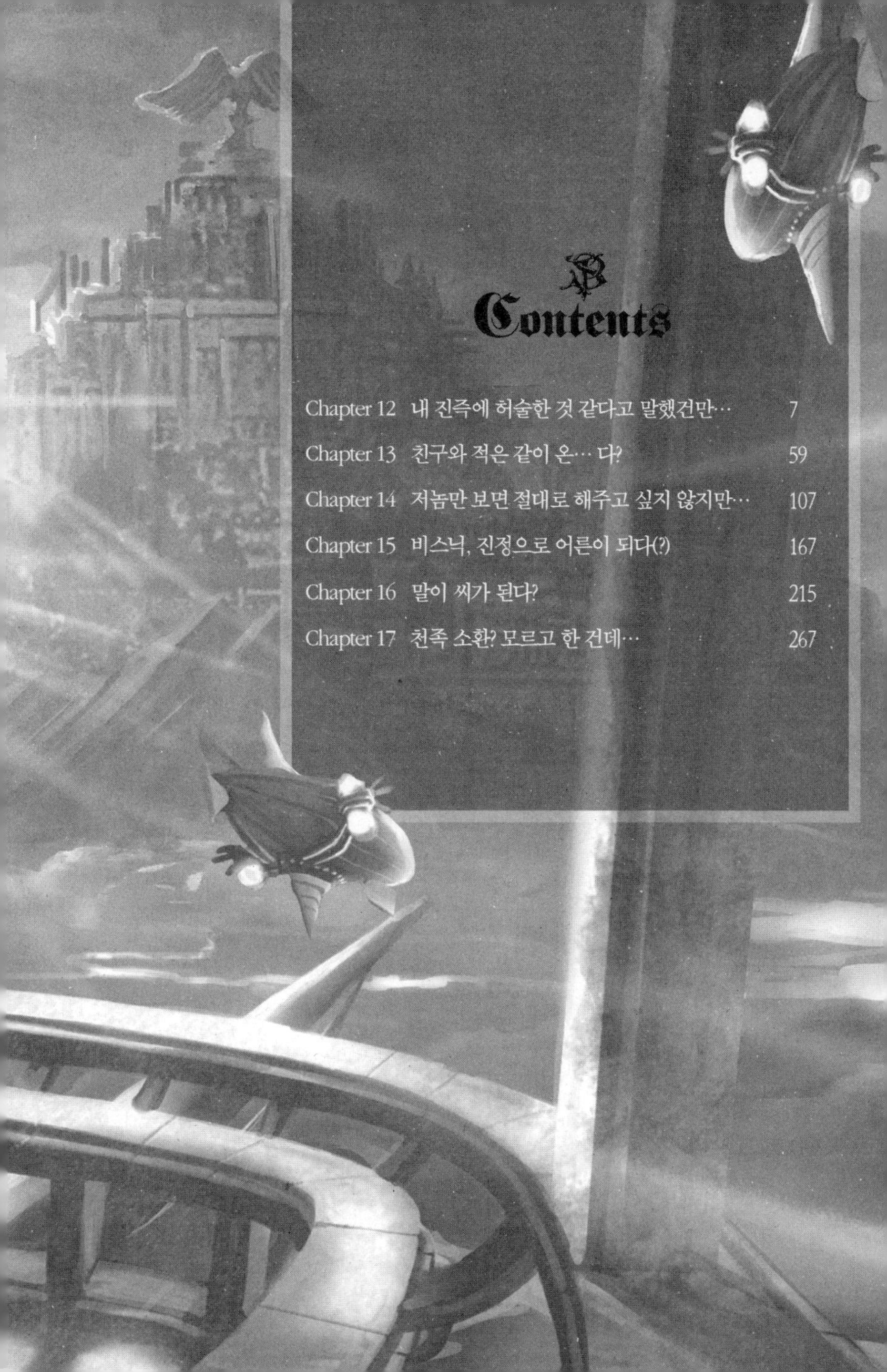

Contents

Chapter 12
내 진즉에 허술한 것 같다고 말했건만…

　다음날 아침 일찍 일어나 식사를 마친 일행은 가이드 역할을 해준 신관의 배웅을 받으며 마법진 위에 올라섰다. 어제저녁 다시 만났던 신관 할아버지의 부탁을 한시라도 빨리 들어주기 위함이었다.

　"그럼 건강한 모습으로 다시 만나길 바랍니다. 여러분의 앞길에 찬란한 빛이 비추길……."

　신관 아저씨의 말에 아버지와 토카라 경 일행은 정중하게 고개를 숙이는 것으로 답했지만, 새로이 일행에 합류한 다섯 사람은 신관 아저씨처럼 양손을 가슴 앞에서 모으며 인사했다.

"신관님 앞길에도 찬란한 빛이 비추길 기원합니다."

이들은 어제 신관 할아버지가 소개해 준 사람들로, 여행자 복장을 하고는 있지만 실제로는 성기사들과 신관들이었다. 어제 소개받았을 때는 진주 빛으로 빛나는 멋들어진 갑옷을 입거나 새하얀 신관복을 입고 있었는데, 신관복이야 그렇다 쳐도 갑옷 색이 너무 독특해 그걸 보는 순간 갑옷 관리를 어떻게 하는지 궁금했었다.

하여간, 저들은 신관 할아버지가 건네준 자그마한 상자를 직접 목적지까지 가지고 갈 의무가 있었으며, 일행의 총경비까지 책임지고 있어 어찌 보면 일행의 리더가 되었다고도 볼 수 있는 이들이었다. 아버지와 나, 토카라 경 일행은 이들을 도와주는 역할이었으니 말이다.

여행자로 변장(?)하고 있는 성기사, 신관들과 신관 아저씨의 인사가 끝나자 우리 일행은 곧 마법진의 빛에 휩싸여 다른 도시로 이동했다.

"어서 오십시오."

낯선 마법사가 맞이하는 이곳은 다시 마르타 국.

눈 몇 번 깜빡하는 사이에 국경을 넘나들 수 있다니, 다시 생각해 봐도 정말 대단한 시스템이다. 비록 호화찬란한 여행을 왕복으로 하고도 남을 정도의 비용을 지불해야 한대도 말이다(세상에 공짜는 없는 법이니까).

뭐, 지금의 비용은 모조리 신전에서 지불하는 거니 부담없이 마음껏 이용하고 싶었지만, 아쉽게도 지금 이동한 마법진이 우리 목적지와 가장 가까운 곳이라고 했다. 우리의 최종 목적지로 가려면 다시 한 번 더 국경을 넘어야 했는데, 하필 그 나라는 마르타 국―그러니까 아버지네 나라―처럼 마법진 시스템이 구축되어 있지 못했던 것이다.

아버지의 말에 의하면 마법진 시스템이 구축된 나라는 마르타 국뿐이라고 했다. 그 외에 마법진을 가진 곳은 2대 대신전과 강대국이라 일컬어지는 4개국의 왕성―마르타 국은 빼고―하고 세 곳뿐이라니, 이것만 봐도 마르타 국을 왜 마법 왕국이라 부르는지 알 수 있을 것 같다.

'그나저나 내가 세계 여행을 하고 싶기는 했지만, 어떻게 나오자마자 이리 금방 외국 여행을 하게 된 거야? 벌써 두 번째 외국 여행이잖아? 비록… 한 곳은 1박으로 대신전 안에만 있다가 온 거긴 하지만……'

우리의 최종 목적지는 마르타 국의 거의 끄트머리에 살짝 쿵 국경을 맞대고 있는 프스카야라는 나라였는데, 이 나라 안에서는 목적지까지 말을 타고 이동한다니 그 나라 구경은 제대로 하게 될 것 같다.

하여간, 그렇게 국경을 넘기 전 일행은 여행 준비를 하기로 했다.

신전에서는 여행 경비랑 신분증명서만 건네줬을 뿐 여행을 위한 물품 준비는 하나도 안 해줘서 우리가 직접 구비해야 했던 것이다.

"일단 숙소부터 잡도록 하겠습니다. 여행 준비를 하려면 오늘 하루는 이곳에서 머물러야 할 테니까요."

성기사 중 한 명—이름이 캐스피언이라고 했다—이 일행을 둘러보며 입을 열자 일행은 반대할 이유가 없었기에 고개를 끄덕였다.

그러자 기다렸다는 듯 다른 한 명이—하트만이라고 했던가?—이어 입을 열었다.

"여행 물품을 준비하는 데 일행 모두가 같이 다닐 필요는 없으니 저희가 알아서 준비하도록 하겠습니다. 저희는 전에도 여행을 해본 적이 있으니 걱정 안 하셔도 될 겁니다. 여러분께서는 각자 필요하신 것을 따로 구입하시거나 숙소에서 쉬고 계시다가 저녁때 모이도록 하지요."

이번에도 일행들은 기꺼이 고개를 끄덕였다. 귀찮은 일들을 대신 해준다니 반대할 이유가 없었던 것이다.

이렇게 기특한 행동을 하는 이들이 얼굴만 좀 더 받쳐 줬더라면 보는 낙까지 더해져 금상첨화였을 텐데, 참 아쉽게도 성기사 세 사람은 토카라 경네 일행과는 달리 몸매는 괜찮았는데 얼굴이 평범한 편이라서 쬐게 아쉬웠다.

게다가 두 신관들도 한 분은 30대 후반, 나머지 한 분은 40대 중반으로 보이는 데다 한 분은 비쩍 마른 외모라 보는 낙이… 으으음… 그렇게 비쩍 마르신 40대 중반의 신관께서 고위 신관이라고 하시니 놀랍기만 했다.

성기사가 잡아준 숙소는 고급 여관의 특실이었다. 일행을 배려해 아버지와 내가 한 방, 성기사끼리 한 방, 신관들이 한 방, 그리고 토카라 경 일행이 한 방을 쓰게 되었다.

그렇게 방을 잡은 뒤 성기사 셋은 여행 준비를 위해 나가 버렸고, 토카라 경 일행도 살 게 있는지 저녁에 들어온다고 하며 나가 버렸다.

덕분에 숙소에 남은 건 신관들과 아버지와 나뿐이었는데, 신관들은 할 일이 있다고 해서 아버지와 나는 저녁때까지 방에서 푸욱 쉬기로 했다.

겉옷을 벗으며 나는 아버지에게 말을 걸었다.

"신전이라는 곳은 돈이 많은가 봐요? 부탁 하나 들어준다고 이런 특실도 턱턱 잡아주고……."

장인 마을에서 내가 잡았던 방보다 더 크고 호화롭게 꾸며진 방을 둘러보며 반은 농담 삼아 내뱉은 말이었는데, 의외로 아버지가 진지하게 대답하셨다.

"엄청난 부자지. 중앙 대륙의 3대 강국 왕실보다 재정이 더 빵빵할걸? 세 나라를 합친 정도까지는 아니지만, 두 나라를 합친 것 정도는 될 거라는 게 세간의 추측이지."

아버지의 말에 나는 입을 떠억 벌렸다.

"그, 그래요? 엄청나네요. 그만큼 신자들이 많은가 봐요? 하긴… 전 세계에 퍼져 있으니 한 나라의 인구 정도는 가뿐하게 넘겠네요."

"신자들이 많기도 하지만 신전에서 판매하는 것도 상당하니까. 외상 치료 능력은 신전을 따라갈 곳이 없거든. 마법사들도 가능하긴 하지만, 아무래도 신관들에게는 한 수 처지지. 게다가 신전에서 포션 팔아서 벌어들이는 돈만 해도 어마어마할 거다."

'포션을 팔아?'

신전에서 판매하는 약 이름인가 본데, 약효가 뛰어난가 보다.

그런데, 여기 신전은 장사도 한다니 신기하다. 세계가 달라서 그런가?

'아니, 지금은 이게 중요한 게 아니지.'

"그런데 아버지, 정말 그 조직이 신전 대신 우리를 습격할까요?"

대신전에 있을 때부터 묻고 싶었던 질문. 그러나 그곳에서는 아버지가 제지하셨기에 참고 있다 여기는 괜찮겠지 싶어서 물어본 것이었다.

이런 쪽으로는 지식이나 경험이 거의 없다시피 한 내가 보기에도 너무나 허술한 방법이었건만, 그 신관 할아버지는 어찌 그리 자신할 수 있는 거고, 아버지와 토카라 경도 납득할 수 있었던 걸까?

아버지는 내 조심스러운 어조에 훗~ 하고 한 번 웃어주시더니 편안해 보이는 소파에 털썩 주저앉아 태평한 어조로 대답하셨다.

"그까짓 거 가지고 낑낑거릴 필요는 없다. 대신관이 습격한다고 했으니 습격하겠지."

대신관은 신관 할아버지를 말하는 거다. 그 신관 할아버지, 나이도 많고 분위기도 뭔가 있어 보이신다 했더니만 신전에서 가장 높은—카톨릭으로 치자면 교황에 해당하는—신관장 아래에 있는 12대신관 중 한 명이라고 했다.

하지만 아무리 대단한 사람이 그리 말했다고 해도 그걸 곧이곧대로 믿기에는 미진한 구석이 너무 많다.

그런데 무지 태평한, 어찌 보면 무책임하게 여겨지는 대답에 나는 기가 막혀 아버지를 바라봤다. 언제부터 아버지가 신관에 대한 믿음이 컸다고…

"정말 그렇게 생각하시는 거예요? 그 조직이 원하는 물건이 대신전에 있고, 대신전 측에서 그것이 뭔지 알고 있다 해도 우리가 그것을 가지고 있다는 보장이 어디 있어요? 나 같으면 먼저 함정이 아닌지 의심할 것 같은데요."

"하지만 가지고 있지 않다고 확신하기도 어렵지. 안 그래? 녀석들은 이게 함정일 확률이 90%, 아닐 확률이 10%라 해도 그 10%를 확인하기 위하여 우리에게 와야 할 거다."

"에? 아니, 뭐… 그건 그럴 것 같기는 한데……."

세상을 살다 보면 뻔히 다 아는데도 넘어가 줘야 할 때가 있긴 하다. 미지의 조직에게는 이번 일이 그런 일일 테고.

하지만, 그렇다 해도 단순히 그것만 가지고는 내 의문이 모두 해결되지는 않았다.

"놈들이 우리를 쫓아와야 한다 해도 그놈들은 우리가 여기 있는 걸 어찌 알죠?"

아버지는 이번 대답에도 아무 문제 없다는 표정으로 대답하신다.

"모를 리가 없을 거다. 그들이 몰라서 지나치려 해도 대신전에서 친절하게 알려줄 테니."

'아니, 대신전에서는 그 조직이 어디 있는 줄 알고 알려준대?

내가 모르는 능력이라도 있는 모양인데, 그럼 그 능력으로 저희들이 알아서 처리 좀 하지 왜 우리를 희생양으로 삼는지 모르겠다.

아버지가 하신 말씀이란 결국, 대신전에선 우리를 확실한 희생양으로 만든다는 소리가 아닌가 말이다.

얼추 짐작은 했지만 이리 확실하게 확인하니 열받는다.

"아니, 아버지는 그걸 알면서도 이번 일을 받아들이셨어요? 아무리 그 조직에 대해 파악하고 싶으셔도 희생을 자처할 필요는 없잖아요."

아버지가 놈들에 대한 정보를 얻을 수만 있다면 위험도 마다하지 않으신다는 건 알지만, 그렇다고 해서 남에게 이용당해 주면서까지 이러는 게 뭔가 되게 수상하다. 아버지가 언제 그렇게 이용해 먹기 쉬운 사람이셨다고 이리 얌전히 계신단 말인가.

"말했잖아. 난 힘이 없어서 거부하지 못한다니까."

그리 말씀하셔 봤자 강 건너 불구경하는 듯한 표정 때문에 별로 믿음이 안 간다.

거기다 아무리 대신전의 힘이 막강하다 해도 우리의 목숨이 걸린 일인데 거부하면 끝까지 밀어붙일 수 없는 거 아니겠는가? 대신 다른 사람을 세우게 되겠지만, 그거까지 내가 상관할 바는 아니고.

그래 내가 의심스러운 눈초리로 아버지를 빠안~히 바라보자 아버지가 픽 웃으신다.

"진짜 거부하기 힘들어. 뭐, 거부하면 빠질 수야 있겠지만, 뒤탈이 있거든. 이래 봬도 공직에 매인 몸이라……."

글쎄, 뒤탈을 전~혀 두려워하지 않는 표정이라니까.

"정말 단지 그것 때문?"

재차 추궁하자 이번에는 어깨를 으쓱이시는 아버지.

"물론 그것만은 아니지."

'그럼 그렇지…….'

내심 고개가 끄덕여진다.

"솔직히 말해보세요. 뭣 때문이에요?"

"일단은 놈들에 대해 더 캐낼 수 있는 기회고."

그건 나도 납득한다. 난 별로 내키지는 않지만 아버지는 눈에 불을 켜고 놈들을 찾으려 하시니 원……. 무슨 제약 회사의 관절염용 패치도 아니고 말이지, 그걸 꼭 캐내셔야 속이 시원하실까?

"이단은 급격 상승한 내 실력을 점검해 보는 거지."

"아니, 무슨 실력 점검을 목숨 걸고 합니까?"

"그럼 그 녀석들 외에 내 실력을 점검할 마땅한 곳이 있느냐?"

긍지가 가득 배인 얼굴로 그리 물으시는데, 속으로는 할 말이 많았지만 차마 겉으로 내뱉지는 못했다.

아버지가 내 덕분에 한 서클 올라간 건 이미 알고 있었다.

솔직히 마법에 대해 모르는 나로서는 겨우 한 단계 아닌가 싶지만, 아버지가 자칭 천재임에도 불구하고 그 한 단계를 10여 년간 못 올라 전전긍긍하고 있었다는 것, 그리고 오른 후에 엄청 좋아하신 모습을 보고 대략 엄청난 건가 보다라고 예상만 하고 있는 상태였다.

그래, 대단한 거 좋다, 이거다. 하지만 그 대단한 실력을 꼬옥 실전에서 점검해 봐야 되느냐 이거다.

'산에 대고 시험해 보면… 애꿎은 생물들 다치니까 바위에다 대고 해보면 안 되남?

정말 어이없는 변명이다.

하지만 우선은 그렇다 치고,

"삼단은요?"

이건 정말 당연한 질문이 아닌가? 설마 그 허접한 두 가지의 이유로 아버지가 기꺼이 대신전에 이용당해 준다고는 절. 대. 생각할 수 없었으니 말이다.

하지만 기가 막히게도 아버지의 눈썹이 의아하다는 듯 치켜올라 가는 것이다.

"음? 그거면 충분한 거 아닌가?"

아버지의 말에 난 숨이 목에 턱 하니 막히는 것만 같았다.

"지금 농담하시는 거죠? 충분하기는 뭐가 충분해요?"

"충분하잖냐. 뒤탈 걱정없고, 놈들에 대해서 알 수 있는 기회고, 내 실력도 점검해 볼 수 있는 거라면 일석삼조잖냐. 이 정도면 기꺼이 이용당해 줘도 되지, 암, 암. 게다가 비용은 저쪽에서 다 대주고 있지, 성공만 하면 놈들에게 큰 빚 하나 지우는 건데?"

"그, 그런 겁니까?"

아버지가 그리 말씀하시니 그런 것 같다는 생각이 들… 려고 하다가 난 퍼뜩 정신을 차렸다.

'이게 그렇게 간단한 게 아니잖아?

수상했다.

무지 수상했다.

아버지는 나에게 별 거리낄 게 없는 듯 당당한 기색이셨지만, 그게 오히려 수상한 느낌을 들게 하는 것이 뭔가를 숨기고 계시는 것 아닌가 하는 의심이 떨쳐지지 않는 거다.

하지만 뭔가 다른 이유가 있으면서도 내 앞에서 당당한 태도를 보이시는 것은 그만큼 말해주지 않으려는 아버지의 고집인 것 같아 결국 나는 이쯤 해서 끝내기로 했다.

그렇다고 해서 아쉬움이 완전히 가신 건 아니었기에 속으로 푸념을 해대며 말이다.

'아, 정말… 그렇게 말해주기 싫으신감? 뭐, 대신전에 약점이라도 잡히신 거야?

그 순간 나는 내 생각에 멈칫했다.

대신전에 약점 잡힐 거리라면 멀리 가지 않아도 바로 이 자리에 있었으니 말이다.

'뭐야… 이거 혹시 나 때문인가?

'나'를 잡고 보니 과정이 쉽게 연결이 된다.

아버지는 내 존재를 신전으로부터 숨기려 하셨다. 아마 가능했다면 신전이나 신관 주변의 100m 이내는 접근하지 않으려 하셨을 거다.

하지만 아쉽게도 그 계획은 허접한 마족 녀석이 내 거처에 침입했을 때부터 이미 틀어졌다.

아버지는 공직자라 그런지 마족에 대해서는 투철한 격퇴 의식을 가지고 계셨으니 놈이 몸담고 있는 조직을 파헤치려는 건 당연한 일이었을 거다.

그런데 이 세계에서는 마족의 일은 무조건 신전과 연합으로 처리해야 하는 모양. 그런고로 아버지와 신전이 만나는 건 시간문제였던 것이다.

나야 아는 게 없으니 이제야 겨우 눈치를 챌 수 있었지만, 아마 아버지는 처음부터 다 예상하고 계셨을 거다. 그럼에도 날 다른 곳에 숨기는 대신 계속 끌고 다니며 적극 활용하신(?) 걸 보면 신전 측이 내 덕을 보게 해 만약의 사태를 대비하시려 한 것 같다. 내 가치에 대해 인정을 받은 후라면 내 정체가 발각되었다 해도 다짜고짜 죽이려 하진 않을 테니 말이다.

아버지가 날 생각해 주시는 건 고맙지만, 그 은혜에 보답하려 이런 일에 기꺼이 끌려 다니고 싶지 않았다. 내가 이 일을 미리 알았더라면 난 다른 산속에 숨어 있을 테니 해결된 뒤에 연락 달라고 했을 거다.

'어어… 잠깐, 그렇게 생각하니 이거 또 걸리는 게 있는데?'

아버지가 진작 사실대로 이야기를 하셔서 내가 안 따라가겠다고 했다면… 아버지는 순순히 그러라고 허락하셨을까?

그건 아닌 것 같다. 아버지가 나에게 인자한(?) 얼굴로 '그래, 넌 쉬고 있어라. 다 해결이 되면 그때 부르마' 라고 말씀하시는 장면 따윈 도저히 상상되지 않는다. 대신에 '이놈아! 이 늙은 몸을 한 애비가 직접 뛰는데 젊은 네가 빠져나가려고 해? 잔말 말고 따라왓!' 하며 끝까지 날 끌고 가시는 모습이 3D 영상으로 펼쳐진다.

'이거 혹시… 내가 요리조리 빠져나가려 할 걸 알고 아버지가 일부러 말씀 안 하신 건……?'

진짜 그런 것 같다. 아버지는 엄청 머리가 좋은 분이니 이 정도의 흉계(?)를 꾸미는 것쯤이야 어려운 일도 아닐 거다.

그러고 보면 울 아버지는 단순히 나에게 정이 들어서라기보다는 내 능력이 탐나서 날 양자로 삼은 거 아닐까?

'아버지라면…….'

납득하고 있는 내 자신이 처량하다.

'두고 봅시다, 아버지. 이번은 늦었지만 다음부터는 절대 이런 일 없을 겁니다요.'

이렇게 내가 머릿속에서 추측의 대장정을 펼치고 있는 동안 내 얼굴도 그 대장정의 여정을 쫓았던 모양이다.

"도대체 무슨 이야기를 하려고 얼굴 표정을 신나게 변화시키면서 뜸을 들이는 거냐? 하고 싶은 말 있으면 해. 안 말릴 테니."

아버지는 어이없다는 표정으로 말씀하셨지만 날 힐끔힐끔 보시는 것이, 내 오해일진 몰라도 꼭 아버지의 음모를 내가 알아차린 게 아닌지 살피는 것처럼 느껴졌다.

이에 화제 전환의 필요성을 느낀 난 원래 하려던 말 대신 다른 말을 꺼냈다.

뭐, 순위가 밀리긴 했지만 이것 역시 물어보려던 것이었다.

"아버지야 그렇다 치고, 토카라 경은 왜 이 일을 순순히 받아들인 거죠?"

토카라 경은 기사이긴 했지만, '정의'란 단어에 만사 제쳐 놓고 달려들 정도의 '정의의 기사' 열혈 마니아로는 보이지 않았다. 얄미운 녀석은 이름을 날리기 위해서라면 두 눈에 불을 켜고 덤벼들 것 같지만, 토카라 경 일행에서는 가장 힘없어 보였으니 남은 건 나이답지 않게 삭막한 녀석뿐인데, 그 녀석 또한 '정의의 기사' 열혈 마니아로는 보이지 않았으니 뭔가 다른 이유가 있을 것 같았다.

"나라를 생각한 걸 거다. 사실 그들의 조국인 아스트라드 국은 우리나라에 비해 국력이 약해 대외적으로 입지가 좁단다. 그러니 대신전의 부탁을 무시할 수도 없었겠지. 하지만 반대로 이럴 때 대신전의 부탁을 들어준다면 대신전은 아스트라드 국의 발언을 존중해 줄 테고, 그럼 다른 나라들도 무시하지 못할 거 아니냐."

"호오……."

"거기다 임무를 무사히 완수했다거나 그 과정에서 이름을 날린다면 그들 개인적으로도 이름이 드높아질 거고, 나라 입장에서도 대단한 기사를 보유한 셈이 되니 국제적으로도 입지가 높아지겠지? 목숨이 달려 있기는 하지만 그들로서는 기꺼이 감당할 만하다. 단, 이건 그들이 아스트라드 국에서 어느 정도의 위치에 있어야 가능한 이야기지만… 뭐, 대충 그럴 거라 짐작되지 않느냐?"

'난 전에 아버지가 말해줘서 안 건데…….'

어쨌든 뭔가를 할 때마다 나라의 입장을 생각해야 한다니, 토카라 경 일행이 안되어 보인다.

'에휴… 국력이 약한 나라의 설움을 내가 좀 알지…….'

그런 걸 알고 있다는 것 자체가 꽤나 씁쓸한 일이지만, 이왕 알게 된 거 웬만하면 그 얄미운 놈도 앞으로 잘해줘야겠다는 생각이 들었다. 뭐, 놈이 계속 얄밉게 나간다면 얄짤 없겠지만.

다음날, 일행은 국경 마을을 향해 출발했다. 한 달 가까이 되는 긴 여행을 하게 될 거라고 해서 여행 준비만 해도 며칠 걸릴 줄 알고 그날부터 마을 구경을 할 생각이었던 나로서는 무지 실망스러운 일이었다.

"으그… 한 이틀이나 사흘 후에 출발하면 좋았을걸……."

혼잣말이었는데 다그닥거리는 말발굽 소리 틈새로 용케 그 말을 들었는지 옆에서 말을 몰고 가시던 아버지가 말을 받으셨다.

"그러게 말이다. 그사이에 네 녀석 승마 연습도 시키고 말이지."

아버지는 투덜거리는 어조로 말씀하시며 말 등에 찰싹 달라붙어 있다시피 한 내 꼴을 바라보시더니 다시금 한숨을 푹 내쉬셨다.

“네 녀석의 교육이 선행되었어야 했는데…….”

“이건 다 아버지 탓이라고요. 이번 일에 참여 안 했으면 이런 일도 없었잖아요!”

출발하기 직전, 성기사들은 자신들이 사 온 말을 일행들에게 분배해 주었다.

다른 일행들이야 그게 당연하다는 듯 말고삐를 받아 쥐었지만, 나로서는 정말 황당한 일이었다.

언제 내가 말을 타봤어야지.

“에… 저는 말을 탈 줄 모르는데요?”

나에게 고삐를 건네주려는 하트만 성기사의 손길(?)을 거부하며 말하자 일행들이 이런 내가 놀랍다는 듯 바라보는 것이다.

“아니, 팔라디노 경, 그게 무슨 소리십니까? 기사가 말을 탈 줄 모른다니요?”

그중 금발머리 녀석이 아주 반갑다는 듯 호들갑스럽게 물어오는데, 어제의 다짐이고 뭐고 간에 뒤통수를 한 대 때려주고 싶었다.

“전 기사 수업을 받은 적이 없거든요. 단지 아버지 덕분에 기사 작위가 있는 것일 뿐…….”

머쓱한 얼굴로 그리 말하자 토카라 경이 믿을 수 없다는 표정으로 말했다.

“뛰어난 검술을 갖추신 기사가 그리 말씀하시다니… 믿기 어렵군요."

　'글쎄, 그 검술이라는 것도 배운 적이 없거든요.'

　그거야 어쨌든 내가 말을 타고 가지 못한다고 하자 일행들, 특히 신전 측 사람들은 난처함을 드러냈다. 지금이야 몰라도 국경을 넘어가면 최대한 빠른 속도로 마골리스 사막에 있다는 신전을 향해 달릴 예정이었던 것이다.

　결국 난 아버지랑 같이 타고 가야겠다 생각하고 말을 꺼내려 했는데, 아버지가 먼저 선수를 치셨다.

　"국경을 넘을 때까지는 빨리 달리지 못할 테니, 그때까지는 매달려서라도 타고 가라. 며칠 정도면 얼추 익히겠지."

　"에에엑?"

　내가 뭐라 반박을 하려 했지만, 미처 입을 열기도 전에 금발 머리 녀석에게 차단되었다.

　"그거 좋은 생각이십니다. 팔라디노 경은 검술이 뛰어나시니 승마 정도야 며칠이면 금세 익히실 수 있을 겁니다."

　저놈은 날 칭찬하려는 게 아니라 날 괴롭힐 심산인 게 분명했다.

　하지만 아버지를 비롯한 다른 사람들이 적극적으로 찬성하며 내 반발을 원천 봉쇄하는 바람에 나는 울며 겨자 먹기 식으로 말 위에 오를 수밖에 없었다.

　그러나 내 경악은 거기서 끝이 아니었다.

　사실 승마야 이렇게 다짜고짜 실전에서 익히게 되어 고생

스럽긴 하지만, 익혀놓으면 나중에 두고두고 써먹을 수 있는 거니 크게 불만은 없었다. 거기다 국경을 넘을 때까지는 정말 빨리 가지도 않았고 말이다.

나를 배려해서 그런 것이라면 좋았겠지만, 국경 마을로 향하는 길목으로 많은 사람들이 이동하고 있어 말을 달릴 수가 없었다. 마르타 국과 프스카야 국은 왕래가 많았던 모양이다.

하여간 그렇게 국경 마을에 도착한 일행은 하루 거기서 머물고—마법진이 있었던 도시는 국경 마을이 아니었다—국경을 별탈없이 건넌 뒤 프스카야 국경 마을에 도착할 때까지는 빠르지 않은 속도로 이동했기에 나는 그사이 말 위에서 드디어 몸을 꼿꼿이 세우고 균형을 잡는 수준까지 발전했다. 거기다 프스카야 국경 마을에 도착한 건 점심때가 살짝 지난 이른 오후였는데, 그냥 그곳에서 하루 머물게 된 덕분에 그 틈을 타서 승마 연습도 더 할 수 있었다.

그런데 다음날 아침, 든든히 배를 채우고 짐을 챙기며 떠날 준비를 하는 일행들에게 성기사들이 뭔가 커다란 가죽 뭉치를 나눠 주는 것이었다. 뭔가 하고 받아 들었더니 두터운 가죽으로 만들어진 커다란 고치 같다.

"이게 뭡니까?"

가죽 고치를 살펴보며 묻자 캐스피언 성기사가 친절하게 가르쳐 줬다.

"침낭이라고 하는 것입니다. 마골리스 사막까지는 계속 노숙을 하게 될 텐데, 아무래도 오랜 기간 망토 하나에 의지한 채 노숙을 하는 건 체력 좋은 분들이라 해도 힘겨운 일일 테니까요. 거기다 사막은 낮에는 더우나 밤에는 엄청 추워서 망토 하나로 견디기는 어려울 테니 꼭 챙기셔야 합니다.”

그가 설명하는 걸 듣다 보니 사악마녀의 깔깔거리는 웃음 소리가 배경 음악으로 깔리는 듯하다.

“노… 숙이요?”

나는 지금까지처럼 해가 저물면 마을에 도착하여 그 마을에 있는 가장 좋은 여관의 특실에서 머물게 될 줄 알았는데, 이게 무슨 날벼락이란 말인가? 노숙을 하면 잠자리도 잠자리지만, 뜨끈한 물로 하는 목욕에 멋진 만찬은 꿈도 못 꿀 거 아닌가.

나의 경악스러운 심정을 아는지 모르는지 캐스피언 성기사는 여전히 친절한 어조로 조목조목 설명을 해준다.

“국경을 넘을 때야 어쩔 수 없었지만, 앞으로는 마을에 머물지 않을 예정입니다. 놈들의 습격이 언제 있을지 모르는데 혹 우리 때문에 괜히 상관없는 마을 사람들에게 피해를 줄 수 없는 일 아니겠습니까?”

“그… 렇군요…….”

당연한 말을 한다는 표정의 캐스피언 성기사가 그렇게 얄미워 보일 수가 없었다. 아니, 그의 말이 옳아서 반박할 수 없다는 점이 더더욱 약이 올랐다. 오죽했으면 토카라 경 일행의 그 금발머리 놈보다 더 얄미워 보였겠는가.

그와 함께 앞으로는 계속 노숙을 하게 되니까 그 불만을 조금이라도 희석시켜 보려고 잠깐이나마 화려한 대접을 해준 게 아닌가… 하는 의심까지 드는 것이었다.

그런데 더 열받는 건 노숙한다는 말에 뜨악하는 건 나뿐이라는 것이었다. 다른 사람들은 이미 다 예상을 하고 있었던지 당연하다는 듯 고개를 끄덕이고 있었다. 그것도 일행 중 가장 약골인 두 신관까지 말이다.

하기야, 조금만 생각해 보면 나라도 알 수 있었을 거다. 우리야 이미 희생양으로써 내세워져 부디 그 미지의 조직 녀석들에게 습격당하길 기다리고 있던 입장이 아닌가 말이다.

그런데 그동안의 화려한 대접에 깜빡하고 있었던 내가 바보였다.

'젠장… 한국에서는 그나마 잘 돌아간다고 생각한 머리였는데, 왜 여기서는 이리 버벅대지? 어디 머리에 기름칠할 방법 없나?

그래도 다행히 노숙으로 이어진 강행군은 생각보다 힘들지 않았다.

물론 처음에는 서툰 승마 기술로 빨라진 이동을 쫓아가는 것이 어려웠지만, 그것도 하루 이틀이 지나 점점 익숙해지면서 차차 나아졌다. 덕분에 처음에는 해가 저물어 일행의 이동이 멈출 즈음에는 나를 포함한 모든 사람들이 지친 기색을 하고 있었지만, 며칠 후에는 일행 중 나 혼자만 쌩쌩했다. 아무래도 일행 중 내가 가장 체력이 좋았던 모양이다. 하기야, 난 괴물 같은 체력이 아니라 바로 괴물의 체력이 아니던가.

신기한 건 비리비리하게만 보였던 두 신관 분들이 제법 잘 따라온다는 것이었다. 솔직히 젊은 나이도 아닌 이제 중년에 접어들었거나 중년이신데다 체격도 건장한 것이 아닌데도 뒤처지는 일이 없었다. 그래서 처음에는 내가 저 사람들보다 못하다니… 하는 자괴심까지 느낄 정도였다.

하지만 곧 내 체력의 빵빵함을 자랑(?)할 수 있게 되자 노숙할 때 땔감을 마련하는 것과 첫 불침번은 내 전담이 되었다. 그래 봤자, 산속에서 오랫동안 지냈던 나에게는 익숙한 일이었기에 아무런 불편이 없었다. 게다가 땔감 당번이 되었다고 설거지 파트에서 완전히 제외시켜 주는 특혜까지 있었으니 내 입장에서는 환영할 만했다. 설거지보다는 땔감을 모아오는 것이 훨씬 좋았기 때문이다.

단지 아쉬운 점이 있다면, 이동에 전력을 다하고 있어서 이국의 정취를 즐길 여유가 없다는 것 정도? 놈들이 언제, 어디서 습격해 올지 모르기 때문에 인적이 드문 길로만 골라서 이동하는 상태였고, 멀리 마을이 보이면 두 사람이 잠시 일행에서 이탈하여 필요 물품을 사 왔기에—거기다 마을에 가는 사람은 항상 성기사 중 두 명과 토카라 경이라고 정해져 있었기에—이

국의 정취를 즐길 기회조차 없었다.

단 한 번, 될 수 있는 한 마을과의 연을 끊으려 했던 일행들도 어쩔 수 없이 사람들 틈에 끼어야 할 때가 있었다.

프스키야 국을 종단하며 남에서 북으로 흐르는 모즈크 강은 길고 넓은 데다가 매우 깊어서 배를 이용하지 않는 한 도저히 건널 방법이 없었다. 그래 배를 타려면 어쩔 수 없이 마을 안으로 들어가야만 했던 것이다.

배를 타기로 결정된 후, 나를 제외한 일행들은 긴급 긴장 상태로 돌입했다. 평소 느긋한 태도를 유지하셨던 아버지조차 긴장한 기색을 살짝 내비칠 정도였고, 항상 긴장 상태를 유지하려 애썼던 세 성기사는 누가 보면 전쟁터로 향하는 병사쯤으로 오해할 정도였다.

그렇게 긴장하고 있었지만, 허망하게도 강을 건너는 동안 마족은커녕 몬스터 한 마리도 나타나지 않았다.

강을 건너고 선착장을 빠져나와 그 도시를 완전히 벗어나자 결국 제풀에 탈진한 세 성기사와 신관들은 그 와중에도 창백한 얼굴로 일행을 돌아보며 이리 말하는 것이었다.

"놈들의 습격이 없길 천만다행입니다."

그 말에 나머지 일행들이 동감이라는 듯 고개를 끄덕이는데… 나는 솔직히 어이가 없었다.

이들은 마족과 관련된 이들이라면 몽땅 '무슨 일을 하든 무조건 일을 크게 벌여서 남녀노소 상관없이 가능한 한 많은 피를 보려는 최악의 악당'이라고 생각하나 보다.

예전에 내 거처에 무단침입했던 덜떨어진 놈이 그럴 가능성이 좀 있었긴 하지만, 그렇다고 모든 마족들을 한꺼번에 싸잡아 무조건 최악의 악당이라 매도하는 건 너무 극단적이지 않는가 말이다.

거기에 대해 뭐라 한마디 해주고 싶었지만 난 이 세상에 대해 아직은 잘 모르고, 마족에 대해 잘 안다고 할 수도 없었기에 그냥 가만히 있었다.

하지만 기분은 별로 좋지 못했다. 그들의 인식에 나까지 괜히 이상해지는 것 같아서였다. 이 육체에는 마족의 피가 흐르고 있었으니 저들의 인식대로라면 난 사람들만 보면 피를 보고 싶어서 어쩔 줄 몰라 해야 하지 않겠는가.

'아니, 천족의 피도 섞여 있으니 괜찮은 건가? 아니면 조금 더 있으면 맛이 가서 '피가 보고 싶어', '아냐, 그럴 수는 없어', '피의 향기가 느껴진다', '참아야 해' 하면서 갈등하게 되려나?

그건 두고 보면 알 일이지만, 난 결코 그런 일은 없을 거라는 걸 확신할 수 있었다.

뭐어… 그래도 만에 하나라는 건 있으니까… 그때는……

'아버지께서 알아서 하시겠지.'

모즈크 강을 건너기 전에는 기온이 점점 따뜻해진다는 걸 느끼긴 했어도 주변 환경이 크게 변하지는 않았는데, 강을 건너니 자연 환경이 확연하게 달라져 있었다. 하기야 우리가 강을 건넌 지점이 마골리스 사막과 가장 가까운 지점이었으니 그럴 만도 했다. 덕분에 며칠 지나지 않아 우리는 드디어 사막의 영역 안으로 발을 들이밀 수 있었다.

사막이라고 해도 사하라 사막마냥 온통 모래투성이에 바람이 모래를 날리며 가끔가다 전갈이 보이고 어쩌다가 동물의 뼈가 보이는 그런 곳이 아니라 선인장이 자주 보이고 마른 덤불들이 여기저기 있으며 이곳에 사는 생물들이 가끔가다 보이는, 사람의 생존이 가능한 그런 사막이었다. 그런 곳이니 신전을 세울 수 있었던 거겠지만 말이다.

사막 안으로 들어서자 그동안 성기사 분들이 돌아가며 앞장을 섰던 것과는 달리 파렐 고위 신관이 앞장을 섰다. 사막 안의 신전은 안타깝게도 5년 전에 문을 닫았다고 하는데, 이 파렐이라는 고위 신관은 그때까지 그곳에서 시무를 했다고 한다.

"정말 멋진 곳이지요. 보시면 다들 감탄하실 겁니다."

오랜만에 가보는 곳이라 그런지 파렐 신관은 들뜬 어조로 말했다.

과연 신전의 모습은 감탄스러웠다. 피치 못할 사정으로 인해 문을 닫았다는 것이 안타까울 정도로 말이다.

사막을 가로지르다 보니 붉고 커다란 바위 언덕을 가끔 볼 수 있었는데, 신전은 그런 붉은 바위 언덕 중 높이는 4, 5m 정도에 가로세로는 2, 300m 정도 되는 엄청 큰 통 바위의 안을 파서 만들어져 있었던 것이다. 이런 건축물이 한국에 있었다면 최소한 국보로 지정되지 않았을까나?

입구에 있는 두터운 나무문은 굳게 잠겨 있었지만, 파렐 신관이 열쇠를 가지고 있었다.

"여기는 여전하군요."

문을 열고 앞장서서 들어간 파렐 신관이 먼지가 쌓인 안을 둘러보며 쓸쓸한 목소리로 말했다.

그 감정에 동조해 주고 싶었지만, 좁은 복도에서 여러 사람들이 움직임에 따라 피어오르는 먼지 때문에 저절로 눈살이 찌푸려졌다.

"일단 본당으로 가시지요. 거기는 넓으니까 좀 나을 겁니다."

그런 일행들의 불편한 마음을 헤아렸는지 파렐 신관이 서둘러 걸어갔다. 아마 스스로도 코와 입을 막고 싶은 심정이라 더 잘 이해할 수 있었던 것이 아닐까나? 뭐, 덕분에 일행은 얼마 지나지 않아 커다란 두 짝의 나무문이 버티고 있는 곳에 도착했다.

다른 곳에는 조각은커녕 하다못해 단순 무늬도 없었건만, 이 나무문은 특별한 것인지 멋들어진 조각이 전체 면을 차지하고 있는 거였다.

비록 그 조각에도 먼지가 쌓여 있었지만 대체적인 모습은 알 수 있었다. 세 쌍의 깃털 날개를 가진 천족이 허공에 뜬 채로 땅 위에서 자신을 반기는 사람들을 바라보며 미소 짓고 있는 모습이었다.

'에? 세 쌍의 날개를 가진 천족도 있었나?

천족이라고는 꿈에서 본 아동학대범밖에 없었으니 알 리가 없다. 그러고 보니 한국에서 스랍이라는 천사가 여섯 날개를 가지고 있다는 이야기를 들어본 적이 있긴 하다. 거기서도 세 쌍이 있는데 여기라고 있지 말라는 법은 없겠지.

내가 신기함에 그 조각을 보고 있는 사이, 감회 어린 표정으로 문을 조심스레 쓰다듬던 파렐 신관이 조심스레 문을 열었다.

안에는 넓은 홀이 있었는데, 정면 쪽의 커다란 돌 제단을 제외하고는 텅 비어 있었다. 홀에도 먼지가 잔뜩 쌓여 있었지만 공간이 넓어서 그런지 아까보다는 견딜 만했다.

파렐 신관이 안을 둘러보는 사이 나머지 일행들은 그나마 깨끗한 부분을 골라 대충 먼지를 한쪽으로 쓸어낸 다음 짐들을 내려놓았다. 그리고는 여전히 홀 안을 둘러보며 감상에 빠진 파렐 신관까지 데리고 와 회의의 장을 열었다. 오는 내내 예상했던 습격이 한 번도 없어 이에 대해 한 번 의논을 하려 했는데, 이렇게 목적지에 도착해 버린 이상 의논을 미룰 수가 없었던 것이다.

"어쩌죠? 이대로 돌아가야 합니까?"

금발머리인 트라한 경이 사람들을 둘러보며 조심스레 물었다.

우리의 임무는 녀석들에게서 습격을 받아 살아남는 것뿐이었기에 여기서는 할 일이 없었다. 처음 예정도 이곳에 도착하면 하루 묵고 다시 대신전으로 되돌아가는 거였는데, 습격이 한 번도 없었던 탓에 이대로 돌아가자니 왠지 임무를 완수하지 못하고 중도 포기를 하는 기분이었다.

"설마, 여기서 습격이 있을 때까지 기다려야 하는 걸까요?"

내가 반은 농담 삼아 한 말에 일행들이 피식 웃었다.

덕분에 그나마 경직된 분위기가 풀려 다른 이가 입을 열었다.

"이상하군요. 습격이 한 번도 없다니… 아니, 물론 습격이 없었다는 게 나쁘다는 건 아닙니다만……."

성기사 중 가장 나이 어린—그래 봤자 20대 후반이다—워튼 성기사가 별생각없이 말을 꺼냈다가 이상하게 여겨졌던지 황급히 변명을 했다.

그러나 그의 말을 심각하게 받는 이들이 있었다.

"나쁜 겁니다. 이건 우리의 예상이 빗나갔다는 소리니까요. 달리 말한다면, 우리가 알지 못하는 변수가 생겼다는 겁니다."

그동안 필요한 말 외에는 거의 입을 열지 않았던 토카라 경 일행의 검은머리 녀석이었다.

삭막하다고 여겨졌던 녀석이 누가 물어보기도 전에 스스로 나서 의견을 꺼냈다는 것에 조금 놀라 그를 바라보고 있는데, 아버지가 그의 말을 받았다.

"그 말이 옳소. 그런고로 우리는 최대한 빨리 대신전으로 돌아가야 하오."

덕분에 분위기는 다시 긴장되었다.

"이, 이대로 아무것도 한 일 없이 돌아가도 괜찮을까요?"

그래도 아무것도 한 일이 없다는 것이 조금은 찝찝했던지 워튼 성기사가 다시금 조심스레 말을 꺼내자 파렐 신관이 대답했다.

"우리에게 아무 일이 없었던 대신 대신전에 무슨 일이 있을지도 모르네. 우리 쪽으로 쏠렸어야 할 이목이 없었다는 것은 우리 말고 다른 곳에 집중하고 있다는 뜻. 거기가 어디일 것 같나?"

"대신전……."

하트만 성기사가 신음성처럼 중얼거렸고, 나머지 일행들이 고개를 끄덕였다.

내 생각에도 거기 외에는 다른 곳이 없었다.

'그러게 내 진즉에 이번 계획이 어설프다고 했잖아.'

속으로 혀를 끌끌 찼지만, 이미 버스 떠난 뒤에 손 드는 격이다.

"그럼 이러고 있을 때가 아니지 않습니까? 지금이라도 당장 출발하는 것이 어떨지요?"

캐스피언 성기사가 마음이 급했던 모양인지 당장이라도 짐을 꾸려 뛰쳐나갈 태세다.

"진정하시오. 어차피 얼마 안 있으면 해가 져 노숙을 하게 될 거요. 오늘은 여기서 머물고, 내일부터 최대한 빨리 대신전으로 가도록 합시다."

아버지의 말에 일반 신관인 트레버 신관이 고개를 끄덕였다.

"백작님의 말씀이 옳습니다. 캐스피언 경, 저도 경처럼 마음이 다급합니다만, 이럴 때일수록 침착해야 합니다. 지금은 너무 늦었다는 것, 경도 아시지요?"

트레버 신관까지 나서서 말하자 캐스피언 성기사가 심호흡을 한 번 하더니 조금 진정이 됐는지 고개를 끄덕인다.

"알겠습니다. 제가 너무 서두른 것 같군요. 그럼 내일 출발하도록 하지요."

"잘 생각했소. 갈 때는 올 때보다 빨리 갈 수 있을 거요. 마법진으로 이동할 수 있을 테니."

아버지의 말에 일행의 눈들이 휘둥그레졌다.

"마법진이라니요? 백작님께서 하실 수 있습니까?"

"그러니 마법사가 아니겠소? 물론 대신전까지 한 번에 가지는 못하지만, 그래도 시간을 단축할 수……."

씨익 웃으며 일행에게 희망의 메시지(?)를 전달하시던 아버지의 말이 중간에서 뚝 끊겼다. 그리고 그와 함께 검을 쓰는 자는 검을 뽑아 들고 신관들은 신성력을 뿜어낼 준비를, 아버지는 주문을 준비하는 식으로 일행들이 긴장 상태에 돌입했다.

갑작스레 허공에서 느껴지는 부자연스러운 파동. 이건 누군가 마법을 사용할 때 느껴지는 파동이었다.

과연, 우리의 눈앞에서 공간이 일렁이더니 뿅~! 하고 두 존재가 모습을 드러냈다. 한 사람은 대략 17, 8세 정도로 보이는 붉은 단발머리의 미소녀였고, 다른 이는 마법사 로브를 푸~욱 눌러써서 얼굴은커녕 약간의 피부도 드러내 놓지 않은 마법사였다. 아무래도 앞서 만난 마물을 몸에 이식한 마법사인 것 같았다.

"누구냐?"

일행의 대표로 토카라 경이 외치자 소녀가 붉은 눈썹을 사납게 치켜 올리며 외쳤다.

"누구냐고? 네놈들 때문에 헛수고한 여자 분이시닷!"

'뭐시라?'

일행들이 당혹해하는 사이 그 소녀가 엄청 분노한 표정으로 발을 쾅쾅 구르며 다시 한 번 더 외쳤다.

"열받아, 열받아! 감이 네깟 놈들이 날 물먹여? 나의 첫 임무를 이런 식으로 망쳐 놓다니잇~!"

거기서 잠시, 웬수의 얼굴을 각인시키려는 듯 일행들을 한 명 한 명 뚫어져라 바라본 소녀가 음산하게 중얼거렸다.

"니들… 다 죽었어."

그 말이 끝나기가 무섭게 소녀는 땅을 박차고 일행에게로 뛰어들었는데, 양손에는 어느새 꺼내 들었는지 손잡이가 따로 없는 은빛 검이 들려 있었다.

그러자 일행들도 경험 많은 사람들답게 잽싸게 움직였다. 우선 검을 휘두르지 않는 두 신관과 아버지는 벽 쪽으로 물러났고, 나머지 검 쓰는 사람들은 옆 사람에게 거치적거리지 않도록 충분한 공간을 확보했다.

마지막으로 나는 그 틈을 빠져나가 슬며시 아버지의 옆으로 갔다. 의아하게 쳐다보는 아버지와 신관들에게 씨익 웃어 보이며 말이다.

"아직 누구랑 같이 싸우는 것에 익숙지 않아서 말이죠."

내가 그러건 말건, 앞에서는 본격적인 싸움이 일어나고 있었다.

제일 먼저 소녀의 검과 부딪친 이는 캐스피언 성기사. 먼 거리에서 몸을 날려 양 검으로 부딪쳐 와 상당한 힘이 실려 있었던지 캐스피언 성기사의 인상이 찡그려졌다.

그런 그를 도우려고 하트만 성기사가 소녀의 옆구리로 찔러 들어가자 곁눈질로 하트만 성기사를 확인한 소녀가 캐스피언 성기사의 복부에 킥을 먹여 떨어뜨리고는 한 손으로 하트만 성기사의 검을 쳐냈다.

"환!"

뒤에서 상황을 지켜보던 트레버 신관이 이때다 싶었는지 앞으로 몇 발자국 나서서 외치자 소녀의 머리 위에 금빛의 커다란 링이 생기더니 소녀에게 씌워지려 했다.

그러나 금빛 링이 채 소녀의 머리에 닿기도 전에 시커먼 그림자가 트레버 신관에게 달려드는 것이었다. 마물 마법사였다.

"헉!"

금빛 링은 정신 집중을 요하는 주법이었던지 트레버 신관이 놀라 움찔거리자 링이 사라져 버렸다.

하지만 다행히 마물 마법사의 공격도 트레버 신관에게 닿지 못했다.

"어딜!"

내가 나서려고 했는데 토카라 경이 먼저 마법사 앞을 가로막았다.

토카라 경은 급히 끼어들었기 때문인지 공격은 못하고 단지 마법사를 물러나게 하려는 듯 검을 마법사를 향해 겨누었는데, 이 마법사가 검 따위는 보이지도 않는 듯 그대로 토카라 경을 향해 온몸을 던지는 것이었다. 마치 자살 특공대 같은 마법사의 모습에 오히려 토카라 경이 당혹하여 검을 틀어 검 면으로 마법사의 몸통을 후려갈겼다.

투억~!

몸통과 검 면이 부딪쳤는데 어째 소리가 이상하다. 물론 마법사 로브가 사이에 끼어 있었긴 하지만, 그걸 감안해도 금속과 피부가 부딪친 소리가 아니었다. 오히려 단단한 무언가와 부딪친 소리라고 하는 게 더 맞는 것 같다.

'뭐야, 저 마법사 씨 안에 갑옷이라도 입었나 본데? 그러니 대놓고 달려들 수 있었던 거겠지.'

그런데 토카라 경의 검과 마법사의 갑옷이 부딪친 결과가 놀랍다. 마법사가 휘청거리는 기색 하나 없이 그 자리에 선 것에 비하여 토카라 경은 힘에서 밀린 듯 휘청이며 뒤로 두어 걸음이나 물러나는 것이었다.

그러고 보니 미처 몰랐는데, 마법사 씨가 토카라 경보다 머리 하나는 더 크다.

'어라? 저 마법사 씨, 원래 저렇게 키가 컸던가?'

그 순간 난 생각을 더 이어갈 수 없었다. 마법사 씨가 아직 자세를 못 잡은 토카라 경을 향해 주먹을 날렸던 것이다.

"으헥!"

토카라 경 대신 뒤에 있던 트레버 신관이 비명성을 토해내는 사이, 다행히 토카라 경이 왼팔을 들어 막음과 동시에 마법사 씨의 목을 향해 오른손으로 쥐고 있던 검을 날렸다.

턱!

하지만 그 멋진 공격은 어이없게 끝났다. 검날에 목을 내어 준 마법사 씨는 멀쩡했는데, 검을 날린 토카라 경은 팔에 무리가 간 듯 양팔을 움찔거리며 다시 한 번 뒤로 물러나는 것이다.

'저 마법사, 아무래도 전의 그 마법사가 아닌 것 같은데?'

"네놈, 마법사가 맞는 건가? 정체가 뭐냐?"

토카라 경도 당황스러웠던지 질문을 던졌다. 하지만 이 마법사 씨는 무례하게도 대꾸도 안 한 채 다시 덤벼든다.

"홀리 브레스!"

그때 토카라 경의 뒤에 있던 트레버 신관의 외침과 함께 트레버 신관의 양손에서 시작된 새하얀 빛이 토라카 경을 뒤덮었다. 아무래도 토카라 경이 힘겨워 보여 도와주려고 신성 마법을 펼쳤던 모양인데, 이게 의외의 효과를 보였다. 검을 두려워하지 않는 마법사라 해도 갑작스러운 빛에는 놀랐던지 잠시 주춤거린 덕에 녀석에게 약간의 틈이 생긴 것이다.

그 틈을 노려 마법사의 뒤를 덮치는 검은 그림자가 있었으니…

마법사가 알아채고 피하려 했지만, 약간 늦어 어깨를 허용하고 말았다.

카가가각~!!

희미한 빛에 둘러싸인 검이 지나가자 마치 돌에 대고 금속을 긁은 것 같은 소리가 났다.

게다가 더 놀라운 것은 검기에 베었음에도 놈의 사지는 댕강 잘린 것이 아니라 얕게 베인 상처 정도만 난다는 것이다.

그러나 놀람도 잠시, 얕게 베인 상처에서 흘러나온 탁한 녹색의 피를 보고 어떻게 된 일인지 이해할 수 있었다.

"키… 메라?"

녀석에게 검을 내려쳤던 검은머리가 뜻밖의 상황에 당황한 듯 멍청하게 중얼거리고 있자, 그에 화답하려는지 키메라가 탁한 괴성을 지르며 검은머리에게 몸통 박치기를 감행했다.

"캬악~!"

퍼억~!

"아리엘님!"

미처 완전히 피하지 못한 검은머리가 그대로 부딪쳐 뒤로 굴러가자 그걸 본 토카라 경이 다급하게 외쳤다. 얼마나 다급했으면 절대 밝히려 하지 않던 이름을 불렀을까? 뭐, 덕분에 드디어 검은머리 녀석의 이름을 알 수 있었지만 말이다.

그리고 다행히 몸통 박치기를 당해 저쪽으로 데굴 굴러갔던 아리엘은 별로 다친 곳이 없었던지 그를 쫓아 달려간 트라한 경의 부축을 물리치고 혼자 자리에서 벌떡 일어나더니 걱정되어 다가간 트레버 신관의 손길도 거절한 채 다시 이쪽으로 달려왔다.

그에 안도의 한숨을 내쉰 토카라 경이 분노에 찬 시선으로 마법사로 변장하고(?) 있었던 키메라를 노려봤다.

아리엘에게 옷자락이 베어진 덕분에 놈의 옷 속을 살짝쿵 엿볼 수 있었는데, 보이는 건 갑옷인지 피부인지 헷갈리는 모습이었다. 내 손바닥 반보다 약간 작은 납작한 회색빛의 판이 오밀조밀 붙어 몸 전체를 뒤덮고 있는 형태였다. 그래서 돌에 금속 긁는 소리가 났던가 보다. 거기다 완전히는 아니지만 검기를 거의 막아낼 강도까지 가지고 있다니 분명 보통 물건(?)이 아니었다.

그것뿐만이 아니었다. 상처를 입은 지 얼마나 되었다고 벌써 완전히 아물어 흔적도 없는 거다. 나도 제법 치유력이 높은 편이지만, 녀석에 비할 바가 아니었다.

하지만 이 모든 조건이 토카라 경에게는 별문제가 되지 않는 모양이다.

"이놈!"

분노에 찬 외침과 함께 토카라 경이 다시 한 번 키메라에게 달려들었다.

하지만 놀랍게도 그놈이 아무렇지도 않게 손을 들어 검을 막는 것이었다. 그것도 검기에 둘러싸인 검을 말이다.

콰직!

아무래도 손에는 몸통에 붙어 있는 회색 물체보다 더 강도가 센 물질이 달려 있는 모양이다.

이렇게 된 이상 토카라 경 혼자서는 어렵겠다 싶었는지 드디어 아버지가 나서셨다.

"물러서시오. 썬더볼트!!"

아버지의 외침에 토카라 경이 물러나자 곧바로 강렬한 전격이 놈에게 작렬했다.

파츠츠츠~!!

눈을 제대로 뜰 수 없을 정도의 강렬한 빛과 듣기만 해도 소름이 끼치는 스파크의 소리가 2, 3분 정도 작렬하는 모습을 보니 놈을 쓰러뜨리지는 못해도 최소한 큰 타격은 줄 수 있을 것 같았다.

그러나 스파크가 사라진 뒤에도 놈은 두 발로 땅에 서 있는 거다. 뭐, 아예 타격이 없을 수는 없었는지 비틀거리기는 했지만, 겉모습은 거의 멀쩡해 보였다.

대신 놈이 걸치고 있던 마법사 로브는 완전히 타버려 온몸을 드러냈는데, 녀석의 모습을 본 순간 나는 입을 떠억 벌렸다.

차마 눈뜨고 보기 힘들 정도로 녀석의 몸이 흉측해서가 아니었다.

오히려 놈의 몸은 전신 갑주를 걸친 건장한 체격의 전사와 같았다. 단지 손에는 손가락이 세 개뿐이고 손가락 끝에는 소뿔이라고 해도 무방할 정도의 굵고 건장한(?) 시커먼 손톱이 달려 있다는 것, 그리고 발이 티라노사우르스의 발처럼 생겼다는 걸 제외하면 제법 그럴듯했다.

날 놀라게 한 건, 그 그럴듯한 모습은 몸뚱어리일 뿐, 거기에 달려 있는 머리가 글쎄, 대머리 독수리의 머리라는 거였다.

이 얼마나 안타까운 모습이란 말인가.

사자나 호랑이, 표범, 늑대 등등의 그럴듯한 머리들은 놔두고 왜 하필 새머리인지 원…….

'그나마 붕어 머리가 아닌 것이 다행인가? 아, 하긴… 붕어 머리면 숨 쉬는 데 곤란할 테지.'

그렇게 남 몰래 홀로 속으로 한탄하는 사이, 토카라 경 일행 셋이서 뭔가 작전을 짠 모양이다.

"타핫!"

힘찬 기합성을 터뜨리며 제일 먼저 새머리 녀석에게 달려든 이는 트라한 경이었다. 강한 전기 충격에서 완전히 벗어나지 못한 듯 고개를 흔드는 녀석에게 어렵지 않게 다가간 트라한 경은 검기를 잔뜩 머금은 검으로 놈의 양쪽 허벅지를 단숨에 베었다.

카가각~!!

이번에도 아까와 마찬가지로 가벼운 상처만 난 데다 곧 아물어가기 시작했지만, 공격은 거기서 끝이 아니었다.

그제야 정신을 차린 새머리 녀석이 휘두르는 팔을 피해 트라한 경이 놈의 뒤로 돌아간 사이, 트라한 경의 뒤를 이어 토카라 경이 달려들었다. 힘찬 기합성은 없었지만 밝은 빛을 뿌리는 검기를 보니 기합이 단단히 들어간 모양이다.

녀석의 코앞까지 쇄도해 들어간 토카라 경은 이제 막 출혈이 그치고 피부가 달라붙어 가는 녀석의 상처를 다시 한 번 그대로 베어갔다. 즉, 트라한 경이 낸 상처를 노리고 공격한 것이었다.

"캬오~!!"

그 작전이 효과가 있어 녀석의 허벅지에는 깊숙한 상처가 새겨져 크게 벌어졌고, 당연하겠지만 이번에는 제법 아픔을 느꼈는지 새머리 녀석이 트라한 경을 공격하던 것도 잊고 괴성을 질러댔다.

검기를 막아낼 정도의 강도를 가진 건 회색 물체뿐이었나 보다.

놈에 대한 공격은 계속되었다. 가장 실력이 뛰어난 아리엘이 남아 있었던 것이다.

"캬아아악~!!"

마지막 아리엘의 검기는 정확하게 깊이 새겨진 상처에 틀어박혔고, 그 공격에 놈의 다리는 댕강~ 잘려 버렸다.

"오옷, 훌륭한 작전!!"

멋진 연합 공격에 나는 나도 모르게 감탄을 하며 박수를 쳤다.

하지만 모든 이들이 감탄을 한 것이 아니었다.

"끼야아아~!!"

저쪽에서 세 성기사와 파렐 신관의 연합 방어진을 상대하던 붉은 단발머리 소녀가 새머리가 쓰러지는 걸 보곤 갑자기 괴성을 지르더니 강한 마기를 뿜어내기 시작했다. 본래 모습으로 변형하려는 것이었다.

소녀에게는 안됐지만, 이곳에는 신성력을 쓰는 사람이 다섯 명이나 있었다. 특히나 한 명은 고위 신관이었고 말이다. 그런 이들이 마족이 변형하려는 걸 그냥 놔둘 리가 없었다.

"역시 마족이었구나!!"

파렐 신관이 그리 외치며 지금까지와는 비교도 안 되는 강력한 신성력을 내뿜어 막 변형하려는 소녀를 공격했다.

"홀리 라이트~!!"

파렐 신관의 외침에 성스럽다 느껴질 정도의 은은하나 강렬한 빛이 소녀를 덮쳤고, 그게 엄청 고통스러웠던 듯 소녀가 비명을 지른다.

"꺄아악~!!"

그 모습에 나는 혹시 저 빛을 내가 쏘이면 나도 저럴까 싶어 몸이 움찔거리는 것이었다. 뭐어, 신성력은 나도 가지고 있으니 타격이 덜할 것 같지만, 그래도 쬐께 겁이 났다.

"홀리 소드!"

소녀가 고통스러워하는 모습을 본 캐스피언 성기사가 냉정한 얼굴로 외치자 그가 들고 있던 검에 은빛 검기가 씌워진다.

그러자 다른 두 성기사도 그를 좇아 검에 신성 마법을 걸었다.

"잠시만요. 홀리 웨폰!"

거기에 아까 그쪽으로 합세한 트레버 신관까지 신성 마법을 걸어주자 세 성기사의 검에 어린 은빛의 검기가 더 진해지며 커졌다. 아무래도 신관이 걸어준 게 신성력을 증폭시켜 주는 역할을 하는 모양이다.

그렇게 무기를 업데이트시킨 세 성기사는 여전히 고통스러워서 어쩔 줄 몰라 하는 소녀 마족을 향해 달려들었다.

아무래도 저 소녀 마족은 중급 마족쯤으로 보이는데 싸워 본 경험이 없는 듯하다. 파렐 신관의 공격이 고통스러우면 뭔가 조치를 취해야지, 계속 고통스러워하기만 하고 있으니 말이다. 아무리 중급 마족이라 해도 지금 고통에 온 신경이 팔려 버리면 뒤를 이은 성기사들의 공격을 제대로 막아내지 못할 거다.

'이럴 때는 고통스럽더라도 버티면서 변형하는 게 나을 텐데. 그럼 마기도 더더욱 증폭되어 그 자체로도 무기가 될걸.'

일행이 들었으면 날 절대 가만두지 않을 생각을 하며 혀를 끌끌 차는 사이, 과연 파렐 고위 신관의 마법에 아무런 타격을 입지 않은 성기사들이 소녀에게 달려들었다.

이제 소녀는 끝이다 싶은 바로 그 순간,

"플레어!!"

전혀 생각지 못한 홀의 입구에서 강력한 불길이 사방으로 뻗어 나와 홀 안을 휩쓸었다.

"실드, 실드!!"

그 소리를 듣자마자 아버지가 두 손을 뻗어 우리 주변에 실드를 펼쳐 주셨고, 그것은 불길이 우리 일행이 있는 곳까지 도달하기 직전에 형성되어 간신히 우리를 보호할 수 있었다. 너무 급하게 실드를 펼치셨는지 실드 하나가 깨졌지만, 그걸 예상하신 듯 처음부터 2중으로 실드를 형성시켜 불길이 사라질 때까지 굳건하게 일행들을 보호했다. 문제는, 새머리 놈을 공격하는 토카라 경 일행들 주변에 실드를 치면서 새머리 녀석만 쏘옥 빼낼 재주는 없으셨는지 그 녀석까지 보호하셨다는 거지만, 놈은 세 기사의 연합 공격에 거의 쓰러지기 직전에 가 있었으니 최악의 상황은 생기지 않을 거다.

최악의 상황이라면, 아버지의 보호를 받지 못한 성기사들 일행이 아닐까나?

불길이 사라지자마자 아버지의 보호로 무사한 일행들이 성기사 일행이 있는 쪽으로 달려갔다.

다행히 그들도 대부분 무사했다.

그들은 소녀 마족을 공격하고 있던 중이라 미처 보호 마법을 펼칠 시간이 없었지만, 대신 신성력을 그대로 뿜어내 몸을 보호했다. 덕분에 상당히 지친 상태이긴 했지만, 무사하면 그 정도쯤이야 감수할 만한 것 아니겠는가? 뭐, 파렐 신관은 표정이 창백해진 정도였지만, 다른 사람들은 얼굴이 새파랗게 되어 지금이라도 톡 건들면 뒤로 넘어갈 것 같았다.

하지만 그 정도만 해도 다행이다. 단 한 사람, 성기사 중 막내였던 워튼 성기사만은 신성력이 부족했던지 결국 온몸에 화상을 입고 있었다. 금방이라도 조치를 취하지 않으면 목숨을 장담할 수 없을 정도로 위중한 상태였다.

"이런, 잠시만 기다리게."

이런 일에는 신관들이 나서야 했지만, 그들은 손가락 하나 까딱할 수 없을 정도로 지친 상태였기에 대신 아버지와 토카라 경 일행이 나섰다.

우선 아버지가 그에게 회복 마법을 걸어주는 사이 토카라 경과 트라한 경이 잽싸게 워튼 성기사의 옷을 벗겼다.

"아, 나에게 포션이 있습니다. 그걸 쓰십시오."

그나마 덜 지쳐 있던 파렐 신관이 우리에게 다가와 품에서 유리병을 꺼내줬다. 그걸 받아 든 아리엘이 아버지를 방해하지 않으려 조심스레 움직이면서 밖으로 드러난 화상 부위에 병 안에 담겨 있던 초록색 빛의 투명한 액체를 조심스레 발랐다. 그러자 놀랍게도 희미한 빛을 내며 일그러진 피부가 벗겨지고 붉은 속살이 드러나더니 그 위에 곧 새살이 돋기 시작하는 거였다.

'히야, 저게 포션? 완전 마법 물약이었잖아?'

그러니까 그 포션을 파는 신전이 부자일 수 있나 보다.

금방이라도 숨이 넘어갈 것 같았던 워튼 성기사가 크게 숨을 한 번 내쉬더니 그 뒤로는 고르고 평안하게 숨을 쉬기 시작했다. 고비를 넘긴 모양이었다. 거기다가 아리엘이 포션을 계속 발라주고 있으니 화상 상처도 많이 나아질 것이다.

나는 그들을 방해하지 않기 위해 조용히 비켜났다. 할 일도 없이 멀뚱히 서 있기보다는 주변을 돌아보는 게 좋을 것 같아서였다.

당연한 일이지만, 소녀 마족은 물론이거니와 홀 입구에서 마법을 일으켰던 존재의 모습도 보이지 않았다. 아마 지금쯤이면 멀리 몸을 피해 있을 거다.

오로지 새머리 녀석만이 남아 바닥에 누워 있었다.

'쯧쯧… 쟤는 버려진 거야? 가엽게도……'

아까 보였던 대단한 회복력에도 한계가 있었던지 무지 심한 상처들이 전혀 회복될 기미조차 보이지 않았다. 덕분에 녀석은 금방이라도 숨이 넘어갈 것처럼 헐떡대고 있었다.

아무리 적이긴 하지만, 일행에게 버려지고 마지막을 이리 혼자 바닥에서 마감하려는 게 안되어 보여 나는 최소한 옆에라도 있어줄 생각으로 녀석에게 다가갔다.

그런데 녀석이 이상한 모습을 보인다. 정확히는 녀석이 아니라 녀석의 몸을 덮고 있던 납작한 회색 빛 물체였지만 말이다. 마치 파묻힌 것처럼 녀석의 몸에 달라붙어 있던 물체가 제각각 움찔움찔거리며 살짝 떨어지는 것이다. 좀 징그럽기도 하고 의아하기도 해서 자세히 보니까 살짝 떨어지는 물체 사이로 뭔가 수상한 기운이 풍겨 나온다.

'이상하다?' 라는 느낌이 들어 혹시나 하는 생각에 하양이, 까망이에게 준비하라고 하는 바로 그때, 피시시식~ 하는 이상한 소리가 나더니만 회색 빛 물체들이 비늘이 곤두서듯 일제히 곤두서더니—그것도 각각 각도가 다 다르게 말이다—순식간에 사방으로 쏘아져 나갔다.

"지금!"

나의 외침에 하양이, 까망이가 힘을 보태 커다란 방어막을 형성했다.

정말 운이 좋았다.

우리 일행들이 한쪽에 몰려 있었던 것도 행운이었고, 내가 그 새머리 놈과는 좀 멀찍이, 일행들과는 별로 안 멀찍한 곳에 있었던 것도 행운이었다.

덕분에 난 온전히 일행들의 앞을 가로막는 방어막을 펼칠 수 있었고, 그 방어막에 엄청난 수의 회색 빛 물체들이 날아와 부딪쳤다.

투두두두두~!!

마치 기관총 소리 같은 요란한 소리가 한동안 이어지다가 잠시 후, 회색 물체가 다 떨어졌는지 사방이 조용해질 즈음 뒤를 돌아보자 일행들이 얼이 빠진 표정으로 날 바라보고 있었다.

그런 그들을 향해 한 번 실없이 헤죽~ 웃어준 나는 방어막을 거두고는 새머리 녀석에게 다가갔다. 하지만 놈이 있던 자리에는 희미한 회색 빛 얼룩만이 남아 있었다. 아마도 새머리를 만든 존재가 새머리가 죽었을 때 몸이 녹아 내리도록 미리 조치를 취해놨던 모양이다.

"어떻게 된 거냐? 저놈이 저리될 줄 알았냐?"

내 옆으로 아버지가 다가오며 물으시기에 나는 어깨를 으쓱해 보였다.

"당연히 몰랐죠. 그냥 아무리 적이라 해도 혼자 죽게 두기에는 뭣해서 마지막을 봐주려고 한 것뿐인데, 놈의 몸이 수상하게 돌아가잖아요. 그래서 혹시나 싶어 준비하고 있었는데… 그러길 잘했네요."

아버지가 오신 걸 보니 워튼 성기사가 어느 정도 안정을 찾은 모양이다. 힐끗 뒤를 돌아보니 워튼 성기사는 땅에 반듯하게 누워 아버지의 마법사 로브를 덮고 있었다. 그 주위에서는 다른 성기사와 신관들이 주저앉은 채 휴식을 취하고 있었고, 토카라 경 일행은 일어나 사방을 살펴보고 있었다.

"팔라디노 경이 아니었으면 큰일 날 뻔했군요."

토카라 경이 다가오며 하는 말에 나는 우리 쪽이 아닌 다른 쪽으로 날아가 아예 시커멓게 벽에 틀어박힌 회색 물체를 보며 고개를 끄덕였다.

저게 방어막이 없었던 일행들에게 날아갔더라면… 하고

생각하니 온몸이 오싹해진다.

"대단한 놈들입니다. 마지막에 방심하고 있던 틈을 노리다니……. 그런데 이게 뭔지 아시겠습니까?"

아리엘이 어느새 벽에 박혀 있던 회색 물체를 하나 빼와 아버지에게 건네자 아버지는 그걸 이리저리 살펴보셨다.

"글쎄… 잘 모르겠소. 연구를 해봐야 알 수 있을 것 같은데?"

그러면서 손끝으로 물체를 튕기자 약간 탁한 소리가 난다. 금속성 빛을 살짝 띠고 있으면서도 금속이 아닌 것이 정체를 모르겠다. 뭐, 지구에는 없고 이 세계에만 존재하는 특이한 물체려니 하고 금방 신경 끈 나와는 달리 다른 사람들은 이게 뭔가 계속 생각하고 있었던 모양이다.

"꼭 금속이랑 뼈랑 섞어놓은 것 같군요."

불쑥 끼어든 트라한 경의 말에 아버지가 고개를 끄덕였다.

"그럴지도 모르오. 일단은 다 챙깁시다. 이것에 대한 연구도 하겠지만, 검기도 막아낼 정도로 강도가 강하니 나중에 유용하게 써먹을 곳이 있을 거요."

아버지의 말에 토카라 일행 세 명이 사방으로 흩어져 회색 물체들을 모으기 시작했다.

아버지도 한쪽으로 가서 회색 물체를 모으기에 나는 그 뒤를 따라가며 물었다.

"그런데, 아까 그놈들을 다 놓쳐서 어쩐대요?"

내 말에 아버지가 깊은 한숨을 뿜어내셨다.

"어쩔 수 없지. 한 놈이 뒤에서 몰래 숨어 있을 줄 누가 알 았겠냐?"

상대가 마족이었기에 단둘만 나타났어도 더 있을 거라고 는 생각지 못했기에 허를 찔린 것이다.

"그나저나 우리의 의도를 들켜서 화풀이용으로 습격을 당 한 거긴 하지만, 목적을 이루긴 이뤘네요. 문제는, 아무래도 우리를 쫓아온 이가 보라색 머리가 아닌 다른 마족이라는 거 겠죠?"

말하면서 아버지의 얼굴을 살펴보니 굳은 표정이신 걸 보 면 안 좋은 상황을 생각하신 듯하다.

안 좋은 상황 하면 떠오르는 이는 보라색 머리.

그 녀석을 들먹였더니 과연 아버지가 고개를 끄덕이신다.

"그래, 이번 일은 아무래도 생각보다 더 큰일인 것 같다. 마족이 더 있다니 말이다."

이건 또 뭔 소리인가 싶어 나는 아버지를 당혹스러운 눈으 로 쳐다봤다.

"아니, 그럼 마족이 보라색 머리 한 명인 줄 알았어요? 솔 직히 그놈은 아직 마족이라고 밝혀진 것도 아닌데요."

"그래도 그럴 확률이 높지 않냐? 게다가 어디 그놈 한 명뿐 이냐? 너에게 먹힌 놈도 있잖아. 그놈을 제외하면 기껏해야 한 명 더… 정도라고 생각했지."

"뭘 보고 그리 좋게 단정하셨대요?"

"그동안에 있었던 마족에 관련된 기록을 보면, 마족들은 이 현계에서 활동할 때 여러 명이 같이 움직이질 않았다. 혼자가 대부분이고 많아야 두셋이 함께 움직이지. 그래서 그리 예상한 건데… 어쨌든 빨리 대신전으로 돌아가 봐야겠어."

'아이고… 마족이 기껏해야 한둘이라 생각했기에 이런 허술한 작전을 짤 수 있었던 거였구만?

그제야 난 그 엄청 허술했던 작전을 아버지와 대신전에서 자신있게 밀어붙일 수 있었던 배경을 알았다.

물론 지금까지 계속 그랬다면 이번에도 그럴 거라 예상한 건 당연할지도 모르겠지만, 어디든 예외가 있을지도 모른다고 생각할 수도 있지 않았을까?

뭐어, 내가 아버지의 입장이면 뭔가 더 대단한 계획을 짰을 거라는 보장도 없지만 말이다.

'그래도 이번 계획은 허술했어.'

Chapter 13
친구와 적은 같이 온… 다?

　과정이야 어찌 되었든 가장 걱정되었던 일이 무난하게 해결된 것 같아 일단 한숨 돌린 기분이었다. 이제 임무도 완수되었으니 내일 일행이 몸을 추스르는 대로 짐을 챙겨 돌아가면 끝이라는 생각에 가벼운 마음이 되었던 나는 얼마 지나지 않아 울화통을 터뜨렸다.

　"이런 젠장~!"

　정체도 모르는 놈이 아까 그 소녀 마족을 구하려 홀 안을 불바다로 만드는 바람에 홀 한구석에 모아두었던 짐들이 홀라당 다 타버리고 재만 남은 것을 이제야 발견했던 것이다.

　나의 갑작스러운 투덜거림에 내 쪽으로 시선을 돌렸던 일행들이 내가 무엇을 보고 있는지 알게 되자 저마다 나랑 비슷한 말을 한마디씩 내뱉었다. 그리고 움직일 수 있는 사람들이 나에게로 다가왔다.

"몽땅 다 타버린 겁니까? 하나도 남김없이?"

트라한 경의 말에 나는 대꾸하는 대신 직접 보라는 제스처를 취했다.

"온전한 게 없을 걸세. '플레어' 마법의 불꽃은 엄청난 고온이니까."

아버지의 말에도 잿더미를 뒤적거린 트라한 경이었지만, 결국 아버지의 말이 옳다는 것만 확인하고 일어날 수밖에 없었다.

식량과 침낭도 모두 불타 버렸으니 오늘 밤은 물론이거니와 앞으로의 노숙이 상당히 힘들어질 게 뻔했기에 걱정이 되었다.

"이거 혹시 그놈이 노린 걸까요? 짐을 다 태워서 우리를 힘들게 하려고 말이죠."

내가 허탈한 어조로 꺼낸 말에 아리엘이 아차 하는 표정으로 외쳤다.

"말!!"

그리고는 황급히 밖으로 뛰쳐나가자 그 뒤를 토카라 경과 트라한 경이 쫓았다. 일행이 타고 온 말은 이 안까지 데리고 들어올 수 없다고 해서 밖에다 묶어놓고 왔던 것이다. 하지만 우리의 짐을 태워 버린 것이 적의 노림수였다면 말들 또한 제 자리에 얌전히 있을 것 같지 않다.

과연, 한참 뒤에 돌아온 세 기사의 표정에는 낭패한 기색이 어려 있었다.

"없습니다. 한 마리도 남아 있지 않습니다. 발자국을 보아 하니 그냥 풀어준 게 아니라 아예 놈들이 모조리 끌고 간 것 같습니다."

도망치는 그 와중에 말을 챙길 정신이 있었다니… 대단하다고 해야 할지 독하다고 해야 할지.

"미리 챙겨둔 거겠지. 우리가 놈들과 싸우는 동안 한 놈은 밖에 남아 있지 않았는가? 그놈 짓일 게야."

아버지의 말대로 그놈 짓인지, 아니면 딴 놈 짓인지는 몰라도 더 골치 아프게 되었다. 이제는 천상 걸어서 사막을 건너게 생겼으니 말이다.

"우선은 할 수 있는 것부터 생각하자고. 각자 먹을 것을 얼마나 가지고 있지?"

아버지의 말에 일행들이 주섬주섬 품속을 뒤졌지만, 사람들에게 나온 걸 다 합쳐 봤자 양이 얼마 안 되었다. 대부분의 식량은 짐이랑 같이 됐기 때문에 지니고 있는 거라고는 심심풀이용 육포 약간뿐이었던 것이다. 다행히 아버지가 손에 짐을 들고 있기 귀찮다는 이유로 마법 주머니에 넣어뒀던 탓에 아버지 몫의 식량은 무사할 수 있었지만, 그건 열 사람의 서

너 끼 식량이 될까 말까다.

그걸 본 아버지가 한숨을 내쉬었다.

"역시 턱없이 부족하군. 그럼……."

거기서 잠시 홀 안으로 들어오던 햇빛을 가늠해 보신 아버지가 입을 여셨다.

"어두워질 때까지는 시간이 좀 있으니 비스닉과 내가 사냥을 해오겠네. 자네들은 땔감과 물을 확보해 놓게. 아마 신전에서 사용하던 우물이 근처에 있을 거야. 이왕이면 물통도 확보할 수 있었으면 좋겠군."

당연한 이야기지만 우리가 가지고 왔던 가죽으로 된 물 주머니도 같이 다 타버렸던 것이다.

아버지의 지시에 일행들은 고개를 끄덕이고는 할 일을 위해 흩어졌고, 나 또한 아버지와 함께 신전 밖으로 나왔다.

아버지가 사냥에 참여하신 이유는 사냥감을 빠르게 탐색할 수 있기 때문이었다. 이 넓은 벌판에서는 사냥감이 사방으로 흩어져 있을 테니 찾는 것만 해도 시간이 꽤 걸릴 것이 아닌가. 지금 우리에게는 시간이 별로 없었기 때문에 아버지의 능력이 절실하게 필요했다.

게다가 잡는 것도 아버지의 몫이었다. 사냥에는 무엇보다 원거리 무기가 제일이었고, 원거리 무기 하면 아버지의 마법을 따라갈 것이 없었으니 말이다.

아버지가 주변을 마법으로 탐색하여 사냥감을 발견한 뒤,

그 사냥감이 눈에 보일 정도로만 다가가 마법 한 방을 날려주
시면 사냥감은 어떻게 된 일인지도 모르고 그냥 쓰러졌다.

그럼 내가 잽싸게 달려가 주워 오기만 하면 되었다. 그러니
까 나는 짐꾼 역을 하기 위하여 온 것이었다. 뭐, 무슨 역할을
하든 금방, 그리고 손쉽게 사냥감을 잡으니 기분은 좋았다.

'캬~ 이게 바로 패스트푸드 아니겠어?'

하지만 슬프게도, 그렇게 기분 좋았던 것은 그때뿐이었다.

다음날에는 성기사와 신관들이 완전히 회복되지 않은 데
다 가장 상태가 안 좋은 워튼 성기사도 여행을 할 수 있을 정
도까지 되지 못했기에 하루 더 그곳에서 머물고 그 다음날에
야 출발할 수 있었다.

다 타버린 침낭은 아버지의 마법 주머니 안에 고이 모셔뒀
던 나와 아버지의 새 망토들로 교체되었다. 아버지가 엄청난
양의 옷을 사서 안겨주실 때는 낭비라고 생각했는데, 그 낭비
가 지금은 행운으로 여겨진다는 게 참 아이러니했다.

망토는 그나마 모두에게 골고루 나눠줄 수 있었지만, 그 외
에는 모든 게 부족했다. 식량도 최소 이틀에 한 번은 사냥을
해야만 했고, 결국 물통을 못 구해 식수는 아버지의 마법에
의지해야 했다. 그 엄청 맛없는 물을 감지덕지해 가며 마셔야
했던 것이다.

거기다가 하루 종일 따가운 햇볕 아래에서 걸어야 했고, 밤

에는 망토와 모닥불에 의지하여 추위를 견뎌야 했기에 체력 좋은 일행들이라 해도 버티기 힘들었던지 마을에 도착할 즈음에는 일행 중 절반이 병이 나버렸다. 신관들은 체력 회복이나 병 치유에도 능력을 발휘할 수 있다지만, 그 신관들이 제일 먼저 지쳐 병이 나는 바람에 병 고치는 능력이 소용없었던 것이다.

그로 인하여 다른 일행들도 힘들었지만, 특히나 워튼 성기사가 많이 위험했다.

포션과 아버지의 마법, 그리고 나중에는 신관들의 신성 마법까지 합세하여 그를 회복시켜 놨다 해도 원래 화상 환자는 오랫동안 햇빛을 피해야 하는 법인데, 그 땡볕 속에서 며칠 내내 걸었으니… 결국 그는 크게 탈이 나서 대신전에 도착한 후에도 한동안 정양했다고 한다.

그렇게 우리 일행이 고생고생 했으면 대신전만이라도 잘 있었으면 얼마나 좋았을까마는, 어째 기껏 도착한 대신전은 꼭 시한폭탄을 안고 있는 것만 같은 분위기였다.

덕분에 난 대대적인 환영은 못해줄망정 우리를 맞이한 이가 처음 보는 견습 신관이라는 것과, 한 방에 모든 일행이 모여 한 시간여 동안 기다렸다가 겨우 만난 이가 우리를 사막으로 보낸 카에르 대신관이 아닌, 전에 우리를 안내했던 탐스러운 턱수염의 중년 신관이라는 것에 '화장실 들어갈 때와 나올 때가 다르다더니 여기도 그런 거냐?' 라고 불만을 터뜨릴 수가 없었다.

"수고하셨습니다, 여러분. 무사히 다시 뵙게 되어 기쁘기 그지없군요. 카에르 대신관님께서는 현재 무척 바쁘셔서 오지 못하셨습니다. 여러분께 대신 인사를 전해달라 하셨습니다."

그 중년 신관의 인사말이 끝나자 파렐 신관이 물었다.

"무슨 일이 있었습니까? 신전 분위기가 이상하던데……."

"아, 파렐 고위 신관님. 작전이 완전히 어긋나서 그렇지요. 여러분을 노렸어야 할 마족 놈들이 대신전을 습격했거든요. 그것도 대담하게도 각국의 인사들이 모두 모여 있는 날에 수많은 마수들과 키메라들을 앞세워 왔답니다."

턱수염 신관의 말에 일행은 놀라움을 나타냈지만, 그 이면에는 '역시나' 하는 감정이 깔려 있었다.

"큰일이었군요. 사실 저희를 습격했던 마족이 처음에 보고된 마족이 아닌 다른 마족이었기에 혹시나 하고 걱정했었습니다."

파렐 신관의 말에 턱수염 신관의 눈이 휘둥그레졌다.

"뭐라구요? 다른 마족이 습격했단 말입니까? 그럼, 또 다른 마족이 더 있다는 말씀이십니까?"

그의 말에 이번에는 우리 일행의 눈들이 커졌다.

"그게 무슨 소리십니까? 그럼 여기를 습격한 마족도 보라색 머리가 아니었습니까?"

파렐 신관의 질문에 턱수염 신관이 고개를 끄덕인다.

"그놈은 초록색 머리였습니다."

"그놈도 변형을……?"

"아닙니다. 허나 마기를 처음부터 풀풀 풍기고 있었으니 마족이라는 것을 모를래야 모를 수가 없었지요. 하여간, 이럴 때가 아닙니다. 또 다른 마족이 나타났다는 걸 얼른 보고해야겠습니다. 파렐 고위 신관님은 저와 같이 가시지요. 아, 그리고 네 사람은—트레버 신관과 세 성기사—수고했네. 각자 귀환 보고를 하고 거처에서 쉬고 있게나. 나머지 분들도 일단 쉬시지요. 곧 식사를 보내 드리겠습니다."

그 턱수염 신관은 어지간히도 급했던지 숨도 안 쉬고 다다다~ 말을 쏟아내는데, 듣고 있던 내가 숨이 찰 지경이었다. 그리고는 우리가 대답을 할 틈도 없이 파렐 신관과 함께 휭~하니 방을 나가 버렸다.

하지만 일행 모두는 여전히 놀라움 속에 있느라 그런 무례한 행동을 뭐라 하지도 못했다.

"녹색 머리 마족이라니… 그럼 도대체 마족이 몇 명인 거야?"

하트만 성기사의 중얼거림에 아버지도 심각한 얼굴로 중얼거리셨다.

"큰일이군. 전 세계가 이번 일로 들썩이겠어."

　그 뒤, 성기사들과 트레버 신관이 우리에게 작별인사를 하고 나간 후 턱수염 신관이 보내준 식사를 하는 동안 난 아버지께 여기서 나가자는 말을 할 타이밍을 찾고 있었다. 만약 아버지가 좀 더 사태를 두고 봐야겠다고 하시면, 난 '불효 막심한 녀석!' 이라는 말을 듣는 한이 있어도 혼자서 나갈 셈이었다.

　하지만 내가 미처 말을 꺼내기도 전에 노크 소리가 들리더니 아까의 그 턱수염 신관과 파렐 신관이 들어왔다. 그런데 그들의 분위기가 마치 머리 위에 '엄숙' 이라는 단어가 동동 떠 있는 것 같아 보는 내가 부담스러웠다. 왠지 나까지 몸가짐을 바로 하고 진지한 표정을 지어야 할 것 같았기 때문이다.

　"무슨 일이 있습니까?"

　그 두 신관의 분위기가 범상치 않자 아버지가 걱정스러운 어조로 물었다.

　"예, 황공하옵게도 예하께서 여러분을 직접 만나시겠다고 하십니다. 그러니 여러분은 즉시 의관을 새로이 갖춰주십시오."

　예하란 신관장을 높여 부르는 존칭이었다.

　'신관장? 신관장이라면 카톨릭에서의 교황님이랑 같은 급이잖아?'

　그 신관장님의 말씀을 전하러 왔으니 태도부터 달랐던 모양이다. 왜, 사극에서 '어명이요~!' 하는 사람들을 보면 엄숙, 경건 그 자체이지 않는가 말이다. 그런 대단한 위치의 분을 만날 때 제대로 된 옷차림을 요구받는 건 당연한 일일 거다.

단지 우리 일행에게 정장이 없다는 게 문제였지만—나는 아버지가 아예 안 사주셨고, 아리엘 일행은 어떤 놈의 마법에 홀랑 타버렸다—다행히 우리의 사정을 알고 있던 파렐 신관이 손을 써서 그럴듯한 정장을 구해줘 구색을 맞출 수 있었다.

"갑작스러운 일이라 의아해했는데 비공식 접견이었군요. 어떻게 된 일인지 알 수 있겠습니까?"

기다렸다는 듯 묻는 아버지의 말에 이번에는 턱수염 신관이 사람 좋은 미소를 지으며 입을 열었다.

"물론 궁금하신 게 많으실 줄 압니다. 하지만 다 말씀드리려면 시간이 오래 걸리니 잠시만 기다려 주시지요. 예하를 뵈면 모든 걸 알게 되실 겁니다."

그리 말하니 뭐라 할 수 있겠는가. 게다가 그 후 일행이 옷매무새 정리를 다 끝냈기 때문에, 우리는 입을 다물고 두 신관의 안내를 받아 신관장을 만나러 가야 했다.

나중에 들은 바에 의하면 공식 접견은 신관장을 만나기 위한 절차가 길고 만날 때도 커다란 접견실에서 만나는 거고, 비공식 접견은 사적인 만남이라 짧고 장소도 공공장소(?)가 아닌 사적인 장소라고 했다.

우리가 안내된 곳은 신관장님의 전용 서재.

대략 30여 평쯤 되는 서재는 장식품 등은 하나도 없었고 책상, 책장, 의자, 그리고 손님 대접을 위한 소파와 탁자뿐이었다. 유일한 사치품은 바닥에 깔린 초록색의 카펫 정도였는데, 그것도 꽤 오래 사용된 건지 약간 낡은 상태였다. 뭐, 덕분에 길이 잘 들어 그 위를 밟는 감촉이 무지 좋았지만 말이다.

그러한 모습에 난 신관장이 엄청 검소한 사람인 줄 알았건만, 그건 나의 착각이었다.

나중에 아버지께 들은 바로는 이 서재에 있는 것만 다 팔아도 큰 도시의 명당 자리에 있는 대저택을 살 수 있을 정도란다. 희귀, 고급 서적이 다수 포함된 책들은 빼놓고도 말이다.

서재 안의 가구를 만들 때 사용된 나무들은 자단목과 흑단목으로 은은한 광택과 향이 나는 것으로 추측해 보건대 최소 2, 300년 이상 된 나무들로 만들어졌을 거란다.

카펫도 사용한 지 오래된 것이 아니라 처음부터 살짝 낡은 것처럼 보이게 만들어진 건데, 그 기술이 한국으로 말하면 특허 기술이었기에 카펫 세계에서 최고봉의 자리를 차지하는 고급 카펫이라고 했다.

그 위에 놓인 은은한 베이지 색 소파는 10년에 한 마리 나올까 말까 하는 희귀종 몬스터의 가죽으로 만들어진 것이고, 서재의 창틀은 흑요석으로 만들어진 것이며, 책상 위에 놓인

자잘한 소품들은 마노, 수정, 산호 등등의 보석들을 통째로 깎아 만든 것들이랬다.

그걸 전~혀 몰랐던 나는 신관장의 성품에 감탄, 또 감탄하며 일행과 함께 서재 안으로 들어섰다. 그러자 책상 앞 의자에 앉았던 사람이 우리를 맞이하기 위하여 일어났는데, 그가 바로 신관장이었다.

전에 본 카에르 대신관이 신관의 정석처럼 생겼던 터라 나는 신관장이라면 그 비슷하게, 그러니까 꼬부랑 지팡이만 들면 신선이라 생각할 정도의 외모를 가졌을 줄 알았다. 그런데 놀랍게도 그는 20대 중반 아니면 후반 정도로 보였다. 단아하게 생긴 외모에 등까지 내려오는 연한 금발머리를 목덜미 부근에서 묶은 그 단정한 모습이 잘생긴 학자를 떠오르게 했다.

다시 한 번 눈이 즐거워진 건 좋았지만, 의아함도 생겼다.

'파렐 신관보다 더 젊잖아? 카톨릭에서는 교황 선출 때 대주교던가 추기경이던가 하여간 그분들 사이에서 선출한다던데, 여긴 그게 아닌가 보네?'

내가 의아해하는 사이 우리 쪽으로 신관장이 한 걸음 다가섰고, 그게 신호인 양 파렐 신관과 턱수염 신관이 신관장 양쪽에 공손한 자세로 시립했다.

그러고 나자 아리엘 일행이 신관장 앞으로 다가가더니 느닷없이 무릎을 꿇는다.

그 모습에 나도 같이 꿇어야 하는 줄 알고 몸을 숙이려는데 아버지가 제지했다.

"넌 나만 따라 하면 돼."

'진작 좀 말씀해 주실 것이지, 하마터면 무릎 꿇고 일어날 뻔했잖아?'

속으로 투덜거렸지만, 덕분에 난 편한 마음으로 아리엘들을 구경할 수 있었다.

아리엘들이 무릎 꿇자 신관장이 자연스레 자신의 오른손을 내밀었는데, 가운데 손가락에는 큼직한 루비가 박힌 반지가 껴 있었다. 아리엘은 무릎걸음으로 다가가 신관장의 손을 자신의 양손으로 살포시 받치더니 루비 반지에다 살짝 입 맞추고 신관장의 손등에 자신의 이마를 한 번 댄 후 신관장을 올려다보며 입을 열었다.

"아스트라드 국 출신인 아이비스크 후작가의 후계자 아리엘이라 합니다. 천신의 은총을 받으신 이를 뵙게 되어 무한한 영광입니다."

그러고 보니 아리엘들은 천신의 신자라고 했다. 저게 신자들이 신관장을 만났을 때 하는 인사인가 보다.

'호오, 오늘은 아리엘들의 정식 이름을 다 알 수 있겠군. 이렇게 언젠가는 밝혀질 건데 토카라 경은 왜 그렇게 저 녀석 이름을 숨겼나 몰라.'

그사이 만나서 반갑다는 내용의 간단한 답을 들은 아리엘이 자리에서 일어나 비켜서자 그다음 토카라 경이 다가가 루비 반지에 입 맞춘다.

'예전에 TV에서도 저런 거 보며 생각한 거지만, 저것도 간접 키스 아닌감? 게다가 수많은 사람들이 저기다 입을 댔을 텐데 매일 닦을까? 아니, 그래도 하는 사람이나 끼는 사람이나 찝찝하지 않을라나?'

기회가 있다면 물어보고 싶었다.

'설마 그거 가지고 신성 모독이라고 하지는 않겠지?'

그렇게 내가 생각에 잠긴 사이, 로마노 토카라 경과 폴 트라한 경의 인사가 모두 끝나고 나와 아버지의 차례가 되었다. 혹시 우리도 저리 긴 인사를 하는 건 아닌지 걱정했었는데, 다행히 아버지의 인사는 짧았다. 마치 한국의 국기에 대한 경례를 하는 것처럼 오른손 손바닥을 가슴 위에 얹더니 정중하게 허리를 숙이셨다. 물론 나도 얼른 따라 했다.

"뵙게 되어 영광입니다, 천신의 은총을 받으신 이여. 마르타 국의 왕실 마법사 팔라디노 백작입니다. 이쪽은 제 아들인 비스닉입니다."

인사말을 할 때 허리는 폈으나 손은 가슴에 댄 채로 하셨다.

아버지의 소개에 신관장의 시선이 나를 향했는데, 뭔가 인사말을 기다리는 눈치다. 그래 아버지의 인사말을 따라 할까 하다가 앵무새도 아니고, 입에도 익숙지 않아 어색해서 그냥 목례만 해 보였다.

그러자 신관장이 의아하다는 시선으로 나를 보더니 입을

열었다.

"실례지만, 천신의 신도가 아니십니까?"

뜬금없는 질문에 솔직히 좀 당황했다.

"아닙니다만……?"

"그러십니까?"

어째 신관장의 반응이 내가 천신의 신도여야 한다는 것 같다.

'이거… 설마 이 세계의 포교 방식은 아니겠지?'

내가 속으로 당혹해하건 말건 고개를 갸웃거리던 신관장이 다시 묻는다.

"신도가 아니시면… 혹시 신전과 무슨 관계가 있습니까?"

이번 질문에는 난 진짜 간이 떨어질 것처럼 놀랐다.

'헉? 호, 혹시 내 천기나 마기를 들킨겨? 젠장, 역시 빨리 여길 떴어야 했어.'

나는 무지 놀라 아무 말도 못했지만, 대신 아버지가 나서주셨다.

"무슨 일이십니까? 어째 질문에 어떤 뜻이 있는 것 같군요?"

아버지의 질문에 신관장의 시선이 겨우 나에게서 떨어졌다.

"아, 이런… 제가 실례를 했군요. 차근히 말씀드렸어야 하는 것을. 자, 일단 좀 앉으시겠습니까?"

신관장이 소파를 권하자 나와 아버지는 냉큼 앉았지만—난 살 떨려서 서 있기 힘들었다—아리엘들은 그러지 못했다. 그러

고 보니 두 신관도 소파에 앉는 대신 신관장 뒤에 시립하고
있는 모습이 보인다.

하지만 신관장이 재차 권했다.

"괜찮으니 편히 앉으세요. 제가 불편해서 그럽니다. 같이 앉
았다는 건 비밀로 할 테니까 너무 부담 가지실 필요 없습니다."

평상시라면 그 농담에 웃어줬겠지만, 아쉽게도 아까 놀란
심장을 진정시키는 데 바빠 제대로 듣지도 못했다.

하지만 그 말이 효과가 있었는지 아리엘들이 겨우 소파에
엉덩이를 붙였다.

"그럼 실례하겠습니다."

그래 봤자 편히 앉지 못하고 부동자세를 취하고 있었지만,
어쨌든 모두가 자리에 앉자 신관장이 씨익 웃었다.

"손님이 오셨는데 대접이 없었군요. 차 한잔하시겠습니
까?"

미안하지만 차 마실 정신 없다.

아버지도 마찬가지인 듯 정중히 거절했고, 아리엘들도 '감
히~!' 라고 생각했는지 모두 거절이다.

"아쉽군요. 제가 제법 차를 잘 끓이는데 말이죠."

신관장의 말에 아리엘들의 눈이 휘둥그레진다.

나도 솔직히 좀 놀랐다. 차를 대접한다 해도 아랫사람을 시
킬 줄 알았지, 설마 직접 끓여줄 줄 누가 알았겠는가? 아쉽다.
조금만 여유가 있었더라면 냉큼 대접받았을 텐데 말이다. 대

단한 사람이 손수 끓여준 차를 대접받을 일이 어디 자주 있는 일이겠는가?

"괜찮습니다. 너무 황송해서 감당치 못할 것 같군요. 대신 설명을 해주실 수 있겠습니까? 아무래도 저희 일행을 조용히 부르신 이유가 제 아들과 연관이 있는 것 같습니다만…….'

아버지의 말에 신관장이 짝~! 하고 손뼉을 쳤다.

"정말 대단하십니다. 마법사 분들은 모두 머리가 좋다고 하던데, 그게 사실이었군요."

'뭐시냐… 그럼 지금 나 때문에 우리 일행을 불렀단 야그? 왜? 뭣 땜에?'

점점 더 상황이 오리무중이 되자 내 기분은 점점 불안해졌다. 하지만 이 일에 대해 설명해 줄 분위기였기에 일단은 잠자코 있었다.

"우선 현재 상황을 말씀드리지요. 아, 혹시 알고 계십니까?"

알면 본론으로 넘어가자는 태도였지만, 아쉽게도 우리는 현재 상황도 몰랐다.

"안 좋게 돌아간다는 것만 어렴풋이 짐작할 뿐 자세한 이야기는 모릅니다. 아, 여기가 습격당했다는 이야기는 들었습니다."

아버지의 말에 고개를 끄덕인 신관장이 재차 물었다.

"그럼, 녹스 국이 선전포고를 받았다는 이야기도 들으셨습니까?"

그건 정말 뜻밖의 말이었다. 아버지는 정말이냐고 묻는 듯 눈을 크게 뜨셨고, 아리엘 일행도 놀라서 부동자세를 무너뜨렸다.

'선전포고? 전쟁을 하겠다는 그 선전포고?'

"그게 사실입니까?"

아리엘의 놀람에 가득 찬 질문에 신관장이 고개를 끄덕였다.

"사실입니다. 그 이야기는 아직 못 들으셨군요. 음… 그럼 거기서부터 말씀드리지요. 그러니까 마족의 습격을 받은 뒤 이 주가 지났을 때 새클턴 국에서 정식으로 선전포고를 해왔습니다."

그 말에 일행의 입이 떠억 벌어졌다.

"새클턴 국이 말입니까? 그 나라는 왕실 내부가 시끄러워 여유가 없다고 알고 있었는데, 어떻게……?"

아버지의 질문에 삼빡한 대답이 돌아왔다.

"몇 달 전에 사왕자가 왕실을 평정하고 왕위에 올랐습니다. 그 후 새클턴 국에서 무슨 수를 썼는지 모르겠지만 아메리 국과 연합해서 쳐들어오겠다고 선포했습니다. 녹스 국도 중앙 대륙 협정으로 인하여 마르타 국과 벨레니 국의 지원을 받을 수 있을 테니 연합 대 연합의 전쟁이 일어나겠지요."

어째 스케일이 점점 커진다. 사실 난 나라와 나라의 전쟁도 뜬구름 잡는 소리 같은데, 이제는 잘하면 세계 대전이 일어날 판이다.

'정말 아버지 말씀대로 전 세계가 들썩이게 생겼군.'

그 후 신관장에게 들은 설명에 의하면, 새클턴—아메리 국 연합 뒤에 마족이 버티고 있는 것 같다는 거였다. 두 나라는 이 중앙 대륙에 있는 세 나라에 비해 상대적으로 국력이 약한 나라였음에도 당당히 전쟁을 선포하는 것은 물론이거니와, 역사적으로 무슨 일이 있어도 절대 건드리지 않았던 신전을 갑자기 두 나라에서 전쟁이 일어나기 전 모두 철수하지 않으면 신전은 강제 철거하고, 신관들의 목숨을 보장치 못할 거라는 협박을 해왔다니 말이다.

전쟁이 일어나면 신전에서 만들어내는 포션과 신관들의 능력이 절절하게 필요할 텐데도 불구하고 신전과 척을 지면서까지 내몰다니, 정말 수상하긴 했다. 게다가 신관들의 목숨을 가지고 협박하는 건 양대 신전에 대한 선전포고와 다름없기 때문에 두 신전에서는 신관들이 다 철수하는 대로 두 연합국과의 전쟁을 성전으로 선포하고, 성기사와 신관들을 대거 지원해 줄 예정이란다.

거기다가 두 연합국 사이에서 마물을 이식한 마법사와 많은 수의 키메라가 목격된 탓에—키메라를 전쟁에 사용하는 건 마법사 금지 조약 중 하나란다—마법사 길드에서도 두 연합국을 길드에 대한 적이라 규정, 키메라와 마물 마법사를 처리하기 위하여 이 전쟁에 나선다고 한다.

결국 새클턴—아메리 국 연합은 중앙 대륙의 조약에 의하여 마르타 국과 벨레니 국의 지원에다 마법사 길드와 양대 신전의 지원까지 꽉꽉 받는 녹스 국을 상대하게 되었으니 불리한 건 새클턴—아메리 국 연합 측일 텐데 두 나라 연합 측은 당당했다. 그리고 그렇게 되면 새클턴—아메리 국 연합이 불리할 것 같은데, 신관장은 그렇지 못하다고 한다.

이건 두 나라 연합국 뒤에 마족이 있기 때문이기도 하지만, 그 마족들이 꾸미고 있는 일이 주된 이유란다.

"그들이 꾸미고 있는 일이 성공하면 전쟁에서 지는 건 문제가 아닙니다. 이 세계 전체가 위험에 빠지게 될 테니까요."

'세계 전체…….'

스케일이 한 단계 더 커지자 나는 아예 현실 감각을 잃고 옛날이야기를 듣는 기분이었다.

하지만 아버지와 아리엘들은 한 치의 의심도 없이 같이 심각해지는 거다.

'저 말이 믿어진단 말이야?'

혼자 속으로 어이없어하고 있는데, 신관장이 부드러운 미소를 지으며 일행을 둘러봤다.

"너무 걱정하실 것 없습니다. 오르께서 저희와 함께 계시니까요."

그 말에 안심이 되기는커녕, 나는 솔직히 종말론을 외쳐 대는 길거리 포교자들을 눈앞에 둔 기분이었다.

하지만 옆에서 일행 중, 정확히는 오르의 신자들만 '오오~' 하는 감탄사와 함께 성호를 읊는 것을 보고 있자니 파하~ 하는 한숨이 터지는 것이었다.

'아니, 뭐… 이들은 신자니까 당연히 믿을 수 있겠지만서도……'

그 순간 날 빠안~히 보는 신관장과 눈이 마주쳤다.

'뭐, 뭐야?'

당혹해서 마주 보니 그가 빙그레 웃으며 자연스레 시선을 돌린다.

"신탁이 내려왔습니다. 이 상황을 해결할 수 있는 방법을 오르께서 알려주신 겁니다."

그 말에 아리엘들뿐만이 아니라 아버지도 눈을 빛내며 바라보는 가운데 신관장이 몸가짐을 바르게 하고 엄숙한 목소리로 입을 열었다.

"물빛과 은하늘빛을 부르라. 그들이 이 어둠을 막아내리라."

솔직히 뭔 말인지 몰라 고개를 갸웃하는데, 신관장의 시선이 다시 나에게로 향하는 거다. 그 바람에 일행들의 시선이 같이 나에게로 쏠렸고, 아버지는 나와 신관장을 번갈아 보더니 더듬더듬 입을 여셨다.

"설마… 신탁에서 나온 빛이라는 게……?"

아버지의 말이 끝나기도 전에 신관장의 고개가 크게 끄덕여겼다.

"그렇습니다. 신탁에서 나온 두 빛 중 하나가 바로 팔라디노 경이십니다."

그 말에 나는 입을 떠억 벌렸다.

"아니, 어딜 봐서 제가 두 빛 중 하나라고 단정지으시는 겁니까?"

황당하다는 내 질문에 일행의 시선이 내 머리로 쏠린다. 그리고 신관장이 의기양양한 시선으로 좌중을 둘러보며 물었다.

"여러분, 혹시 또 다른 은하늘색 머리카락을 가지신 분을 본 적이 있으십니까?"

"그게 가당키나 해요? 그 물빛, 은하늘빛이 머리색이라는 걸 어떻게 확신한대요?"

내 투덜거림에 아버지가 시큰둥하니 대꾸하셨다.

"신의 뜻이라잖냐."

"나원… 도대체 내 어딜 보고……."

어이없다는 듯 투덜거렸지만, 난 솔직히 좀 초조한 심정이었다. 아무래도 내 처지가 처지인만큼 뭔가 눈치 채인 건 아닌가 싶어 은근히 불안했던 것이다.

'아, 진짜… 신전의 부탁을 정말 들어주기 싫더라니. 이게 다 아버지 때문이야.'

은근히 아버지에 대한 원망이 들어 슬쩍 째려보자 아버지가 '내가 뭘?'이란 시선으로 맞받아치신다. 하지만 곧 찔리는 면이 있는지 슬며시 고개를 돌리셨다.

그때, 폴 트라한 경이 의아하다는 어조로 입을 열었다.

"정말 이해할 수 없습니다. 천신께서는 진정 팔라디노 경을 선택하신 걸까요?"

말과 함께 잠시 날 보더니 실례한다는 듯 고개를 까딱해 보이고는 재차 입을 열었다.

"사실 지금까지 보여주신 모습으로는 도저히… 아, 그렇다고 팔라디노 경이 약하다는 건 아닙니다만, 천신의 뜻을 받들어 놈들을 척결하는 데 앞장서시리라고는…….."

하긴 뭐, 장인 마을에서 보여준 모습이나 이번 마골라스 사막에서 보여준 모습을 보면—거기서는 싸움에서 슬쩍 빠져 있었다. 마지막에는 좀 활약을 하긴 했지만…—저런 말을 들을 만도 하다.

하지만 그 말이 정말 반가웠던 것이, 난 누군가에게 선택되어 노가다를 뛰고 싶은 마음이 전.혀. 없었던 것이다. 게다가 아버지면 몰라도 아리엘들을 일행으로 삼는다니……. 로마노 토카라 경이라면 괜찮지만, 연하는 취미가 없단 말이다.

"저도 뭔가 착오가 있는 거라 생각합니다. 빨리 제가 아니라는 신탁이 내려져 돌아갈 수 있었으면 좋겠습니다."

난 진심으로 말했건만, 내 말이 믿겨지지 않는지 아니면 비꼬는 것이라 여겼는지 폴 트라한 경이 입술을 비틀어 보였다.

대신 아버지가 음흉하게 웃으시며 입을 여는 거다.

"훗, 여길 나가면 편해질 것 같냐? 아까 예하께서 하신 말씀 잊었어? 얼마 안 있으면 전쟁이 일어난다잖아. 넌 돌아가 봤자 그 즉시 전쟁에 징집되어 나갈걸?"

"헉……."

진짜 그럴지도 몰랐다.

아버지야 엄청 대단한 마법사니 국가에서 진짜 전력을 숨기는 차원에서 빼돌릴 수도 있지만, 나야 어디 그렇게 되겠는가? 게다가 아버지가 날 끔찍이 아껴서 징집을 면제시키려고 힘써주실 리도 없고. 아마 모르긴 몰라도 내가 징집되어 끌려가는 날 잘 다녀오라며 배웅해 줄 거다.

'우쒸… 그냥 확 산속으로 도망가 버릴까?'

쇠뿔도 단김에 빼랬다고, 난 그 생각이 떠오르자마자 그날 밤에 튀기로 결심했다.

기회를 지켜본다 해서 시간을 허비할 생각은 없었다. 사실 여유도 없었고 말이다. 내일 안으로 나 말고 선택된 또 한 사람이 도착한다는데 정보 수집하고, 목적지 정하고 할 시간이 어디 있단 말인가.

그리하여 난 아버지에게 내일 시내 구경 좀 다녀오겠다고 용돈을 넉넉히 타낸 후, 일행 모두가 잠자리에 들고도 두어 시간이 지난 후에 슬며시 침대에서 일어났다.

아버지의 침대가 바로 옆에 있기는 했지만, 깊이 잠들어 계시는 눈치다. 하기야, 육체 능력은 내가 아버지보다 뛰어났던 터라 마음만 먹으면 얼마든지 몰래 빠져나갈 수 있었다.

어둠은 나의 방해물이 아니었기에 나는 조용히 움직여 옷장에서 내 옷 가방을 챙긴 후 방을 나가기 위해 문을 열려고 했는데… 문이 안 열린다. 문에는 분명 잠금 장치 따위는 없었고, 문고리도 잘만 돌아가는데 이상하게 안 열리는 거다. 그렇다고 문을 부술 수도 없는 일이었기에, 몇 번 시도해 보다 열리지 않자 나는 포기하고 창문으로 나가려 몸을 돌린 순간,

"뜨헉~!"

세상에! 아버지가 침대에서 일어나 앉아 날 빠안~히 보고 계시는 거다.

"뭐, 뭡니까? 귀신처럼……."

내 말에 아버지가 흥~ 하고 코웃음을 치시더니 마법으로 방 안을 밝히셨다. 그걸 보니 전혀 안 주무시고 계셨던 듯하다. 아까의 모습은 연극이었던 걸까?

"내 이럴 줄 알았지."

'에엣? 전혀 티 안 냈는데 어떻게 알아채셨지?

내 의문을 알아채신 듯 아버지가 묻지도 않았는데 알아서 말씀해 주신다.

"천신에게 찍혀 불안해하던 녀석이 갑자기 시내 구경 간다고 돈 달라는데 안 이상하냐? 네놈 성격상 운명에 순응해 여유가

생겼다기보다는 튈 궁리를 하고 있다는 쪽이 더 확률이 높지.”

“젠장, 돈 없이 그냥 튈걸······.”

고생하기 싫어서 머리를 쓴 건데, 그것 때문에 덜미를 잡히다니 정말 아이러니하지 않은가.

그리 궁시렁거리는 내 말에 아버지가 ‘하아~’ 하고 길게 한숨을 내쉬더니 타이르는 어조로 입을 여셨다.

“이놈아, 천신은 이 세계의 질서와 균형을 주관하는 신이다. 그런 존재에게 찍혔는데 벗어날 수 있다고 생각하냐? 괜히 헛수고해서 힘 빼고 미운 털 박히지 말고 얌전히 있어. 게다가 천신이 세상의 존망이 달려 있다고까지 말한다면 그만큼 큰일인 거야. 오르의 신탁이 헛소리인 줄 알아?”

“누가 헛소리래요? 단지 왜 하필 나냐, 이 소리죠. 전에 보니까 ‘정의의 용사’에 온몸을 바칠 열혈 청년들이 많더만, 그 사람들 다 냅두고 왜 나예요?”

“야, 이놈아. 솔직히 너보다 뛰어난 인물이 이 세상에 몇이나 되겠냐? 너, 톡 까놓고 말해서 저 아이비스크 자작 일행이 다 덤벼도 이길 수 있지?”

“셋이 한꺼번에요? 으음······.”

그동안 아리엘 일행의 실력을 여러 번 볼 수 있었긴 하지만, 그게 그들의 진정한 실력 같지는 않았다. 게다가 검술만으로는 그들과 난 비교도 안 된다.

하지만 육체 본능이 나서준다면 질 것 같지는 않은데다, 내

가 본래 모습으로 변형한다면,

"으으음… 그래도 이기려면 변형까지 가야 할 것 같은데……."

"어쨌든 셋을 이길 수 있다는 거잖아. 그러니 널 택한 거겠지. 어차피 집으로 가면 아까도 말했듯 전쟁터행이야. 넌 전쟁터가 더 좋냐?"

"그럴 리가 없잖습니까? 그래서 아버지 집이 아닌 아주 기~ 잎은 산속으로 갈 생각이었어요."

도망은 이미 그른 것 같아 침대 위에 가방을 던지고 털썩 주저앉으며 대답하자 아버지가 '파하~' 하고 웃으셨다.

"이놈아, 산속으로 가던 바다 속으로 가던 오르의 눈을 피할 수 있을 것 같으냐? 그냥 포기하고 받아들여. 정 하기 싫으면 신에게 직접 하기 싫다고 말하던가. 그런데, 그렇게 영웅이 되기 싫으냐? 죽을 만큼?"

아버지의 마지막 질문에 난 순간적으로 할 말을 찾지 못해 버벅거렸다.

"아니, 뭐… 으음… 죽을 만큼 싫은 건 아닌데… 그… 뭐다냐……."

뭐라고 설명하면 좋을까?

싫은 이유가 딱히 뚜렷하게 있는 게 아니었기에 설명하기가 참 애매했다. 그냥 '정의의 용사' 니 '영웅' 이니 하는 단어에 거부감이 느껴진다고나 할까? 왠지 그런 건 특별한 사람이

나 되는 거지 나 같은 평범한 사람과는 인연이 없는 단어처럼 여겨졌다. 영웅 하면 떠오르는 건 슈퍼맨이나 베트맨 등등의 뭔가 특별한 존재들이 아니던가 말이다. 이게 다 헐리우드 영화의 영향일지도 모르겠지만.

'에… 물론 나도 이제 괴물이 되었으니 같은 종류인가? 하지만 영웅은 만사를 제쳐 두고 악을 소탕하는 데 앞장서잖아?'

과연, 이건 내가 할 수 없을 것 같다. 물론 눈앞에서 누가 사고를 당했다면 적극적으로 나서겠지만, 그건 대부분의 사람들이 다 그렇게 행동하지 않던가.

'역시 그 정도 가지고 영웅이라 하기에는 무리가 있지.'

게다가 천신이 시키면 무조건 나서야 한다는 것도 마음에 안 들었다. 내가 신도도 아닌데 그의 지시를 따를 의무가 없지 않은가 말이다.

'아, 이거 마음에 든다.'

그래 아버지에게 이 말을 하려고 고개를 돌렸는데…

'이러언~'

내가 고민하고 있던 시간이 길었던지 그새 다시 누워 주무시고 계시는 거다.

확 깨울까 하다가 그만뒀다. 그럴듯한 이유기는 하지만, 한참 생각해서 떠오른 거라 이게 내 심정을 정확하게 대변할 것 같지 않아서였다.

'흐음… 어렵네. 다른 이유는… 딱히 없는 것 같은데? 하지

만 그래도 영웅 노릇은 싫어.'

아버지가 별 의미 없이 던진 질문일 텐데도 이상하게 신경 쓰였던 나는 밤새도록 그에 대해 생각하다가 늦게 잠이 들었다. 덕분에 꼭두새벽에 웬 신관 둘이 쳐들어와 날 깨울 때도 정신을 못 차렸고, 그들에게 거의 끌려갈 때도 비몽사몽 속에서 헤맸다.

그러다 나중에 찬 느낌이 얼굴에 닿고 나서야 정신을 차릴 수 있었다.

"앗, 차거……."

보니 한 신관이 물에 적신 수건으로 내 얼굴을 닦아주고 있다가 내가 정신을 차리자 뒤로 물러났다.

어디 지하실에라도 들어온 건지 빛 한 점 들어오지 않는 공간이었다. 주변에 여러 대의 등불이 있어 그 공간을 밝히고 있었는데, 온통 새하얀 대리석을 깔아놓은 거 보니 여전히 대신전 안인 모양이다.

그리고 내 눈앞에는 땅에 파고든 형태의 욕조인 건지, 대리석으로 바닥을 깐 못인 건지, 하여간 물이 가득 찬 웅덩이 하나가 있었다. 그리고 그 주변에 마찬가지로 하얀 대리석으로 만들어진 걸로 보이는 탁자가 있었다.

"여기가 어디지?"

의아함에 두리번거리자 내 옆에 있던 신관이 말을 걸어왔다.

"이제 정신이 드십니까?"

처음 보는 얼굴의 신관이었다. 대략 20대 중반으로 보였는데, 꽤나 깐깐한 인상을 하고 있었다. 차갑게 굳힌 인상만 풀면 제법 꽃미남이라 불릴 얼굴이었는데 말이다.

"누구… 시죠?"

"아까 소개했는데 잘 못 들으셨나 보군요. 천신의 종 카루엔이라 합니다. 경의 정화 의식을 도울 것입니다."

"예? 정화 의식이요?"

이게 뭔 소리인가 싶어 어벙하게 되묻자 카루엔 신관이 냉정한 표정으로 또박또박 잘도 대답해 준다.

"내일 오르님 앞으로 나가셔야 하는데, 그때 이대로 나가실 수 없으니 몸과 마음을 깨끗이 하는 정화 의식을 갖추셔야 합니다."

'허……'

열받는다.

아니, 누가 만나고 싶다 했는가? 자기 마음대로 찍어놓고서는 자신 앞에 나오려면 몸과 마음을 깨끗이 하라니…….

내가 분노하든 말든 카루엔 신관은 자신이 할 말만 계속 이어나갔다.

"정화 의식에 대해 말씀드린 것도 기억 못하실 테니 다시 말씀드리겠습니다. 하루에 다섯 번, 새벽과 삼시 세 끼 식사 전, 그리고 주무시기 전에 이곳에 오셔서 몸을 씻으시는 겁니다. 그사이 원래 경건 기도문을 읊으셔야 하는데, 이건 팔라

디노 경께서 모르실 테니 저희가 대신 읊어드리겠습니다. 경
께서는 경건한 마음으로 귀를 기울여 마음을 청결케 하시면
됩니다.”

기가 막힌다.

‘뭘 읊어? 나원 참… 이젠 하다하다못해 별걸 다 시키는구
만.’

지금 당장이라도 때려치우고 싶었지만, 참을 인 세 번이면
살인도 면한다는 심정으로 충동을 억누르며 입을 열었다.

“그거 꼭 해야 합니까?”

“법도입니다.”

“전 신자가 아닙니다만?”

“그래도 법도이니 하셔야 합니다.”

“제가 원해서 온 것이 아니라 부름을 받고 온 것인데요?”

“법도를 어길 수는 없습니다.”

망가진 레코드판 같은 대답에 더 이상 말로 해봤자 소용이
없음을 깨닫고는 이를 빠드득 갈았다.

이런 내 심정을 아는지 모르는지 뒤에 있던 다른 신관이 나
섰다.

“이걸로 갈아입으십시오. 모든 옷을 다 벗으셔야 합니다.”

얇은 하얀 천으로 만들어진 목욕 가운이었다.

그걸 보니 열이 확 뻗쳐 정화 의식이고 뭐고 이 둘을 때려
눕히고 숙소로 돌아가려 하던 나는 문득 아버지의 말이 떠올

라 멈칫거렸다.

"정 하기 싫으면 신에게 직접 하기 싫다고 말하던가."

그래, 그 말이 옳다. 이대로 도망가면 나만 골치 아파진다. 차라리 그 오르인지 오이인지 하는 신과 맞대면을 해서 안 한다고 직접 이야기하는 게 났다.

'그러려면 일단 이건 참아줘야겠지. 젠장……'

궁시렁거리며 옷을 갈아입고 온 나에게 들어가기 전 무릎을 꿇게 하더니 머리 위에서부터 찬물을 양동이로 세 번이나 끼얹는데 장난이 아니게 차가웠다. 아무래도 지하수인 모양이다. 나야 괜찮았지만, 만약 내가 심장이 약한 사람이었으면 어쩔 뻔했는가? 손이나 발을 적셔 익숙해질 틈도 주지 않고 그대로 머리 위에서 들이붓다니, 완전 살인 미수가 아닌가 말이다.

"도대체 이걸 얼마나 해야 합니까? 그리고 보니 저 말고 다른 한 분이 더 계시지 않습니까? 그분도 오지 않으셨는데 왜 저만 하는 겁니까?"

내 다다다 쏟아지는 질문에 카루엔 신관이 얄미울 정도의 침착한 어조로 하나하나 대답해 줬다.

"원래는 사흘에서 닷새 정도 해야 합니다만, 두 분은 시간이 촉박하니 내일 오전까지만 하시게 될 겁니다. 다른 분은 오늘 오전에 오신다니 그때부터 하시겠지요. 자, 그럼 이제 정화못 안으로 들어가십시오."

물속에는 계단이 있었고, 계단을 다 내려가니 내 허리까지
물이 올라왔다. 그리고 당연하겠지만 엄~청 차가웠다.

'젠장, 왜 차가운 물로 해야 하는데? 세수도 미온수로 해야
좋다는 걸 모르나?

거기다 경건 기도문인지 뭔지도 엄청 길어서 나는 대략
30여 분씩이나 찬 물속에서 버텨야만 했다.

그런데 나중에 알고 보니 경건 기도문은 빠르면 10분, 길면
12, 3분 정도였던 거다. 즉, 이 엄청 얄미운 신관들이 내가 하
는 날짜가 하루뿐이니까 한 번 읊으면 되는 기도문을 세 번씩
읊었던 것이다. 그것도 내가 모르게 말이다.

이 사실을 알았을 때 그 두 신관을 볼 수 없었던 게 천만다
행이었다. 아마 두 사람을 볼 수 있었다면 전대미문이라 불릴
지 모를 엄청 살벌한 신관 폭행 사건이 일어났을 테니 말이다.

나와 함께 오르신에게 찍힌 이는 예상보다 늦어져 점심 식
사 시간이 좀 지난 후에야 대신전에 도착했다. 일행은 네 명
이었지만 난 한눈에 누가 내 동지인지 알아볼 수 있었다. 물
빛색 머리카락을 허리까지 늘어뜨린, 시원시원하게 생긴 타
입의 20대 초반의 미인이었다.

물빛색이라 해서 어떤 색인지 궁금했는데, 말 그대로 물색
이었다. 내 머리색도 정말 신비한 색이라고 생각했는데, 그녀

의 머리색은 더더욱 신비스럽고 아름다웠다.

게다가 더 부러웠던 사실은 같이 온 세 남정네들이 다 엄청난 미남들이었다는 거다.

그중 20대 중반으로 보이는 한 사람은 독특하게도 파란빛이 도는 피부를 가지고 있었는데, 그렇다고 완전히 파란색은 아니었고 하얀 피부인데 살짝 파란빛을 띠는 정도다. 한국에서 봤다면 TV에 제보를 했을지도 모르지만, 이곳에서 보니 그러려니 하게 된다. 게다가 피부도 이상하기보다는 신비하게 느껴졌다.

그런데 이분의 머리색이 나와 비슷했다. 뭐, 좀 더 자세히 표현한다면 나는 하늘색 위에다 반투명한 은색 코팅을 입힌 것 같았고, 그분은 완전한 은빛 머리인데 빛의 각도에 따라 파란빛이 도는 느낌이었다.

하지만 얼핏 보면 나와 비슷한 머리색으로 보이기도 해 내 자리에 저분을 밀어 넣을 수 있지 않을까… 하는 치사한 생각도 잠깐 해봤다.

다른 두 사람은 대략 20대 후반 아니면 30대 초반으로―난 이 점이 제일 마음에 들었다―보였는데 그나마 평범한 머리색이었다. 금발과 검푸른 머리색은 가끔 볼 수 있는 머리색이었으니 말이다. 하지만 엄청 잘생겼다.

'오옷, 둘 다 너무 잘생겨서 한 명을 고르라고 한다면 누굴 선택해야 할지 모르겠는걸?

　로마노 토카라 경에게는 정말 미안한 소리이지만, 저 둘에
비하니 토카라 경은 평범하게 느껴질 정도였다.

　내가 오랜만에 눈을 호강시키는 사이, 자신들을 마중 나온
신관과의 인사를 끝낸 그들에게 아버지가 일행의 대표로 인
사를 건네고 있었다.

　"처음 뵙겠습니다, 여러분. 저는 마르타 국의 왕실 마법사
그레텔 팔라디노 백작이라 합니다."

　아버지의 말에 앞으로 나선 이는 검푸른 머리칼의 남자였다.

　"만나서 반갑소, 팔라디노 백작. 나는 벨레니 국의 왕실 기
사단 단장 리건 블렌차드 후작이라 하오."

　'오옷, 꽤나 강해 보인다 싶더니 과연 기사단장씩이나 되
는 사람이었구나.'

　사실 그 말고도 나머지 사람들도 무척 강해 보였다. 저들에
비하자니 아리엘들이 어린애로 느껴질 정도이니 말이다. 특
히나 저 블렌차드 후작은 보라색 머리와 거의 대등한 강자로
느껴졌다. 하긴, 물빛 머리의 아가씨도 절대 뒤떨어지지 않는
느낌이었지만.

　'히유~ 차라리 저쪽이 더 영웅 일행으로 보이는걸?'

　"누구신가 했더니 블랜차드 후작님이셨군요. 만나 뵙게 되
어 영광입니다. 후작님의 명성은 저희 나라에서도 잘 들리고
있답니다."

　"마르타 국의 왕실 마법사가 그리 말해주니 내가 더 영광

이군. 하지만 이쪽이 더 유명할 듯한데?”

그러며 후작이 물빛 머리의 아가씨에게 자리를 양보하자 그녀가 앞으로 나섰다.

“만나서 반갑습니다, 백작님. 벨라니 국 왕실 기사단 소속 정령사 해인 오스번 엠브로스 백작이라 합니다.”

그녀의 말에 의미는 다르겠지만 아버지와 나의 눈이 커졌다.

‘해인? 해인이라고?’

이 세계에서 한국식 이름을 듣게 될 줄은 정말 몰랐던 터였기에 놀라움은 더 컸다.

‘여기에도 그런 이름을 사용하는구나.’

외국에서 고국 사람을 만난 기분이라 가슴이 찌잉~해지면서 처음 보는 그녀에게 호감이 마구마구 피어올랐다.

그사이 아버지는 놀라움이 가득한 목소리로 그녀에게 인사를 건네고 있었다.

“엠브로스 백작? 오오, 그 위명은 많이 들었소. 이리 만나 정말 반갑소이다.”

아무래도 그녀가 대단한 사람이었던 모양이다.

나머지 두 사람은 엠브로스 백작의 호위기사라고 했다. 후작은 혼자 왔는데 백작이 호위기사를 둔 것에 의아함이 느껴졌지만, 그녀는 오르에게 찍힌 몸이라 그런갑다~ 라고 납득해 버렸다.

그, 파란빛 피부를 가진 분이 인간이 아닌 블루 엘프라는 소리에 다른 이들은 놀랐어도 나는 그러려니~ 했다. 솔직히 장인 마을에서 독특한 모습을 한 존재들을 여럿 봐서 파란 엘프가 아니라 빨강 엘프가 왔다 해도 좀 신기하게 느껴질 뿐 놀라지는 않았을 거다.

그 후, 후작 일행은 신관장을 만나러 갔기에 내가 다시 엠브로스 백작을 만난 건 오후의 정화 의식 때였다.

그녀도 자신이 이런 일을 해야 한다는 것에 기가 막힌 눈치였지만, 남녀를 얇은 가운만 입힌 채 같은 탕 안에 넣는다는 것이 더 놀라웠다. 뭐, 내가 불순한 생각을 떠올릴 리가 당연히 없거니와, 10도 정도가 될까 말까 한 물속에서라면 누구라도 그럴 생각은 못하겠지만, 그래도 좀 걸쩍지근하지 않은가 말이다.

이상한 오해 하지 마라. 난 단지 낯선 남자 앞에서 물에 젖은 가운을 입은 채 30여 분을 버텨야 하는 여성 분을 걱정한 거였으니까. 하지만 천만다행히도 여성의 가운은 재질이 좀 특별했던 건지 물에 젖어 몸에 달라붙는 불상사는 없어서 내 걱정은 전~혀 쓸데없었다는 것이 좀 충격이었다.

엠브로스 백작은 확실히 대단한 여성이었다. 나조차 약간의 추위를 느끼는 찬 물속에서도 전혀 아무렇지도 않아 보였으니 말이다. 이에 혹시 나보다도 강한 건 아닌가, 하는 생각이 들 정도였다. 강함과 추위를 타는 것과 연관성이 있는지는 모르겠지만 말이다.

정화 의식 중에는 입을 열 수 없었기에 내가 그녀에게 말을 건넬 수 있었던 것은 의식이 끝나고 신관들이 먼저 나가고 난 뒤 옷을 갈아입고 나오다 마찬가지인 그녀를 봤을 때였다.

그때 좀 멋들어진 말을 건넸으면 좋으련만, 아쉽게도 그건 놀람이 담긴 질문이었다.

"어엇? 머리가 완전히 마르셨네요?"

정화 의식 때 머리에서부터 물을 뒤집어쓰니 머리가 젖어 있는 게 당연할 텐데 완전히 마른 뽀송뽀송한 머리카락을 하고 나오는 그녀의 모습에 놀라 그리 묻자 그녀가 오히려 놀란 듯 날 바라보더니 피식 웃었다.

"저는 정령사인걸요. 이 정도야 당연한 거지요."

정령사가 뭔지 모르는 나는 뭐가 당연한 건지도 몰랐지만 일단 그러려니~ 하고 넘어갔다. 나중에 아버지께 물어보리라 생각하면서 말이다.

"성함이 해인이라던데… 정말 독특한 이름이군요."

한국식 이름을 정말 오랜만에 말해봐서, 이런 말하면 되게 이상하게 보일지도 모르겠지만 반쯤 그 이름을 음미하는 기분이었다.

내 질문에 그녀가 많이 들은 질문이라는 듯 웃어 보인다.

"이 세계에서는 들어보기 힘든 이름이죠."

"그러게요. 설마 해가 바다 해 자는 아니겠죠?"

내 말에 그녀의 눈이 놀라움으로 인하여 커졌다.

그리고 그 모습에 내가 더 놀랐다. 나는 그냥 이 세상에도

한국식 이름과 같은 이름이 있는 게 반가웠던 터라 그냥 한국
인을 만나서 대화하는 기분을 조금 더 느껴보고자 한 질문이
었는데, 그녀의 반응에 '해인' 이라는 이름이 진짜 한국 이름
이라는 걸 깨달은 것이다.

"그, 그걸 어떻게……?"

그녀의 말에 나는 더듬거리는 목소리로 간신히 질문을 내
뱉었다.

"서, 설마… 그럼 당신도?"

"혹시 당신도 한국에서?"

그리고 동시에 질문을 내뱉었다는 걸 깨닫고는 다시 입을
열었는데, 해인 양도 그때 같이 입을 열었다.

"어머나, 세상에……."

"우와… 이럴 수가……!"

나와 똑같은 상황을 겪은 사람이 있었다니! 무지무지 반가
움을 느낌과 동시에 그동안 이 사람이 당했을 고난을 생각하
니 동병상련이 느껴졌다.

그리고 과정은 몰라도 무척 힘들었을 텐데, 그에 굴하지 않
고 높은 위치에까지 올라온 그녀가 무척 대단하게 여겨졌다.

"정식으로 인사하죠. 이해인이라고 합니다."

"만나서 반갑습니다. 이제희—본명이 여기서 나오다니—라
고 합니다."

"세상에… 한국식 이름 정말 오랜만에 듣네요."

"저도 제 한국 이름을 밝히게 될 줄은 꿈에도 몰랐습니다. 그런데 여기는 언제 오셨습니까?"

"한… 10년 됐습니다. 고등학교 2학년 때 왔었으니까… 제희 씨는?"

"저는 일 년 정도 됐습니다. 그리고 대학은 졸업하고 직장을 다니던 중에 여기로 넘어왔어요. 고등학교라… 실례지만 몇 년생?"

"히야~ 그런 질문도 진짜 오랜만이에요. 역시 한국인이셨군요. 83년 생이에요."

우와, 나보다 어린 아가씨였다. 그런데 고등학교 때 넘어왔다니, 그동안 얼마나 고생했을까나.

"나보다 어리군요. 난 80년생이거든요."

"이런, 제가 어린데 말놓으세요. 음… 오빠라고 불러도 될까요?"

아~ 감격, 감격이다. 이런 한국식 대화를 해본 것만으로도 감동해서 눈물이 나올 것 같다.

물론 마지막에 깼지만…….

'오빠… 라니… 쩝, 물론 지금은 남자 모습이지만서도… 그나저나 얘는 원래 여자였을까? 아니면 남자인데 여기로 넘어오면서 성별이 바뀐 걸까?

"그럼 같이 말놓자. 그리고 궁금한 게 있는데… 넌 한국에 있을 때 여자였어, 남자였어?"

“물론 당연히 여자… 어라? 혹시 성별 바뀌었어?”

성별이 뭐냐고 물은 것뿐인데 단박에 눈치를 채버린다.

덕분에 설명하지 않아서 좋기는 했지만, 머쓱하기도 해서 하하 웃어버렸다.

“응, 사실 난 여자였거든. 그런데 여길 오니 성별이 바뀌어버렸어.”

“아, 하긴… 그럴 수도 있겠네. 사실 나도 여기로 오면서 무성으로 바뀌었거든. 그러다가 몇 년 전에 내가 폴리모프 마법으로 여자가 된 거야. 아, 오빠… 가 아니라 언니도 그러면 되겠네. 폴리모프 마법이면 완벽한 여자가 될 수 있어.”

폴리모프라, 아버지께 들어본 적이 있다.

‘고위 마법을 익히던지 드래곤을 만나서 부탁하던지 하라고 했었지, 아마?

“그거 드래곤 정도가 되어야 해줄 수 있다던데……?”

“맞아. 그래서 나도 드래곤이 걸어줬어. 음, 내가 아는 드래곤이 있으니까 부탁해 줄까?”

“그래 주면 고맙고. 아, 그런데… 지금 당장은 곤란해. 날 아는 사람들이 전부 날 남자로 알고 있으니… 나중에 부탁해도 될까? 그리고 이 상황에서 언니라고 부르는 것도 웃기니까, 언니라고 부르는 것도 내가 여자가 되면 해주라.”

“그러엄~ 나중에 언제든 만나서 말해.”

오랜만에 한국 사람을 만나서 할 이야기는 산더미 같았는데, 우리 둘의 대화는 거기서 끊어질 수밖에 없었다.

정화 의식을 치르는 곳의 문 밖에서 기다리고 있던 해인이의 일행들이 다가왔던 탓이었다.

'에에… 블랜차드 후작과 듀비와 첼릿이라고 했던가?

해인이와 이야기를 나누며 나오는 모습을 본 블랜차드 후작은 재미있다는 시선이었지만, 듀비와 첼릿은 호위기사라 그런지 당장에 살벌한 시선을 보내와 내가 움찔할 정도였다.

덕분에 해인이에게 나중에 한적한 곳에 가서 이야기하자고—어째 여성에게 작업할 때 거는 멘트 같다…—제안하려던 말이 쏙 들어가 버렸다.

'하긴 뭐, 남들 시선도 있으니 그러는 건 좀 안 좋겠지?

다른 사람들이 보기에는 오늘 처음 만난 남녀가 급속도로 가까워지는 모습일 테니 무슨 스캔들이 날지도 모르는 일이다. 게다가 뭐, 앞으로 시간도 많으니 천천히 이야기할 수 있으리라 생각했었다.

물론… 그게 나의 오산이라는 건 그날 저녁 식사 시간에 금세 알았지만 말이다.

저녁 식사 시간에 해인이네 일행과 우리 일행이 같이 자리를 했는데, 내가 무슨 말만 하려고 입만 열면 두 호위기사가 살벌한 눈초리로 날 쏘아보는 바람에 뭔 말을 하질 못하겠는 거였다. 게다가 식사가 끝난 후에 해인이에게 시간 좀 내달라고—역시 멘트가 이상해…—말하기도 전에 해인이는 그녀의 일행들에게 끌려 숙소로 가버렸다.

그리하여 결국 난 그 두 호위기사의 철벽같은 바리게이트 때문에 정화 의식 전에 잠깐, 그리고 끝내고 나서 잠깐 몇 마디 나누는 게 고작이었다. 그것도 해인이는 오후 시간부터 했으니 몇 번 되지도 않았다.

날 무지 경계하는 해인이 일행들의 시선에 웃기기도 하고, 그래도 빨리 오해를 풀어줘야 대화를 나눌 수 있을 텐데… 하는 걱정도 들고 하는 사이, 드디어 오르 앞에 나서는 시간이 돌아왔다. 생각 같아서는 아버지랑 같이 들어가고 싶었지만, 오르가 만나자고 한 건 해인과 나뿐이라고 해서 아버지도 어쩔 수 없으셨다.

하기야, 해인이 일행이 여러 번 항의했어도 안 되는 걸 뻔히 보셨으니 금방 포기하실 수 있었겠지.

신관장의 뒤를 따라 호화로운 복도를 지나 멋진 조각들이 화려하게 새겨진 거대한 문에 이르자 괜히 긴장으로 가슴이 두근거렸다.

“아… 긴장되네.”

“나도…….”

“넌 신전에 안 다녔냐?”

“응, 별 인연이 없어서. 그래서 신탁에 거론되었다고 오라는 이야기를 들었을 때 엄청 놀랐다니까.”

“동감이다.”

이 일행의 형태는 맨 앞에는 신관장, 그다음 해인이와 나, 그 뒤에는 우리의 정화 의식을 맡았던 카루엔, 스와카 신관, 그 뒤에는 성기사 두 명, 그 뒤에야 해인이와 내 일행이 쫓아오고 있었기 때문에 우리는 일행에게 안 들리게끔 작게 속닥거리고 있었다.

그런데 갑자기 신관장이 우리를 돌아보았다.

"도착했으니 대화는 그만 하시지요."

어느새 우리 일행은 화려한 조각들이 새겨진 거대한 두 짝의 문 앞에 서 있었던 거다.

분명 돌로 만들어진데다 높이도 2m가 넘는 커다란 문이라 두 사람이 각각 한 짝씩 맡아 밀겠다… 라고 생각했는데, 문에 무슨 장치가 되어 있었던지 신관장이 손잡이로 보이는 화려한 조각에 손을 대고 신성력을 주입하자 문이 소리도 없이 조용하게 스르르~ 열리는 것이다.

'오옷, 이 시대의 자동문.'

문이 대략 반 정도 열리자 신관장이 우리를 향해 손짓했다.

"자, 이제 들어가십시오."

"우리만 들어갑니까?"

내 질문에 신관장이 고개를 끄덕였다.

"예, 두 분만 들어갑니다."

그 대답에 해인이와 나는 얼굴을 한 번 마주 보고는 뒤에서 따라온 일행들도 한 번 본 후 안으로 걸어 들어갔다.

안은 정말 넓은 홀이었다. 대략 4, 500평 정도 되는 넓이에 하얀 대리석이 사방을 싸고 있었고, 천장에는 2중 아치형으로 되어 있었다. 그 모습을 보니 유럽의 멋진 성당이 떠올랐지만, 아쉽게도 이런 데 있을 만한 조각이나 성화가 하나도 없이 오로지 밋밋한 하얀 벽뿐인 거다. 우리가 걸어왔던 복도 벽에는 화려하다고 할 정도로 멋들어진 조각들이 끝까지 이어져 있었는데 말이다.

단 한 가지, 문 반대편의 벽에는 하얀 대리석으로 만들어진 커다란 제단이 있었는데, 그 위에는 대략 2m 정도 크기의 조각상이 세워져 있었다. 바로 오르 신의 표식이었다.

"히야~ 장식이 저거 딸랑 하나네?"

오르의 표식 조각을 보고 중얼거리자 해인이가 내 말을 받았다.

"좀 이상하지 않아? 창문이 하나도 없는데 밝아. 마치 햇빛이 잘 들어오는 것처럼……."

"뭐어, 어디다 장치를 해둔 게 아닐까? 마법 같은 걸로 말이야."

확실히 그런 장치가 하나 있을 법했다. 그 홀은 아무런 장식도 없는 대신 홀 안을 구성하고 있는 모든 요인, 그러니까 제단이나 그 위의 오르 신 표식이나 바닥, 천장 벽 등등이 모두 은은한 신성력을 품고 있었던 것이다.

"하긴… 그런데 정말 아무것도 없다. 펜이 있으면 벽에다 마구 낙서라도 해주고 싶어."

해인이의 말에 푸핫~ 하고 웃음을 터뜨릴 때였다.

갑자기 제단 위의 오르 표식 조각에 희미한 빛이 어리는가 싶더니, 그 빛이 갑자기 강렬해져서 홀 안을 비추기 시작했다. 마치 가로등에 불이 들어오는 것처럼 말이다. 하지만 강렬하면서도 은은한 신성력의 빛이었기에 눈이 부시다던가 하는 일은 없었다. 단지, 지금까지 겪었던 것 중 가장 강렬한 신성력이라 까망이에게 뭔가 해가 되는 건 아닌가 걱정이 되었는데, 다행히 괜찮은지 괴롭다 하는 느낌은 없었다.

그리곤 오르의 표식 앞쪽에 마치 홀로그램 영상처럼 누군가의 영상이 떴다.

인간 같지 않은 아름다운 외모의 금발머리 남자의 모습. 그 모습을 확인한 나는 눈을 크게 부릅떴다.

그 인간은 바로 내가 꿈에서 봤던, 아동학대범이었던 것이다.

"엇, 저놈은……?"

Chapter 14
저놈만 보면 절대로 해주고 싶지 않지만…

"엇? 저놈은……?"

"아는 사람이야?"

나의 놀란 외침에 해인이가 옆에서 의아한 듯 돌아본다.

하지만 내가 뭐라고 대답하기 전에 그 아동학대범 녀석의 인상이 분노로 인하여 찡그려졌다.

[어디서 감히~!!]

그와 함께 단순히 홀로그램 영상인 것 같은 그의 몸에서 거대한 힘이 폭풍처럼 휘몰아치며 뻗어 나와 날 강타하는 것이었다.

'끄륵…….'

무지막지한 충격이 온몸을 강타하여 뼈란 뼈는 산산조각 나는 느낌이었다. 전에 아버지가 비행 연습을 시킨다고 절벽에서 떨어뜨렸을 때 받았던 충격보다 대략 100배 정도 더 강한 충격에 내 몸이 허공을 날아가 한쪽 벽에 처박히려 한다는 것도 깨닫지 못했다.

"오빠!!"

놀라움에 가득 찬 해인이의 부름도 저 멀리서 들리는 것만 같았다.

"오빠, 괜찮아?"

그러나 그것도 잠깐, 바로 머리 위에서 들리는 목소리에 힘겹게 눈을 떠보니 해인이가 걱정스러운 얼굴로 날 내려다보고 있었다.

"…아… 으……."

그런 그녀를 안심시키려 입을 열려고 했는데, 이게 웬일? 제대로 된 목소리가 나오기는커녕 말도 안 나와 괴상한 신음소리만 간신히 흘러나온다. 생각보다 충격이 커서 육체가 감당치 못했던 모양이다. 전에 절벽에서 떨어졌어도 말은 제대로 했었는데 말이다.

그런 내 상태에 그녀의 얼굴에 분노의 빛이 어리더니 고개가 휙 돌아갔다.

"이게 무슨 짓이에요!!"

해인이가 보는 쪽으로 나도 시선을 보내고 싶었지만, 목이 안 돌아간다. 그래 간신히 눈동자를 굴려 봤더니만, 아까 홀로그램 영상처럼 반투명했던 데다 엄청 커~다랗게 반신만 비쳤던 아동학대범의 모습이 이제는 완전히 진해지고, 크기도 실물 크기로 작아져 마치 실체가 우리 앞에 서 있는 것처럼 바뀌어 있었다.

여전히 인간 같지 않게 잘생긴, 그러나 냉막함이 철철 흐르는 무표정을 고수하고 있는 놈이었다.

내 꿈에서 본 건 이 육체가 어렸을 때니 그래도 최소한 5년 전이었을 텐데 어째 그때와 하나도 변하지 않았다. 머리 길이조차 같아 보였으니 말 다했지.

아, 그런데 달라진 점이 하나 있다. 그때는 분명 두 쌍의 깃털 날개를 가지고 있었는데, 지금 보니 날개가 세 쌍이다.

'어라? 내가 그때 잘못 봤었던가? 아닌데?

사막의 문 닮은 신전에서 봤던 세 쌍의 날개를 가진 천족이 저 녀석이라니 놀라울 따름이다.

내가 고개를 갸웃하는 사이 그 아동학대범이 해인이에게 말을 건넸다.

[흥! 정령왕의 분신이여, 저런 녀석 따위에게 관여해서 너에게 좋을 건 없을 거다.]

처음 제대로 들어보는 녀석의 말이 저따위라니. 하여간, 저 미모가 아까울 정도로 하나부터 열까지 모조리 마음에 안 드는 놈이다.

그리고 그 말에 나만 분노한 것이 아니었다.

"저런 녀석 따위라뇨? 당신이 누구인데 그런 말을 함부로 하는 겁니까? 그리고 내가 누구에게 관여하든 말든 당신이 상관할 바가 아니니 신경 꺼주시죠!"

더더욱 분노한 해인이의 모습을 보니 여차하면 두 팔 걷어붙이고 놈에게 달려들 것만 같다.

'장하다, 해인이. 역시 한국의 여고생 출신이다! 저 위대한 말발이라니!!'

말만 제대로 나왔다면 직접 응원해 줬을 텐데, 마음속과 눈빛으로만 해야 한다는 현실이 안타깝다.

[무례한! 정령왕의 분신이라고 봐줬더니 뵈는 게 없는 모양이구나! 경고는 한 번뿐, 더 이상 무례하게 군다면 너라도 용서치 않으리라!]

"됐거든요, 아저씨? 누가 봐달라고 했어요? 게다가 먼저 무례하게 군 건 아저씨인 거 모르세요? 누구인지도 밝히지도 않고, 다짜고짜 힘을 사용한 건 아저씨가 먼저라구요!"

에에… 인간 나이로 치면 20대 초, 중반으로 보이는 모습에게 아저씨라고 하니 무지 어색하지만, 놈은 인간이 아닌 게 분명하니 아마 보이는 바와는 달리 엄청 나이가 먹었을 거다. 녀석의 태도는 그 나이 대의 사람들에게서 볼 수 있는 모습이 아니었으니 말이다.

게다가, 남자들은 아저씨라는 말을 듣기 싫어하지 않던가?

아마 여성들이 아줌마라는 말을 듣기 싫어하는 것과 마찬가지일 거다. 그러니 해인이는 놈의 심기를 더더욱 긁기 위해서 일부러 그 단어를 사용했을 거다.

과연, 놈의 인상이 심상치 않게 찡그려졌다.

하지만 한바탕할 거라는 예상을 깨고 그는 잠시 무슨 생각을 했는지 침착함을 되찾았다.

그 모습이 해인이도 예상치 못했던 행동인 듯 당혹스러운 시선으로 그를 바라보는 가운데 아동학대범이 침착한 목소리로 다시 입을 열었다.

[그렇군. 그대는 내가 누구인지 모르겠군. 정식으로 소개하지. 나는 오르의 첫 번째 날개 미사엘이라고 한다.]

아무래도 해인이가 쏘아붙인 말을 진지하게 받아들인 모양이다. 하긴, 원래 강적은 될 수 있는 한 꼬투리 잡힐 일은 하지 않는다.

갑작스런 자기소개의 말에 해인이가 얼떨떨한 표정이었지만, 반사적으로 해인이도 자기소개의 말을 꺼냈다.

"아니, 뭐, 으음… 전 벨레니 국 왕실 기사단 소속 해인 오스번 엠브로스 백작이라 합니다."

그에 나도 일단 소개는 해야겠다 싶어 입을 열었다. 해인이와 녀석이 열띤 설전을 벌이는 사이 충격이 많이 해소되어 잔뜩 쉰 목소리나마 말은 할 수 있었던 것이다.

"아… 흠, 흠, 마르타 국의 비스닉 팔라디노입니다."

놈에게 이름을 알려준다기보다는 예의를 지킬 생각으로
말한 건데, 이 빌어먹을 아동학대범이 어이없다는 시선으로
날 바라보는 거다.

[하! 네까짓 것에게 이름이라니… 가당치도 않군.]

나야말로 어이없었다. 도대체 저놈이 나에게 무슨 원한이
있어서 이러는 건지 원……. 있으려면 내가 있어야 하는 게
아닌가 말이다.

이대로 당하고 있을 수만은 없는 일이었기에 나는 욱신거리
는 몸을 억지로 일으켜 앉아 놈을 똑바로 바라보며 말해줬다.

"뭔 뜻인지는 모르겠지만, 아동학대범에게 그런 말을 듣고
싶지 않거든요?"

[뭐?]

"응? 아니, 그게 무슨 소리야?"

녀석과 해인이가 동시에 묻자 난 당연히 놈은 무시하고 해
인이의 질문에만 대답해 줬다.

"저자, 내가 전에 봤는데. 글쎄, 10살쯤 된 애한테 족쇄를
달아놓질 않나, 등에다 창을 찌르질 않나. 아, 지하 같은데다
가두기도 했다. 아니, 애가 잘못을 했으면 얼마나 했다고 그
런 짓을 한다니?"

"어머, 진짜 그랬어?"

"그렇다니까."

이 몸이 어렸을 때 그랬었지. 다시 생각해도 저놈은 진짜

나쁜 놈이다.

"세상에나, 진짜 나쁜 놈이다. 생긴 건 멀끔하게 생겨서……."

"원래 그런 놈이 더 멀쩡하게 생겼다잖아."

"그러게."

해인이가 경멸 어린 시선으로 자신을 바라보자 녀석이 분노에 찬 시선을 나에게 던졌다.

[네가 감히 누굴 모함하는 거냐! 죽어 마땅한 놈에게 마지막 자비를 베풀어 기회를 주려 했더니, 역시 넌 진즉에 처리했어야 했어!]

그리 말하는 놈에게서 살기가 뿜어져 나오는데, 진짜 장난이 아니었다. 은근히 내게 두려움을 느끼게 만들었던 보라색 머리 녀석보다 100배는 더 무섭게 느껴졌으니 말이다.

하지만, 문제는 녀석이 단순히 살기만 내뿜는 게 아니라 직접 날 죽이려고 한다는 거였다. 그렇지 않아도 너무 압도적인 힘의 차이에서 오는 공포 때문에 얼어붙은 몸이 움직이질 않는데, 그런 날 보며 놈이 너무나도 여유있게 손을 휘두르는 것이다. 살벌한 어조로 한마디 덧붙이는 것도 잊지 않고.

[죽어라!]

손을 휘저음에 따라 형성된 날카로운 기의 파동이 느껴졌다. 그것이 나에게 닿으면 죽는다는 걸 뻔히 아는데도 불구하고 난 조금도 움직일 수 없었다. 아니, 오히려 고개와 눈꺼풀까지 움직일 수 없어 나를 향해 시시각각 다가오는 죽음의 검을 빤히 바라보고 있어야만 했다.

이 열받는 상황에 나 대신 나서준 것은 해인이었다.

"그만두지 못하겠어요?"

역시 해인이는 나보다 강했다. 그 엄청난 살기 속에서 몸을 움직여 내 앞으로 오더니 자신의 힘을 개방하여 날카로운 기의 파동을 막아냈던 것이다.

덕분에 내 몸을 옥죄고 있던 살기가 흐트러져 나는 막혔던 숨을 간신히 내뱉을 수 있었다.

"허억, 콜록, 콜록……."

숨도 쉬지 못하고 있었다는 걸 모르고 있었기에 숨통이 터지자 기침까지 함께 터져 나왔다.

"괜찮아?"

해인이의 걱정스러운 목소리에 나는 고개를 끄덕였지만, 그녀가 미사엘 녀석을 노려보고 있느라 날 보지 못한다는 것을 깨닫곤 얼른 입을 열었다.

"콜록… 아, 후우, 후우… 켈록, 후우우~ 괜찮아. 고마워. 후아, 죽는 줄 알았네."

그동안 위험했던 순간이 몇 번 있었지만, 이렇게 손 한 번 못 쓰고 죽을 뻔한 적은 처음이었다.

'점점 새로운 경험을 하게 되는구만.'

[비켜라, 네가 상관할 일이 아니다.]

미사엘 녀석이 해인이를 향해 말했다.

나에게는 함부로 대하는 놈이 해인이에게는 그렇지 않는다는 게 신기하기도 하고 다행스럽게 여겨지기도 하지만, 한편으로는 화도 났다. 도대체 나에게만 왜 이러나 싶어서 말이다.

나에게 마족의 피가 흘러서 그런가… 하는 생각도 들긴 했지만, 아무리 그래도 이리 부당한 대우를 감수할 마음은 조금도 없었다.

"못 비킵니다. 경고하는데, 한 번만 더 오빠를 공격하면 저도 가만있지 않겠습니다!"

해인이의 경고가 마음에 안 든다는 듯 미사엘인지 미사일인지 하는 놈의 눈썹이 치켜올라 갔다.

[정령왕을 믿고 이리 방자하게 구는 것인가? 정령왕도 나에게 함부로 대하지 못하거늘!]

"여기에 왜 아버지를 끌어들이는 겁니까? 먼저 공격한 건 댁이잖아요!"

[그대에게 한 것이 아니다. 그리고 그대가 상관할 일이 아니라 했다. 더 이상 참견한다면 그대 또한 가만두지 않으리라.]

"지금 협박하는 겁니까? 미안하지만 그래도 참견해야겠는데 어쩌죠?"

[건방진!!]

해인이의 말에 드디어 미사엘 놈이 참을 수가 없었던 모양인지 나 때보다도 더 강력한 힘을 해인이를 향해 날렸다.

하지만 해인이도 준비하고 있었던 듯 자신의 힘을 개방, 밀려오는 미사엘의 힘을 막아내는 것이었다.

그러나 안타깝게도 미사엘의 공격은 그게 끝이 아니었다.

[흥, 온전하지 못한 정령왕의 힘으로 나를 막을 수 있다 생각한 건가?]

그 말과 함께 놈 앞에서 마치 안개가 피어오르듯 희끄무레한 기운들이 피어오르더니 토네이도의 형상을 만들며 나와 해인이를 보호하고 있던 힘의 막을 향해 달려들었다. 그동안은 눈에 보이지 않는 힘의 파동으로만 공격하더니, 열받았던지 이제는 힘을 형상화시켜 공격한다. 그리고 그 공격이 더욱더 강하다는 것은 불문가지.

해인이도 강한 힘을 가지고 있었지만, 강력한 신성력이 형성되어 만들어진 하얀 토네이도를 막기에는 어려워 보였다. 해인이도 그걸 눈치 챘음인지 얼굴이 긴장으로 굳어 있었다.

'이럴 때 내가 나서야 하는 거 아니겠어?'

난 감추고 있는 날개를 드러냈다.

콰과과광~!

하얀 토네이도와 벽이 부딪치는 소리가 장난이 아니다. 그걸 보니 정면으로 막지 않고 피하길 잘했다는 생각도 들었고, 한편으로는 이것 때문에 신전이 무너지는 건 아닌가 하고 걱정이 됐다. 그러나 이 신전은 뭔가 대단한 것으로 만들어졌는지 그 강력한 힘을 받았음에도 불구하고 금 하나 가지 않아 곧 안도할 수 있었다.

넓은 홀이라 엄폐물은 없지만, 피할 공간이 많았던 터라 토네이도를 보자마자 나는 해인이의 몸을 잡고 같이 옆으로 몸을 날렸던 것이다.

그리고 그와 함께 오른손에 찬 천신기를 풀어 하양이에게 던졌고, 내 의지를 받은 하양이는 천신기를 입에 물고 땅과 가까이 붙어 저~쪽으로 비잉 돌아 달려갔다.

그걸 아는지 모르는지 미사엘 녀석은 우리가 피한 것이 못마땅한 듯 다시 우리를 향해 손을 휘둘렀다.

[흥, 어디 이것도 피할 수 있나 보자.]

이번에는 아까보다 더 힘을 썼는지 한꺼번에 다섯 개의 토네이도가 나타났다. 그놈들이 사방을 점하며 달려들자 도저히 도망칠 틈을 찾지 못하겠는 거다.

결국 마지막까지 도망칠 틈을 찾지 못하고 발만 동동 구르던 난 토네이도가 코앞까지 도달하자 도망을 포기했다.

그렇다고 해인이까지 다치게 놔둘 수는 없는 일. 해서 싫다고 반항하는 해인이를 품에 안고—어감이 좀…—그 위를 날개로 감싼 채 몸을 웅크렸다.

죽지만 않으면 된다는 생각으로 결연하게 다가올 충격을 대비했는데…

"당장 떨어지지 못해?"

낯선, 그리고 엄청난 분노가 가득 담긴 목소리가 들리는가 싶더니 어떤 강한 힘이 나와 해인이를 강제로 분리시켰다.

거기에다 끝나지 않고 그 힘은 그대로 날 바닥으로 내리누르는데, 얼마나 우왁스러운지 그렇지 않아도 온전치 못했던 사지는 물론이고 날개마저 강제로 구겨 버리는 힘에 나도 모르게 신음 소리가 새어 나왔다.

"으으윽……."

그걸 들었는지 해인이의 목소리가 들려왔다.

"아버지이~! 아픈 사람한테 무슨 짓이세요!"

"흥, 내 알 바 아니다."

냉정한 대답이었지만, 그 즉시 날 얽매는 힘이 약해져 난 겨우 자리에서 일어날 수 있었다.

"괜찮아, 오빠? 미안, 우리 아버지가 성격이 좀 급하셔."

해인의 말이 끝나자마자 누군가가 깔깔 웃으며 끼어들었다.

"깔깔깔~ 그건 성격이 급한 게 아니라 팔불출 아버지의 본능이야."

금갈색의 머리를 찰랑이며 다가오는 웬 아가씨의 모습에 난 눈을 둥그렇게 떴다.

미사엘의 공격을 피하지 못해 최소 중상, 최악 사망의 부상을 입을 줄 알았는데, 그런 일은 없고―물론 없는 건 다행이지만…―갑자기 웬 사람들이 우르르~ 나타나 떠드니 정신이 하나도 없다.

그나마 갑자기 나타난 이들이 해인이와 아는 사람들인 것 같아 안도할 수 있었다.

"아아… 난 괜찮은데, 이분들은 누구셔?"

"아~ 우리 아버지하고 그 형제 분들. 그러고 보니 오빠한 테는 미처 말하지 못했는데, 우리 아버지가 정령왕이셔. 정확 히는 물의 정령왕이시지. 정령왕 알지?"

"헤에, 그러냐?"

마법사이신 아버지가 들으셨으면 '뭐어어~?' 하고 기겁 하셨을 일을 나는 '그런갑다…' 하고 납득해 버렸다.

'뭐, 천족과 마족을 부모로 둔 이 몸도 있는데 뭘……'

아직 정령왕은 후손 생산 능력이 없다는 걸 모르는 상태였 지만, 알았다 해도 '뭔 수가 있었겠지' 하고 생각했을 거다.

나의 그런 반응이 만족스러운 듯 해인이가 예쁘게 웃어준다.

해인이의 아버지는 해인이가 따로 소개하지 않았어도 금 방 알 수 있었다. 해인이와 똑같은 머리색을 가진 이는 단 한 명밖에 없었으니 말이다. 물색 머리칼을 허리까지 늘어뜨린 20대 중반의 꽃미남 청년이 바로 물의 정령왕 엘라임이었다. 그러고 보니 머리색뿐만이 아니라 눈동자 색까지도 해인이와 똑같다.

'아, 물의 정령왕이라서 머리색이 물색이었구나. 그런데 진짜 잘생겼다.'

해인이네 아버지는 해인의 소개에도 불구하고 나에게 힐 끗 시선을 한 번 던졌을 뿐, 곧 시선을 돌렸기에 나는 인사를 할 수 없었다. 대신 그의 형제라 할 수 있는 다른 정령왕들이 다가왔기에 우선 그들에게 인사를 했다.

풍성한 하얀 수염에 흰머리를 가진 40대 중반의 체격 좋은 분이 바람의 정령왕 실피드, 탐스러운 붉은 곱슬머리를 허리까지 늘어뜨린 20대 후반의 미남 분은 불의 정령왕 이프리트, 마지막으로 제일 먼저 다가왔던 금갈색 머리의 평범하게 생긴 20대 초반의 아가씨가 땅의 정령왕 노아스였다.

그런데 다가온 그분들도 자신들끼리 이야기를 나누느라 바빠 내 인사를 제대로 들은 것 같지는 않았다.

"혹시 이 녀석, 해인이에게 흑심을 가진 건 아니겠지?"

날 위아래로 훑어보며 하는 실피드의 말에 노아스가 고개를 저었다.

"설마, 원래 여자였다잖아."

"아냐. 인간들을 보면 정말 별의별 놈이 다 있더라. 이놈이 그렇지 않으리라고 어찌 장담하냐?"

"아, 그런가?"

노아스가 그리 말하며 수상하다는 듯 날 바라보자 등 뒤로 식은땀이 한 방울 흘러내렸다.

'설마 진짜 그리 생각하는 건 아니겠지?'

그 순간 제일 인자해 보이는 이프리트가 끼어들었다.

"자, 자, 장난은 그만 하자고. 지금 이럴 때가 아니잖아. 자네, 비스닉이라고 했지? 천마족인가?"

“아, 예… 뭐……”

그리 말하며 나는 날개를 살짝 펄럭여 보였다.

기운을 가리는 마법과 얼굴 변형 마법은 한 팔찌 안에 있어
도 따로 놀기(?) 때문에 기운을 가리는 마법이 깨졌어도 얼굴
까지 본래대로 돌아가지 않은 게 다행이다. 본래 얼굴이 좀
험악하게 생겨서리, 지금 이 꽃미남들 앞에서 그러고 있으면
엄청 비교되었을 듯.

그런 날 세 정령왕이 살펴보더니 노아스가 입을 열었다.

“호오, 난 사실 천마족이란 존재를 처음 봤어. 천마족은 태
어나고 얼마 안 되어 죽는 게 대부분이라던데. 그런데 날개를
보니 고위족인데, 어째 기운이 약하네? 원래 그 정도인가?”

“아니, 확실히 약해. 그러니 아직까지 살 수 있었던 거겠지.”

이프리트의 말에 실피드가 고개를 갸웃거렸다.

“아니, 단순히 약한 게 아닌 것 같은데? 너 잠깐 가만있어
봐라.”

실피드가 그리 말하며 내 어깨에 떠억하니 손을 올렸는데,
곧 그의 손바닥에서부터 부드러운 기운이 뻗어 나와 몸으로
스며들었다. 그런데 그 기운이 너무 부드러운 덕인지 내 몸의
천기, 마기와 반발하지 않고 틈 사이로 잘 섞여드는 것이었
다. 그 상태로 내 몸 안을 천천히 탐색하던 기운이 얼마 지나
지 않아 심장 부위에 몰려들자 그 순간 심장에서 미약하게나
마 우웅~ 하고 반발력이 일어났다.

나는 무슨 일인가 싶어서—심장이 잘못되면 큰일이지 않는가—긴장한 채 바라보고 있는데, 실피드는 그럴 걸 짐작한 듯 내 몸에서 손을 떼며 고개를 끄덕인다.

"과연 봉인 결계가 있었군. 이거 당신 작품?"

문득 시선을 돌리는 실피드를 따라 고개를 돌려보니 어느새 거기엔 엘라임과 미사엘이 나란히 서 있는 거다.

[기운을 보면 알 것 아닌가?]

차갑게 대꾸하는 그의 옆에는 새로운 얼굴이 나타나 있었다.

네 장의 깃털 날개를 가진 걸 보니 천족인 모양인데, 놀랍게도 그의 손에는 아까 내가 미사엘 녀석을 기습하게끔 몰래 보낸 하양이가 있었다. 정확히 그의 손에 있는 건 천신기였고, 하양이가 떨어지지 않으려 대롱대롱 매달려 있는 형태였지만. 하여간 그 둘이 남의 손에 있자 불안해진 내가 새로운 얼굴을 바라봤더니 곧 내 시선을 느낀 그가 고개를 돌려 날 보더니만 훗, 하고 웃는 거다. 그리고는 나에게 다가와 순순히 천신기—와 거기에 매달린 하양이—를 건네줬다.

"아… 감사합니다."

얼결에 받으면서 인사를 했더니만 그가 입을 열었다.

"시도는 좋았다만, 천신기로 천왕을 어찌해 볼 수 있을 리가 없잖느냐."

그리고는 내가 뭐라고 대답하기도 전에 미사엘 쪽으로 고개를 돌렸다.

"자, 정령왕들도 모두 모이셨으니 이제 차분히 이야기하시는 게 어떻겠습니까, 천왕이시여. 아까처럼 너무 흥분하지 마시구요."

그의 말에 해인이와 난 서로의 얼굴을 마주 보며 동시에 입을 열었다.

"천왕? 저자가?"

아까 자기소개를 할 때 오르의 첫째 날개 어쩌구 하더니, 그게 천왕이란 소리였나 보다. 아니, 그건 그렇고 성스러운 종족으로 알려진 천족의 왕이 아동학대범이라니……. 아무래도 천족 멸망의 날이 가까이 다가온 모양이다.

그사이 흥분한 엘라임의 목소리가 울려 퍼졌다.

"이야기고 뭐고 다 필요없어. 내가 왜 내 딸을 해치려 한 놈의 말을 들어야 하지?"

그러자 뒤를 이어 엘라임 못지않게 흥분한 미사엘의 목소리가 들려왔다.

[먼저 무례를 범한 쪽은 당신의 분신이지. 나는 애초에 경고했어!]

"그래서 지금 잘했다는 거냐?"

[최소한 잘못한 것이 없지 않나? 그리고 애초에 정령왕 쪽의 존재가 왜 천족의 일에 끼어든단 말인가!]

이번 미사엘의 목소리에 엘라임이 할 말을 잃었는지 주춤한 사이, 실피드가 바통을 이어받았다.

"그건 틀린 말이지. 천왕, 자네가 이 아이의 소속을 주장할 수 있다면 마왕 또한 그렇지 않을까? 이 아이가 소속을 정한 게 아니라면 자네 또한 상관할 자격이 없네."

하지만 미사엘은 지지 않았다.

[무슨 소리. 저 아이는 천계에서 태어났으며, 나의 보호 속에서 천계에서 자랐다. 이보다 더 뚜렷한 소속 증명이 있을까?]

그에 실피드도 주춤거리자 내가 나섰다.

"잠깐, 잠깐. 궁금한 게 있었는데, 당신 혹시 내가 누구인 줄 알고 있었어요?"

내 말에 천왕이 어이없다는 듯 날 바라본다.

[너 또한 날 알고 있지 않았었나? 이제 와서 그게 무슨 소리지?]

"나야 당신 얼굴을 본 적이 있으니까 그런 건데, 당신은 날 어떻게 안 거죠? 날 알았다고 해도 난 날개를 감추고 얼굴도 변형시켰는데?"

[어떤 모습으로 변한다 해도 네가 가지고 있는 천신기나, 네 심장에 심어놓은 봉인을 보면 모를 수가 없지. 게다가 네 머리카락 색도…….]

"예?"

[됐다. 어쨌든, 이로써 저놈이 내 아래에 소속된 자라는 게 증명되었겠지?]

머리카락 색이 여기서 왜 또 나오나 싶어서 물었지만, 천왕이란 놈이 말을 돌려 버린다.

그에 난 기가 막혀서 입을 열었다.

"아까 물어보고 싶었다가 못 물어봤는데 당신, 내가 당신 보호 속에서 자랐다고 했지요? 어린애에게 족쇄를 채우고 지하 같은 곳에 가뒀으며, 등에다 천신기를 꽂은 걸 보호라고 한다면 애 죽이는 것도 보호겠네?"

내 비꼬는 말에 해인이가 불끈하며 나섰다.

"세상에, 아까 말한 거 오빠가 당한 거였단 말이야? 기가 막혀."

아니, 정확히 내가 당한 건 아니고 내 육체가 어렸을 때 당한 건데… 라고 설명하기도 전에 해인이의 불타오르는 시선이 천왕이라는 미사엘에게로 향했다.

"당신, 진짜 오빠에게 그랬어요?"

그러자 이 천왕이라는 놈이 하는 말이,

[마족의 피가 흐르는 놈이다. 그 정도면 그나마 봐준 게 아닌가?]

그 말에 해인이가 빡 돌았다.

"천왕이고 나발이고, 어린애를 학대하는 놈은 다 비 오는 날 먼지 나게 두들겨 팬 후에 아오지 탄광에다 던져 버려야 해! 죽을 때까지 뼈 빠지게 고생해 봐야 정신을 차리지. 당신, 앞으로 오빠의 소속이니 보호자니 하고 한 번만 더 떠들었단 봐. 내가 가만 안 있을 거야!"

어째 해인이의 분노의 도가 엄청 대단한 것이, 꼭 그녀도 당해본 것만 같다.

"야, 야, 넘 흥분하는 거 아냐? 누가 보면 네가 학대당한 줄 알겠다."

그래 내가 해인이를 달래려고 말을 꺼낸 건데, 그녀가 내 말에 훗~ 웃는다.

"기억은 안 나지만 울 아버지가 나 태어나자마자 옷도 안 입히고 추운 가을날 동해 바다에 빠뜨렸지."

"헉……."

해인이의 말에 그 대단한 사대 정령왕의 얼굴이 새파랗게 질렸다.

"야, 너 진짜 그랬어?"

노아스의 말에 엘라임이 우물거린다.

"아니, 그때는… 에잇, 차원이 다른데 봄인지 겨울인지 어떻게 알아? 더구나 바다에서 차원 결계를 열어버렸기 때문에……."

"너 벌써 노망이 든 거야? 그러다 탈이 나면 어쩌려고? 안 죽은 게 다행이다."

"아니, 그게… 그, 그때는 내가 내 정신이 아니었단 말이야."

실피드의 핀잔에 엘라임이 어찌할 바를 몰라 하고 힐끔힐끔 해인이 쪽을 바라보자 이프리트가 나섰다.

"자, 자, 그만 하자고. 해인이도 무사하고, 지금은 이렇게 다 같이 있잖아. 해인이도 아버지를 원망하는 건 아니지?"

원망했어도 다 용서했겠다. 울 아부지도 저 정도까지 딸을 끔찍하게 아껴주지는 않으니 말이다. 아니, 뭐, 그렇다고 엘라임처럼 태어나자마자 바다에 빠뜨린 것 같은 학대도 없었지만.

그래서 나도 슬그머니 나서줬다.

"야, 그래도 너는 지금은 잘 대해주시잖냐. 나 봐라. 내 쪽은 아직도 저러고 있다."

덕분에 해인이를 비롯한 네 정령왕의 시선이 한쪽에 차가운 얼굴로 서 있는 미사엘을 향했다.

[정말 무례하군. 애를 어찌 가르쳤기에 이리 나에게 무례한 거지?]

"너는 무례를 당해도 싸. 어린애를 학대했다며?"

"세상에, 천왕이 그랬다니 믿어지지 않는군. 오르를 섬기고 질서와 균형을 유지하는 천족의 왕이 말이지?"

"도대체 얼마나 오래 애를 학대한 거냐?"

정령왕들이 이때라는 듯 다다다 녀석을 향해 쏘아댔지만, 녀석은 무표정 그 자체였다.

[그대들이 상관할 일이 아니다.]

전~혀 반성하는 빛이 없는 놈이라 원래 마음에 안 들었지만, 더더욱이나 마음에 안 들었다. 그래 욱하는 마음에 한마디 해주려 했는데, 그보다도 먼저 다른 천족이 끼어들었다.

“언제까지 가만 계시려구요? 원래 이러려고 오신 게 아니지 않습니까?”

“그러게. 아동 학대한 걸 자랑하라고 우리 해인이를 부른 건 아닐 테고, 무슨 일이지?”

노아스의 말에 미사엘의 눈썹이 꿈틀거렸다. 하지만 곧 그도 다른 천족의 말이 옳다 생각했는지 드디어 본론을 꺼냈다.

[현계에 마족이 나타났다는 걸 알겠지?]

미사엘의 말에 엘라임이 나섰다.

“아아, 알고는 있지만, 그게 내 딸과 무슨 상관이지? 어차피 마족이 현계를 호시탐탐 노리는 거야 항상 있어왔던 일이고, 그들이 현계에 진출하면 그대 천족들이 알아서 막지 않았나?”

[맞아, 그래 왔었지. 하지만 이번에는 좀 힘들게 되었다.]

“흠, 마족이 여러 명이라서?”

실피드의 말에 미사엘이 고개를 끄덕였다.

[잘 알고 있군. 평소에는 기껏 와봤자 중급 마족 한두 마리거나 고위 마족 한 마리 정도였다. 그러나 이번에는 고위 마족이 세 마리에 중급 마족이 두 마리. 하지만 더 있을지도 몰라.]

“맞아, 더 있더군.”

실피드의 말에 엘라임이 그를 바라봤다.

“어째 잘 안다?”

“홋, 내가 누구냐? 바람의 정령왕 실피드님이시다. 바람이 이 세상의 일을 모른다는 건 말이 안 되지. 녀석들이 현계에

왔을 때부터 주시하고 있었다. 단지 놈들이 무슨 눈치를 챈 건지 요즘은 결계를 주변에 둘러쳐서 보기 힘들지만, 내가 본 바로는 최소 중급 마족이 셋은 더 있었다. 이건 예전에 본 거니까 요 근래에는 더 있는지도 몰라.”

“휘유~ 이번에는 떼거리네? 좀 힘들겠는걸?”

그리 말하는 노아스뿐만이 아니라 엘라임, 이프리트, 천족들도 약간 놀란 눈치다.

그런데 저 미사엘, 말 되게 기분 나쁘다. 마리라니, 그럼 저 놈은 마족은 사람 취급도 안 한다는 소리인가? 하기야, 이 육체에 마족의 피가 흐른다고 어릴 때부터 그런 부당한 대우를 했었으니…….

[그래서 그대들의 도움을 받고 싶다. 나도 웬만하면 알아서 처리했겠지만, 이번에는 좀 힘들 것 같아.]

“허, 도움을 청할 녀석이 우리 해인이에게 공격을 해?”

실피드의 말에 미사엘이 다시 눈썹을 꿈틀댔지만 침착하게 대꾸했다.

[다시 한 번 말하지만, 그대들의 분신이 천족의 일에 끼어들었기 때문이다.]

“어? 그럼 난 왜 부른 거죠? 설마 오랜만에 한바탕 때려주려고? 아니면 나의 도움을 청하려고?”

내 질문에 그의 차가운 시선이 나를 향했다.

[도움을 청한다? 웃기는군. 죽이지 않고 이런 일에나마 사

용해 주는 걸 감사히 여겨라. 큰 도움이 된다면 앞으로도 그 목숨만은 유지시켜 줄 테니.]

그의 말에 나는 입을 떠억 벌렸다.

"아니, 뭐 이런 놈이 다 있어!! 야, 이 자식이 보자 보자 하니까 누굴 보자기로 아나? 임마, 뭘 감사히 여기라고? 됐거든? 딴 데 가서 알아보시지?"

발을 쾅쾅 구르는 것만으로는 모자라 기꺼이 녀석에게 양 가운데 손가락을 날려주며 외치자 놈이 스산한 목소리로 내뱉었다.

[오냐, 바라는 바다. 네놈 따위에게는 조금의 기대도 안 했어. 이렇게 된 거 이 자리에서 죽여주지!!]

"해봐, 이 자식아! 네놈이 시키는 대로 하느니 차라리 네놈에게 발악하다 죽으련다!"

그렇게 말하며 아까 돌려받은 천신기를 검 모양으로 키워 손에 쥐고 녀석을 노려보자 또 다른 천족과 해인이가 끼어들었다.

"흥분하지 마시라니까요!"

"오빠에게 덤볐단 봐요! 나도 가만 안 있어!!"

"해인이가 하지 말라잖아!"

"우리는 무조건 해인이 편!"

거기다가 노아스와 실피드까지 끼어들자 엄청 정신없어져 나는 머리끝까지 차 올랐던 분노도 잊어버릴 지경이었다.

그때…

화르르륵~

갑자기 거센 불길이 일행들 사이에서 피어올라 그곳에 있던 모든 이들이 뒤로 물러났다. 그리고 나선 건 가장 인자해 보였던 이프리트였다. 조용한 사람이 한 번 화나면 무섭다더니, 여전히 입은 웃고 있었지만 이마에 시퍼렇게 힘줄이 돋은 이프리트는 엄청 무서워 보였다(정령왕에게도 힘줄이 솟는 줄 오늘에서야 알았다).

"그만들 하지? 언제까지 여기서 떠들고 있을 거지? 천왕이여, 우리를 여기 모이게 해놓고서 자꾸 딴소리만 해대면 우리는 그만 돌아가겠어."

[그러니까 왜 천족의 일에…….]

천왕이 괜히 억울한 듯 입을 열었지만, 이프리트가 씨익 웃으며 그를 바라보자 얼른 입을 닫는다.

"천족의 일은 천족끼리 있을 때 하지 그래? 너희들 일을 해결하려 했다면 왜 우리까지 불러 모은 거야?"

[난 정령왕의 분신만 부른 건데…….]

"해인이가 오면 우리도 온다는 걸 몰랐어?"

"오옷! 이프리트, 말 잘했어!"

노아스가 기세등등해서 말했지만, 이프리트의 시선이 그쪽으로 향하자 노아스도 움찔해서는 뒤로 물러났다.

"노아스도 괜히 부추기지 말지?"

“아니, 뭐… 난…….”

“그럼 다시 마족에 대한 일을 의논해 볼까? 혹시 다른 이야기를 하고 싶은 사람은 나중에 말하도록 해. 나.중.에. 당.사.자.끼.리. 있.을. 때. 알았지?”

부드러운 미소로 살벌하게 말하자 모든 이들이 얼어붙어 동시에 고개를 끄덕이고 있었다.

‘불의 정령왕이 아니라 얼음의 정령왕 아니야?’

하지만 덕분에 일행은 얌전히(?) 마족의 일을 의논하기 시작했다. 뭐, 그 과정은 여전히 순탄치 못했지만.

“그러니까, 얼마 전에 있었던 대신전 습격 사건에서 빼앗긴 ‘열쇠’를 되찾아오면 되는 겁니까?”

어렵사리 꺼내진 천왕의 이야기를 들은 해인이가 상황을 정리하자 천왕이 즉시 반박했다.

[빼앗긴 게 아니다. 습격으로 인하여 혼란스러운 틈을 타서 놈들이 훔쳐 간 거지.]

“그거나 저거나 엎어치나 메치나지. 쯧쯧, 그러게 보안 장치를 확실히 해놨어야 할 거 아냐?”

실피드가 딴죽을 걸자 천왕의 눈이 치켜 올라갔지만, 하여간 잃어버리든 빼앗기든 가지고 있지 못한 상태니 뭐라 하지는 못한다.

이 대신전에서 가지고 있던 ‘열쇠’란, 그 옛날 천신과 정령신과 명신(저승신)이 마신을 제압하여 그 신체를 여섯 조각으로 나누어 각각 이 세상에 봉인했는데 봉인된 조각을 찾을 수 있게 하는, 말 그대로 '열쇠'란다.

마신을 제압하고 봉인하느라 엄청 힘을 소진한 세 신은 잠이 들어버렸기 때문에 그 후에 열쇠와 봉인 장소를 지키는 양대 신전과 그걸 빼앗아 마신을 부활시키려는 마족의 대립이 오랜 세월 이어져 내려왔고, 이번에도 그 일의 일환이라고 했다.

"잠깐! 우와… 이거 사기다, 사기야."

조용히 이어지는 이야기를 듣다 문득 떠오른 게 있어 내가 끼어들자 천왕의 살벌한 눈초리가 나를 향했다.

[뭐가 사기라는 거지?]

"뭐가 사기긴. 나는 여태 오르 신이 직접 신탁을 내린 줄 알고 있었거든? 신관장도 그리 말했고, 여기도 오르 신을 만나러 온 거고. 그런데 기다린 오르 신은 안 오고 웬 아동학대범이 왔나 싶었더니만, 그런 사기가 있었군? 당신, 오르 신이 잠들었다는 걸 인간들에게 숨기고 자기가 지금까지 오르 신인 척한 거잖아? 이게 사기가 아니고 뭐야?"

엄청 아까웠다. 오르 신이 잠들었고, 저 미사엘인지 미사일인지 하는 놈이 오르 신인 척하고 있었다는 걸 진즉에 알았다면 당장 튀었을 텐데 말이다.

[사기라니! 천왕이란 오르 신의 의지를 이어받은 존재! 나의 뜻이 오르의 뜻이다!]

"그래 봤자 당신은 오르 신이 아니잖아. 그러니까 사기지."

그렇게 이죽거리자 옆에 있던 천족이 끼어들었다.

"그게 그렇게만은 볼 수 없어. 우리 천족은 오르 신께서 자신의 날개를 떼어 만든 종족이거든. 즉, 우리 천족은 오르 신의 일부니까 오르 신이라고 말해도 완전히 틀린 말은 아니지."

날개를 떼어서 만들었댄다. 하긴 뭐, 진흙으로 아담도 만들고 아담의 갈비뼈로 하와도 만들었는데 날개로 천족을 못 만들겠는가?

"그래서 천왕을 첫 번째 날개라고 한 거였군요. 뭐, 완전 사기는 아니네, 오빠."

"쳇, 그러게."

신이 몸을 떼어 만들어서 몸의 일부라는데 뭐라고 반박하질 못하겠다. 그냥 완전 사기가 아니라고 인정해 줄밖에.

그런 나에게 천왕은 살기 어린 시선을 한 번 보내고는 좌중을 둘러보았다.

[이번에는 놈들이 정말 대단한 각오를 하고 온 모양이다. 현계로 나온 마족의 수도 그렇고, 양동 작전—한쪽은 전쟁, 한쪽은 마신의 부활 작전 수행—을 펼치는 것도 그렇고. 해서 우리의 힘만으로는 버거우니 도와주길 바란다. 정령왕, 그대들도 이 세계를 지킬 의무가 있지 않은가?]

현계를 지켜야 한다는 명제를 가지고 있으니 마음에 안 드는 놈이지만 제법 설득력이 있다.

그런데 거기서 해인이가 불쑥 딴지를 걸었다.

"잠깐, 혹시 아버지보고 도와달라고 하려고 날 부른 거예요?"

[아까 말했듯, 원래 부른 건 너였다. 처음부터 너에게 도움을 요청하려 했으니, 정령왕들이 적극 나서준다면 더 좋고.]

나중에 들은 거지만, 정령왕은 각 세계로의 출입이 자유롭지만 대신 힘을 제대로 발휘하지는 못한다고 한다. 힘을 발휘하려면 그 세계에 계약자가 있어야 한다나?

그런 의미에서 정령왕들과의 교분이 두텁고, 이 세계에서 대단한 지위를 가지고 있는 해인이의 도움은 절실했던 거다. 거기에 해인이 스스로의 힘도 강한데다 빵빵한 동료까지, 완전 영웅의 조건을 다 갖춘 격이 아닌가.

"그럼 오빠는요? 전 아까 같은 오빠에 대한 행동은 용납 못하거든요?"

'오옷~ 나까지 이리 챙겨주다니. 역시 넌 의리의 한국인이었어.'

감동의 감동이다. 나중에 나도 해인이를 도울 일이 있으면 적극 나서야겠다. 뭐, 나보다 강한 해인이에게 내가 도울 일이 있을지는 모르겠지만……

하지만 해인의 말이 못마땅한 천왕은 인상을 찌푸릴 뿐 말이 없고, 대신 다른 천족이 나섰다.

"말이야 그리했지만, 아무런 대가 없이 위험한 일을 시킬 리가 있나? 사실 이번 일을 해주면 정식 천족으로서 인정해

줄 셈이야. 그리고 아직 못한 성년식도 치르게 해줄 거야.”

그의 말에 해인이가 당혹한 얼굴로 날 돌아보았다.

“성년식? 오빠, 성년식 못 치렀어?”

하지만 당혹스러운 건 나도 마찬가지였다.

“성년식이 있다는 것도 몰랐어.”

[흥, 애초부터 성년식을 해줄 맘도 없었다.]

천왕 녀석이 얄밉게도 비꼬며 톡 끼어드는데, 정말 그 얼굴을 한 대 쳐주고 싶었다.

“성년식 치를 맘 없거든? 인정받을 맘도 없고. 나를 위해 마련된 대가가 다 마음에 안 드는데 어쩌나?”

내 말에 천왕의 눈썹이 치켜 올라간다.

[감히~!! 자격도 없는 놈에게 자비를 베풀려 했거늘! 정령왕의 분신을 믿고 함부로 날뛰는 것이냐?]

‘아, 진짜~ 저 자식 계속 뚜껑 열리게 하네?

“그래, 해인이 믿고 까분다! 내가 그런다는데 당신이 보태준 거 있어?”

[오냐, 보태준 게 없으니 그 목숨을 내가 거둬주마. 넌 어차피 세상에 태어나지 말았어야 했어! 어미를 잡아먹고 태어난 놈!!]

“이새끼가아아~!!”

이건 내가 아니었다.

내가 뭐라 감정을 표하기도 전에 엄청 분노한 채로 천왕에게 덤벼든 것은 해인이었다.

"이 XXX야, 니가 뭔데 그런 말을 해? 누군 태어나고 싶어서 태어난 줄 알아? 그리고, 태어나야 하는지 말아야 하는지를 네가 왜 정해? 니가 신이야, 뭐야?"

"우아아앗~ 진정하세요, 진정해요~!!"

"해인아, 진정해, 진정해~!!"

물론 천왕의 몸에 닿기 직전 옆에 있던 천족과 이프리트가 달려가 해인이를 막았지만 말이다.

"진정하렴, 응?"

그렇게 말하는 이프리트의 몸이 갑자기 붉은 빛에 휩싸이더니 일반 사람 키보다 조금 더 큰 엄청 커다란 붉은 깃털을 가진 새로 변하는 것이었다.

'우와앗~!

나중에야 정령왕은 자신이 원하는 대로 무엇이든 변할 수 있다는 걸 알았지만, 그걸 몰랐던 난 이프리트의 변신을 보고 무지 놀랐다.

이프리트는 커다란 새로 변한 뒤 그 큰 날개로 해인이의 몸을 감싸 안으며 부드럽게 달랬다.

그리고 뒤에서는 실피드와 노아스가 엘라임을 닦달하고 있었다.

"야, 임마! 너 도대체 해인이에게 뭐라고 한 거야?"

"너어~ 팔불출인 줄 알았더니, 혹시 그전에 해인이에게 못되게 굴어서 지금 속죄하고 있는 거였니?"

"아, 아니… 그, 그게……."

엘라임이 그렇게 당혹해하건 말건, 정령왕들에게 닦달을 당하건 말건 이프리트의 품에 안겨 잠시 진정한 해인이 득달 같이 나에게 달려왔다.

"오빠! 내가 있어! 내가 옆에 있어줄 테니까 힘내!"

"아니… 저기……."

'해인아, 울 부모님은 한국에 잘 계시거든(아마도…)?

부모님뿐인가. 웬수 같긴 하지만 지금은 그리워지는 동생도 떠억하니 버티고 있다.

천왕 녀석이 저래 봤자 나와는 별 상관 없이 여겨지고 있었기에 놈이 괘씸해지긴 하지만 해인이처럼 충격을 받거나 절망에 빠지는 건 없었다.

오히려 난 해인이가 안쓰러울 정도다.

'얘가 아무래도 예전에 학대를 당한 모양이네……. 그런데 뭔가 좀 이상하다?

잠시 뭔가 어긋난 느낌에 고개를 갸웃했지만, 곧바로 해인이의 말이 이어졌기에 난 더 이상 그 생각에 매달려 있을 수가 없었다.

"오빠, 내가 지켜줄게. 내가 오빠 편이 되어줄 테니까 천왕이고 뭐고 상관 말고 마음껏 대항하도록 해. 파이팅~!!"

"그, 그래… 고맙다."

그런 해인이의 모습을 바라보고 있던 천족이 천왕을 향해 입을 열었다.

"곤란하게 되었군요, 천왕이시여. 정령왕의 분신의 도움을 얻으려면 비스닉을 이쪽으로 끌어들여야 하겠는데요?"

그 천족의 말에 천왕의 인상이 찡그려졌다. 하지만 그도 필요할 때는 냉철한 판단력을 발휘할 수 있는 모양이었다. 잠시 못마땅하다는 표정을 유지하며 뭔가를 생각하던 그는 곧 포기의 한숨을 내쉬며 그 천족을 향해 입을 열었다.

[그대의 말이 옳다. 하지만 난 저 녀석을 보면 이성을 유지하기 어려우니 난 차라리 이 자리에 없는 게 낫겠지. 천왕의 이름으로 명하노니, 하나냐여~]

갑자기 진지, 엄숙 모드로 돌아선 미사엘 녀석이 그러자 하나냐라 불린 천족이 무릎을 꿇고 자신의 오른손을 가슴에 가져다 댔다.

"하나냐, 천왕의 명을 기다립니다."

[그대에게 이번에 대한 모든 권한을 부여한다. 나를 대신하여 저들과 협력 체계를 구축하여 이번 일을 잘 해결하도록!]

"하나냐, 천왕의 명을 받듭니다."

갑자기 진지 모드로 돌변한 그 둘 덕분에 그쪽으로 모든 시선이 쏠렸지만, 녀석들은 아무렇지도 않은 표정이다.

그렇게 둘의 이야기가 끝나자 천왕이 좌중을 둘러보았다.

[그런 이유로, 앞으로의 일은 하나냐가 맡게 되었다. 나는 필요가 없을 테니 이만 가보도록 하지. 나중에 하나냐와 자세

한 이야기를 나누도록.]

"차라리 그게 낫겠군."

이프리트가 동의를 표하자 천왕이 고개를 끄덕여 보이더니 곧 그의 몸이 사라졌다. 그리고 그와 동시에 홀 안을 감싸고 있던 빛이 점점 약해지더니, 그 뒤에는 마치 형광등처럼 계속 빛을 뿜고 있던 오르 신의 표식 조각에서도 불이 꺼졌다.

그래서 난 하나냐란 천족과 정령왕들도 다 사라졌을 줄 알았는데, 웬 걸? 단지 천왕만 사라졌을 뿐 다른 이들은 다 그대로 있는 거다.

"어라? 다 가신 줄 알았는데 다 계시네요?"

의아함에 그리 물었더니 실피드가 어이없다는 듯 날 바라본다.

"가긴 어딜 가? 이야기가 끝나지도 않았는데."

"아니… 다들 저 오르 신 표식에서 불이 켜진 다음 나타나셔서 꺼지면 다들 가시는 줄 알았지요."

"아하하~ TV야? 켜지면 나타나고 꺼지면 사라지게? 와우~ TV 이야기는 정말 오랜만에 해보네. 내 말을 다 알아들을 수 있는 존재가 있다는 게 이리 반가운 일인 줄 몰랐어. 어쨌든, 울 아부지를 비롯한 정령왕들은 이 세상에 마음대로 왔다 갔다 하셔. 단지 저… 음… 존대해 주기는 싫은데, 하여간 저 시키 분은 신비주의를 형성해야 하나 보지."

해인이의 말에 하나냐가 후후 웃으며 끼어들었다.

"단순히 그런 거였으면 좋겠지만, 정령왕과는 달리 천왕과 명왕은 그 세계를 떠나지 못해. 그러니 다른 세계의 존재와 소통하려면 이렇게 매개체를 통해 영상과 음성을 전달할 수밖에 없지."

"그래요? 왜?"

"천왕과 명왕은 그들의 세계를 유지하는 존재. 만약 그들이 자신들의 세계를 떠난다면 세계는 서서히 균열이 일어나 결국 파괴되고 말 거다."

"우와! 그런데 정령계는 왜 안 그렇죠?"

"정령계는 애초부터 천계, 명계와는 그 구성이 다르게 창조되었기 때문이지. 자, 그건 나중에 그대의 아버지에게 들으면 될 일이고, 지금은 이번 사안에 대해 이야기하도록 하지."

그러면서 하나냐가 막 본론으로 들어가려고 하는 그때,

꼬르르륵~

갑자기 내 배에서 들리는 우렁찬 소리.

'이런 젠장……'

정신없던 상황인지라 배가 고파진 것도 모르고 있었더니만 이놈의 배가 눈치도 없이 자기 좀 알아달라고 요란을 떠는 것이다.

"아하하… 죄송합니다."

솔직히 오르 신을 만난다니 나도 모르게 긴장이 되어서 오늘 아침을 별로 먹지 못하고 왔던지라 배가 고플 만도 했지만,

'상황을 봐서 신호를 보낼 것이지……'

엄청 쪽팔려서 고개만 푸욱 숙이고 있자,

"으하하하~ 꽤 재미있는 녀석이었구만?"

"호호호. 해인아, 옛 생각이 나지 않니?"

실피드의 뒤를 이어 노아스도 웃으며 해인이를 걸고넘어지자 해인이가 머쓱하게 웃는다.

"에잇, 그건 좀 잊어주시지. 하긴… 저도 배가 고프긴 하네요."

"시간이 많이 지났으니 그럴 만도 할 거다. 그럼 일단 식사하고 나중에 이야기하지?"

이프리트가 제안을 하자 하나냐도 어쩔 수 없다는 듯 고개를 끄덕인다.

"그럼 그렇게 하도록 하지. 난 잠시 정령왕들과 있을 테니… 아니, 잠깐, 잠깐. 어차피 이번 일은 신전에서도 함께해야 해. 그러니 아예 신전 측 사람들과 같이 만나기로 하지. 식사 후에 신관장과 자리를 마련하면 그때 다같이 이야기를 하자고."

식사 시간을 준다는데 마다할 이유도 없었기에 나는 얼른 고개를 끄덕였고, 해인이도 배가 고프다고 한 것이 나를 위해 한 말만은 아니었던 듯 반가운 기색이었다.

"식사하고 다시 뵐게요."

해인이의 인사에 하나냐가 고개를 끄덕이고 스르륵~ 사라졌고, 정령왕들도 한마디씩 하고 사라졌다.

“해인아, 밥 맛있게 먹어.”

“많이 먹어봐라. 이야기하다가 저 녀석처럼 꼬르륵~ 거리지 말고.”

“후후후, 나중에 보자꾸나.”

그렇게 기분 좋게 노아스, 실피드, 이프리트가 인사하고 사라지자 마지막으로 엘라임이 어색한 얼굴로 다가오더니 해인이에게 속삭였다.

“급하게 먹다 체하지 말고, 천천히 배불리 먹은 다음에 불러.”

아까 해인이의 말이 어지간히 찔리는 모양이다.

해인이도 그걸 의식한 듯 배시시 웃으며 말했다.

“훗훗훗, 미안하신 가봐요오~? 그래도 저도 잘못한 게 있으니 쌤쌤으로 치시고 너무 신경 쓰지 마세요. 저도 생각 안 하고 있었는데 오늘 갑자기 저 시키 분이 나타나 상처를 들쑤시는 바람에 울컥한 거예요.”

“내가 뭘? 됐으니까 빨리 식사나 하러 가.”

그리 말하고는 휙~! 하고 사라지는 엘라임을 보자니…….

‘으흑~ 아부지~ 보고 싶습니다아~ 그래 봤자, 울 아버지는 저러지는 않지만…….’

내 생각이 얼굴에 드러났는지 해인이가 다가와 옆구리를 쿡 찌른다.

“오빠, 한국의 가족이 그립지?”

“헛, 독심술사였냐?”

“나도 그러니까. 아버지가 잘 대해주시면 고마운 한편 은근히 한국 가족 생각도 나거든. 뭐, 난 이제는 아주 가아~끔 한 번씩이고 이제는 가물가물하지만, 오빠는 아직은 자주 날 때지?”

“별로 생각 안 하고 있었는데 너네 아버지 보니까 생각난다야. 휘유~ 해인 양, 공주님이셨구만?”

“오호호호~ 부럽지?”

“오냐. 울 양아버지는 날 부려먹을 생각만 하고 있더만. 에휴우~ 이번 일도 난 튈려고 했는데 아버지에게 붙들려서 끌려온 거잖아.”

“대신 날 만났잖아. 좋게 좋게 생각해.”

“아니, 물론 그건 무척 반갑지만… 그래도 해인 양, 부럽구려어~”

그렇게 둘이서 떠들며 문을 열고 밖으로 나왔더니,

“오오~ 이제 나오십니까?”

“오르 신은 뵈셨습니까~?”

아까 그 일행들이 신관장만 빼고 모두 모여서 우리가 나오길 기다리고 있던 거다. 반짝반짝거리는 눈으로 우리를 바라보며 대답을 기다리는데, 어째 무지 뻘쭘하다. 뭐, 대단한 일을 하고 나온 것도 아니고 신나게 천왕과 싸우다가 정령왕들이 나타나서 흐지부지 그냥 끝……

“이런 젠장.”

막 사람들에게 오르의 사자인 천족이 나타나 마족을 해치우는 데 앞장서 달라는 부탁을 받았다며, 식사 후에 신관장과 함께 자리를 마련하면 다시 나타날 거라는 이야기를 전해주던 해인은 나의 낮은 욕설에 고개를 돌렸다.

“왜?”

“아니, 그……..”

작게 속삭여 오는 물음에 막 내 심정을 토로하려던 나는 나를 향해 쏟아지는 따갑고 차갑고 매서운 시선에 윽~! 해서 얌전히 입을 다물 수밖에 없었다.

“아니… 나중에 말해줄게. 나중에… 에휴……..”

나는 처음부터 이번 일을 안 한다고 말하려 했고, 천왕 녀석을 봐도 절대로, 무조건 안 하고 싶었다. 그런데 정신없는 상황에 나도 모르게 휩쓸려 가다 보니 안 한다고 딱 부러지게 못을 박지 못했다. 그래서 그런지 나중에 그 하나냐란 천족과 정령왕들이 사라질 때의 상황을 생각해 보면 꼭 해인이와 내가 그 제의를 받아들인 꼴이 되지 않았는가 말이다.

‘이러언~’

그런데 안 하려니 것도 좀 마음에 걸린다. 다른 건 다 떠나서, 아무래도 해인이는 할 것 같은데 해인이만 그 일을 하게 둘 수는 없으니 말이다. 물론 해인이 주변에는 나보다 강한 일행들이 있긴 하지만, 사람 마음이라는 게 그렇지 않은가?

큰 도움은 못 되더라도 최소한 그 자리에 같이 있어야 편해지
니 원…….

‘에휴우우~ 아무래도 해야… 겠지? 젠장, 그 자식을 보면
절대로 하기 싫은데.’

내가 이리 싱숭생숭한 마음을 부여잡고 있을 때, 신관들에게
식사를 한 뒤 신관장에게 다시 간다고 말한 해인이 날 툭 쳤다.

"팔라디노 경, 이제 식사하러 가시죠."

"아, 예."

하지만 우리가 식당으로 향하기도 전에 스와카 신관이 우
리의 앞을 가로막았다.

"잠시만 기다려 주시겠습니까? 아무래도 식사를 준비하려
면 시간이 좀 걸릴 테니 숙소에 가 계시면 준비가 되는 대로
알려드리겠습니다."

하긴, 이곳은 많은 사람들이 공동 생활을 하는 곳이니 아무
리 우리가 대단한 손님이라 해도 식사하고 싶을 때 즉각 준비
될 수는 없을 거다. 지금은 점심때가 훌쩍 넘고 저녁때로는
이른 시간이었기 때문에 애매한 시각이었으니까.

"그것도 그렇군요. 그럼 저희는 숙소에 가 있을 테니까 알
려주세요."

해인이는 스와카 신관에게 그리 말한 후 날 돌아보았다.

"그리고 팔라디노 경은 잠깐 저에게 시간 좀 내주시겠습니
까? 말씀드릴 게 좀 있는데요."

‘방금 전 일 때문에 그런가?’

나도 할 말이 있었기에 먼저 제의해 주는 해인이가 고마워서 나는 날카로운 시선이 날아듦에도 불구하고 기꺼이 고개를 끄덕였다.

“알겠습니다, 백작님.”

그러자 아버지가 걱정스러운 표정으로 다가오신다.

“별일없었냐?”

“아, 예, 괜찮았어요. 자세한 건 나중에 말씀드릴게요.”

내가 안에 들어가 있는 동안 꽤나 걱정하신 모습이라 난 아버지를 안심시키고자 최대한 밝게 웃어 보였다.

“그래, 알겠다.”

그렇게 해서 난 내 일행의 궁금함이 담긴 시선을 뒤로하고 해인이네 일행의 뒤를 쫓아 그들의 숙소로 향했고, 도착하자 당연하게도 해인이는 함께하겠다는 세 남정네의 주장을 뿌리치고 자신의 침실로 날 이끌었다. 덕분에 ‘허튼짓하기만 해봐라~’ 하는 협박성 시선을 뒤통수로 받아내며 해인이의 침실에 들어선 나는 침실 문이 닫히자 한숨을 내쉴 수 있었다.

“휘유~ 살 떨려라. 좋겠수, 해인 양. 인기가 많네? 것두 잘생긴 남정네들만…….”

내 말에 해인이가 깔깔 웃었다.

“오빠, 되게 웃긴 거 알아? 가끔 말투가 여자 같아서 얼굴이랑 안 어울려. 예전에 여자였다는 걸 몰랐으면 수상하게 봤을걸?"

"나두 알아. 나도 될 수 있으면 안 쓰려고 조심하는데 가끔 가다 나도 모르게 툭툭 튀어나와서 곤란해. 너랑 있을 때는 나에 대해 잘 아니까 편해서 더 자주 튀어나오는 걸 거야."

"나도 그 심정 알아. 예전에 무성이었을 때는 남장하고 다녔었거든. 그러지 말고 지금이라도 여성으로 되돌아가는 건 어때? 그럼 말투에 신경 쓸 필요 없어서 편할 거 아냐?"

"나도 그러고 싶지만, 지금 양아버지가 날 남자로 아셔서 말이지. 내가 여자로 변하면 여자로 바뀌고 싶어 하는 남자라고 생각하실걸? 그건 싫다."

내 말에 까르르~ 웃던 해인이가 문득 조심스러운 표정으로 날 바라봤다.

"저기~ 궁금한 게 있는데 물어봐도 되려나?"

"뭔데? 말해봐. 내가 너에게 뭘들 말 못해주겠냐."

"천족과 마족의 혼혈이라고 했잖아? 어느 쪽이 아버지야?"

나에게 상처 되지 않게끔 하려는지 되게 조심조심하는 해인이의 태도에 나는 웃음이 났다.

"뭘 그런 걸 조심스럽게 물어? 그냥 편하게 물어도 돼. 그런데 그건 나도 몰라. 이 몸의 육체에 대해 아는 게 하나도 없거든. 아, 그러고 보니 나도 궁금한 게 있다. 물의 정령왕이 아버지라고 했잖아? 친아버지이신 거야?"

아까 그 홀에 있을 때 의아해했던 걸 떠올리며 하는 내 질문에 해인이가 고개를 갸웃한다.

"당연히 친아버지지. 아~ 혹시 정령왕이 자식을 낳지 못하는데 날 어떻게 낳으신 건지 의아했던 거야?"

"어라? 정령왕은 자식을 낳지 못하냐? 그건 몰랐는데? 난 나처럼 양부인 줄 알았지. 가만, 가만, 그럼 넌 나와 경우가 다른가 보네?"

어쩐지 아까부터 계속 뭔가 걸리더라니, 해인이는 아무래도 나와 다른 경로로(?) 이 세계로 온 것 같다.

"응? 그건 또 무슨 소리야?"

"있지, 나는 원래 인간이었거든? 한국의 직장 여성이었는데 어느 날 갑자기 이 괴물 모습이 된 거야. 아, 넌 이 몸의 본래 모습 모르지? 이건 양부가 마법으로 모습을 바꿔준 거고, 원래 모습은 완전 괴물이야. 내가 처음에 그 모습 때문에 자살 시도도 여러 번 했다는 거 아냐?"

내 말에 해인이의 입이 벌어졌다.

"에엑? 진짜? 그럼 괴물과 영혼이 뒤바뀌었다는 소리?"

"바로 그렇지. 미리 이야기하지만, 난 악마와 계약 같은 거 할 생각 조금도 없었다. 내 이야기를 들으면 너도 엄청 황당해 할걸? 그런데 그전에, 넌 나처럼 육체가 뒤바뀐 경우가 아닌 것 같아. 내 말이 맞지?"

"아, 으응… 난 원래 이 세계 출신이니까. 아, 그리고 나 정확히 말하면 인간이 아니야."

"역시 그랬군. 그런데 인간이 아니라고? 하긴, 아버지가 정령왕이시라니. 그럼 너도 정령?"

"그건 아니고, 그냥 정령의 혼혈 정도? 물론 인간의 피도 있어. 어머니가 하프 엘프시거든. 거기다 아버지가 정령왕이시니 인간, 하프, 정령의 혼혈이랄까?"

"호오… 아니, 그런데 어떻게 한국인이 된 거야?"

"그게… 아버지는 원래 날 원하지 않으셨거든. 그런데 어머니가 날 낳고 싶으셔서 아버지 몰래 날 낳다가 돌아가셨대. 덕분에 엄청 분노한 아버지는 날 보자마자 차원의 문을 열고 던지셨는데, 그래서 도착한 곳이 추운 가을날의 동해 바닷가였던 거지. 다행히 어떤 마음씨 좋은 부부가 날 발견해서 17년 동안 친딸처럼 고이고이 길러주셨다는 이야기."

"그랬구나. 운이 좋았네. 나는 아까 네가 보인 것 때문에 혹시 어렸을 때 학대를 당한 건 아닌가 걱정했었는데."

"천만에. 그분들은 엄청 좋은 분들이었는걸. 단지 17세 이후에 울 아버지가 다시 날 강제로 데리고 오셨거든? 지금이야 날 애지중지해 주시지만, 처음에는 장난 아니었어. 나, 아버지께 맞고 살았다? 울 아버지는 나보고 원하지 않았던 애라고도 말했는걸 뭐."

"헛, 그런 일이… 그래서 아까 예민했었군?"

그랬구나~ 하는 표정으로 내가 고개를 끄덕이자 해인이가 낼름 혀를 내밀었다.

"헤헷. 뭐, 아버지를 원망하지는 않아. 그만큼 어머니를 사랑했었다는 이야기고, 지금은 무지 아껴주시니까. 단지 아까 그 자식이 하는 것에 나도 모르게 욱한 게, 조금 상처 자국이 남아 있긴 했나 봐. 아, 그건 그렇고, 혹시 언니는 한국에 돌아갈 건가?"

"모르지. 혹 돌아갈 방법을 찾으면 생각은 해보겠는데, 솔직히 이 모습으로 어떻게 가나? 내 몸을 되찾을 수 있는 방법을 알아내면 몰라도."

"그건 그렇겠다. 도대체 어떻게 된 거야?"

그래서 난 이 세상에 와서 처음으로, 하소연하는 심정으로 모든 걸 털어놓을 수 있었다. 눈 내리는 겨울밤에 있었던, 정말 어처구니없고 기가 막히고 땅을 칠 일을 말이다.

내가 이 세상에 넘어와 괴물이 된 모습을 발견한 것까지 이야기하자 해인이가 믿지 못하겠다는 표정이었다.

"에에엑~!! 진짜?"

"그럼 너는 이 상황에 내가 거짓말할 것처럼 보이냐?"

"아니, 그건 아니지만… 하지만 정말 웃긴다. 그 목소리의 임자가 누구인지 아직도 모르는 거야?"

"목소리만 들었고, 이 세계로 넘어온 후로는 한 번도 듣지 못했으니까. 이건 내 추측인데, 그 목소리는 이 육체의 원래 주인이고 지금은 내 몸을 가지고 살 것 같아."

"진짜 그래요?"

나랑 이야기하다가 뜬금없이 허공을 향해 던지는 해인이의 말에 얘가 왜 이러나 싶어 바라보는데, 놀랍게도 해인이의 말에 응답해 주는 이가 있었다.

"정령왕은 마법 쪽으로는 문외한이라니까. 나중에 그 도마뱀 녀석에게나 물어봐. 그놈이라면 뭔가 좀 알고 있을 거다."

갑자기 들려오는 엘라임의 목소리에 고개를 돌리니 거기에는 언제 왔는지 아까의 그 4대 정령왕이 나란히 나타나서 우리를 보고 있었다.

"어? 아, 안녕하세요?"

그래도 해인이의 아버지와 형제 분들인데 예의를 안 차릴 수 없어 자리에서 벌떡 일어나 고개를 숙이자 노아스가 호호~ 웃으며 인사를 받았다.

"그래, 가여운 처자."

"윽……."

아무래도 우리 대화를 처음부터 듣고 있었나 보다.

그에 당혹스러워 어쩔 줄 몰라 하자 해인이가 미안하다는 시선을 보내왔다.

"미안, 오빠. 정령왕 앞에서는 비밀 공간이라는 게 존재하지 않거든. 저분들은 이 세상 어디든 다 갈 수 있고 볼 수 있는 분들이라 내가 비밀을 만드는 게 아예 불가능해. 미리 이야기했어야 하는데……."

"아니, 뭐… 어쩔 수 없는 일이라면야… 근데, 네 이야기는 괜찮냐?”

나야 남이지만 해인이는 친딸 아닌가? 그 딸이 아버지가 듣는 데서 맞고 살았다는 이야기를 했으니……

괜찮은가 싶어서 엘라임을 힐끗 봤더니, 과연 표정이 별로 안 좋다.

한데 내 시선을 눈치 챈 듯 이프리트가 부드럽게 웃는다.

“괜찮으니까 너무 신경 쓰지 말거라. 자기가 자초한 일인데 뭘.”

“맞아, 해인이를 때렸다니 말이야. 100년 정도 자책하고 살아도 모자라, 너.”

노아스의 말에 엘라임이 휙~! 고개를 돌린다.

그 모습이 너무 부러워서 물끄러미 쳐다보고 있던 난 핫, 하고 정신을 차리고 해인이를 바라봤다.

“그런데 해인아, 너 이번 일 할 거냐?”

내 질문에 날 한 번 본 해인이는 다시 시선을 돌려 자신의 옆으로 다가온 정령왕들을 바라봤다.

“아버지, 나 이번 일 해야 해요?”

“하기 싫냐? 하기 싫으면 안 해도 된다.”

해인이의 질문에 즉답이 돌아온다.

‘히야, 울 아부지보다 더 애지중지라니까.’

아무리 예전에 나쁘게 굴었다지만, 역시 엘라임은 좋은 아버지다. 이 세상의 누구인들 해인을 부러워하지 않는 사람은 없을 정도로 말이다.

"하지만 잘못하면 이 세상이 멸망한다면서요?"

이번 질문에도 엘라임은 시큰둥한 표정이다.

"천족이랑 명족이 알아서 하겠지."

'우와… 정령왕이 저리 말해도 되나? 무지 무책임해 보이는데?'

다른 정령이 혹시 이거 가지고 불쾌해하지 않을까 싶어 돌아보는데, 다들 무덤덤하다.

"해인아, 하기 싫어?"

혹시 같이 안 하고 빠질 수 있는 건 아닌가 싶어 해인이를 바라봤지만, 해인이의 표정은 희망적이 아니었다.

"솔직히 별로 내키지는 않아. 내가 슈퍼맨도 아니고 말이야."

역시 해인이도 영웅 하면 슈퍼맨이 떠오르나 보다. 하기야, 영웅 중의 영웅 아니겠는가? 난 다른 영웅보다 슈퍼맨이 제일 좋다.

"그렇지. 야, 영웅 하면 꼭 달라붙는 타이즈 패션에 가면 쓰고 날아다녀야 할 것 같지 않냐?"

내 말에 해인이가 깔깔거리고 웃었다.

"맞아, 맞아. 영웅들이 다 그러잖아. 배트맨도 그렇고 스파이더맨도 그렇고. 그러고 보니 난 옛날에 웨딩 피치를 제일 좋아했었는데."

"난 세일러 문. 세일러 문에서도 세일러 우라누스가 제일 좋았어. 멋지잖아~"

"아, 나도 나도 세일러 문 봤어. 난 거기서 턱시도 가면 좋아했는데."

"맞아~ 턱시도 가면. 난 그래서 세일러 문 싫어했다?"

"나도~"

그렇게 해인이와 내가 이세계(?)의 이야기에 포옥 빠져 버리자 듣고 계시던 네 정령왕들께서 서운하셨나 보다.

"거, 이세계 이야기는 그만 하고 이쪽 이야기 좀 하지? 그래서 해인이는 한다는 거야 만다는 거야?"

실피드의 목소리에 우리는 그제야 정신을 차렸다.

"아하, 이런 이야기는 정말 오랜만이라……."

"그러게… 핫핫… 뭐, 어쨌든 해인이 너 말투를 보니 하기 싫은데 해야 한다는 것 같다?"

내 질문에 멋쩍게 웃던 해인이가 길게 한숨을 내쉬며 고개를 끄덕였다.

"세상 멸망이라고 해도 별로 실감이 나지 않아서 나서고 싶지는 않은데, 내가 지금 안 할 수도 없는 입장이거덩. 이번 일에 참여 안 하면 전쟁터에 갈 판이라."

해인이의 말에 나는 놀라서 그녀를 바라봤다.

"너보고 전쟁에 나가래? 너, 너희 나라에서 최강의 정령사라며? 나 같으면 녹스 국에서 보내달라고 해도 안 보내겠다."

내가 이 나라 왕들의 의리를 너무 얕보고 있었나 하는 생각까지 하는데, 해인이가 난처하게 하하 웃는다.

"아니, 그게… 내가 쫌… 울 나라 여왕이랑 사이가 별로라서… 여왕님이 기회는 이때다 하고 날 보내려고 하던데?"

"엣? 왜?"

"음… 있지, 블랜차드 후작 봤지? 잘생겼잖아. 거기다 능력도 빵빵해서 여왕님이 그 후작을 짝사랑하는데, 내가 후작이랑 좀 친하게 지내거덩……."

좀… 이 아닌 것 같다. 여기까지 혼자 따라와 준 것도 그렇고, 내가 해인이와 붙어 있으면 호위기사들과 달리 그는 흥미롭다는 시선을 보내긴 하지만, 난 호위기사들의 시선보다 그의 시선이 더 무섭게 느껴진다.

"그럼 도와준다는 거군? 도와준다면 천족 쪽에서도 천족의 깃털이나 천족의 눈물 같은 것들로 보상을 할 셈이니 나쁘지는 않을 거야."

갑작스러운 목소리에 시선을 돌려보니, 정령왕들과 반대편 쪽에서 하나냐 천족이 스르르 나타난다. 그리고는 모든 이들에게 싱긋 웃어 보이더니 다시 말을 이었다.

"둘 다 마음에 안 든다면 원하는 것을 말하던가."

그 또한 뛰어난 외모를 가져서 미소를 지으니 정말 뒤로 넘어갈 만큼 아찔했지만, 난 그 미소를 감상할 여유가 없었다.

"언제부터 저희 이야기를 들으신 거죠?"

내 질문에 그가 의아하다는 듯 눈썹을 치켜올린다.

"음? 비밀 이야기를 나누고 있었던가? 그럼 실례를 했는 걸? 음… 해인 양이 이번 일에 참여하지 않으면 전쟁터에 나가야 한다는 이야기부터? 뭐, 비밀이라면 비밀로 해줄게. 우리 천족이 해인 양에게 별다른 대가를 치르지 않아도 이 일을 적극적으로 도와줘야 한다는 걸 말이지."

그러면서 씨익 웃어 보이는데, 그 말이 진짜인지 아닌지 믿을 수가 없어 불안했다.

해인이가 엘라임을 바라보자 엘라임이 실피드를 바라봤고, 실피드는 머리를 긁적인다.

"아니… 아까까지는 철저하게 차단했는데 언제까지고 막을 수도 없는 거고, 마지막에는 일전도 불사하겠다는 기색이라 그냥 열어줬지. 그의 말대로 딴 세상 이야기 다음에 왔어."

그 말에 나는 겉으로는 덤덤했지만 속으로는 꽤나 놀랐다. 난 그런 거 신경도 안 쓰고 있었는데 이들은 알아서 방 주위에 차단막을 펴놨고, 그건 나 빼고 다들 알고 있었다는 이야기 아닌가? 진짜, 여기서 내가 제일 약한 것 같다(해인이가 정령어로 이야기하면 난 전~혀 들을 수 없었다는 것과 그 정령어로 이 방에 들어왔을 때 미리 아버지에게 차단을 부탁했다는 걸 안 건 아주 한~참 후의 이야기).

어쨌든 실피드의 말에 난 안도의 한숨을 내쉴 수 있었고, 해인이는 거기서 더해 하나냐의 제안을 진지하게 생각해 보기 시작했다.

"음… 그렇게 말씀하셔 봤자 천족 측에서 받고 싶은 게 별로 없는데? 아, 그렇다고 안 받겠다는 건 아니구요. 지금 말하려니 생각이 안 나는데 나중에 원하는 걸 말하는 식으로 하면 안 될까요?"

"그것도 나쁘지 않지. 천계에 위협을 주지 않는 선에서라면 무엇이든 들어주는 걸로 어때?"

"좋아요."

"그럼 비스닉 군은?"

하나냐의 시선이 나에게 돌아오자 해인이도 나를 돌아본다.

"오빠는 괜히 부담 갖지 말고 하기 싫으면 안 해도 돼."

그렇게 말해 봤자 이미 하기로 결정한 뒤다. 게다가 일행들도 다 받아들이는 걸로 아는데 어찌 거절한단 말인가.

'천왕 놈은 무지무지 싫지만… 어쩔 수 없지.'

"나에게는 뭘 줄 건데요?"

그래도 얌전하게 하겠다고 하기는 싫어 그렇게 말하자, 하나냐가 기다렸다는 듯 대답한다.

"전에도 말했듯이 천족으로의 인정, 성년식."

하나냐의 말에 나는 인상을 찡그렸다.

"솔직히… 지금까지 인정 안 받고도 잘 살아와서 별로 필요성을 못 느끼겠는데요? 게다가 성년식, 그게 꼭 필요한 겁니까?"

그러자 하나냐가 나를 빤~히 바라보더니 물었다.

"너, 천족의 성년식이 뭔 줄 알아?"

"모르는데요?"

"그럼 마족의 성년식은?"

"당연히 모르죠."

내 말에 그가 역시나… 하는 표정으로 고개를 끄덕인다.

"천족의 성년식은 안 해도 상관없지만, 그러면 온전한 힘을 가지지 못해 약한 존재가 되어 살게 된다. 마족의 성년식은 치르지 못하면 죽는 걸로 알고 있어. 그래도 안 할래?"

"켁……."

"오빠, 해야겠다!"

그냥 단순히 장미꽃에 향수, 첫 키스를 받는 행사로 생각했는데 그거와는 차원이 달랐다. 목숨과 힘이 왔다 갔다 한다니…….

"넌 천족과 마족의 혼혈이라 성년식이 어떻게 치러질지는 나도 몰라. 아마 양쪽을 섞어놓은 정도가 아닐까 추측만 할 뿐. 마족은 성년이 다가오면 힘이 폭주하여 엄청 고통스러워한다고 알고 있다. 지금 넌 네 심장에 새겨져 있는 봉인 결계에 의해 아무렇지도 않겠지만, 만약 그게 없었다면 몸이 고통스러워서 견디질 못했을 거다."

하나냐의 말에 나는 뭔가 떠오르는 게 있어 입을 열었다.

"잠시만요. 그 결계라는 거 천왕이 새겨 넣은 거 말하는 거죠? 그게 있어서 이 상태를 유지할 수 있다고 한다면, 그냥 이대로 있으면 안 될까요? 지금도 제법 강하다고 생각하거든요. 물론 해인이보다 약하지만 등에 박힌 천신기를 뺀 후로는 제법 강해졌거든요?”

내 말에 하나냐가 훗~ 하고 웃더니 물었다.

“중급 마족을 상대할 수 있어?”

“아뇨.”

해인이 호위기사보다 약한 실력이라…….

나의 기가 살짝 죽은 대답에 하나냐가 의기양양한 표정으로 말했다.

“이번 일을 수행하기 위해서라도 성년식을 치르는 게 너에게도 좋을 거야. 성년식을 치르기 위해서는 네 심장에 있는 봉인 결계를 하나 풀 수 있으니 너도 좋지 않으냐? 가슴에 그런 걸 가지고 있다는 게 기분 좋은 일은 아닐 테니까.”

‘생활에 불편만 없다면 상관없는데… 하긴, 그 천왕 녀석이 해 넣은 거니 기분 나쁘긴 하다.’

“그러고 보니 그거 천왕이 새긴 거죠? 왜 새겼답니까?”

내 질문에 지금까지는 잘만 대답해 주던 하나냐가 묘~한 표정으로 한동안 날 바라보더니 내가 의아하게 느낄 때에야 겨우 입을 열었다.

“그는 네가 힘을 가지는 걸 원치 않았으니까. 그를 원망하느냐?”

"역시… 천왕이라면 그럴 만도 하겠네. 원망이고 뭐고, 그 대접받고도 아무렇지도 않은 존재 있으면 나와 보라고 하세요. 도대체 그는 왜 그렇게 날 미워하는 거죠?"

그 천왕 놈을 생각하니 저절로 인상이 써진다.

그런 날 가만히 바라보던 하나냐가 문득 긴 한숨을 내쉬더니 입을 연다.

"알고 싶냐? 알면 후회할 수도 있을 텐데?"

왠지 말해줄 것 같은 분위기라 난 눈을 빛내며 바라봤다. 자고로 숨겨진 이야기만큼 재미있는 것도 없지 않은가 말이다. 특히나 남의 이야기라면……

"모르고 당하는 것보다는 낫겠죠."

내 대답에 그는 다시금 한숨을 쉬고는 천천히 입을 열었다.

"예전에 한 천족이 있었다. 성년이 되고 얼마 안 있어 고위 천족의 자리까지 오른 대단한 이였지. 아주 강하고, 아름답고, 현명한 천족이라 다음 대 천왕의 후보로 꼽히는 자였다. 그 뛰어난 능력으로 누구보다 마족과의 전투에 앞서 나가 혁혁한 공을 세우기도 했었지. 그러던 어느 날, 그가 행방불명되었다. 나중에서야 그가 마족에 잡힌 걸 알았지만, 어떻게 잡혔는지는 아직도 몰라. 단지 일 년 후 마족과의 전투지에서 그를 발견할 수 있었다. 이지를 잃은 채 널 임신한 그를 말이다."

자꾸 '그'라고 말하기에 남자인 줄 알았는데 임신했다니 여자였나 보다.

거기서 하나냐는 날 돌아보았다.

"그거 아나? 천족과 마족은 임신이 가능하지만, 임신 상태에서 힘을 컨트롤하지 않으면 모든 힘을 태아에게 빼앗긴다는 것을? 그렇기에 발견된 그는 너에게 거의 모든 힘을 빼앗긴 상태였다. 그를 발견한 건 나. 나는 그를 보자마자 천계로 데려갔고, 이틀 후에 네가 태어났지. 그는 죽고. 너무 늦은 상태에서 발견되었던 거야. 하루나 이틀만 더 일찍 발견되었어도 살수 있었는데……. 하기야, 살았다 해도 이지를 회복할지도 불투명했고, 더더욱 힘도 잃은 상태였으니 희망은 없었지."

'하이고… 그래서 날 싫어했구만.'

가슴 아픈 스토리이기는 했지만, 그렇다고 얌전히 미움 받을 일은 아니라고 본다. 그 애도 그리 태어나고 싶어 태어났겠는가?

"그래서 오빠를 미워하는 겁니까? 혹시 당신도? 아니, 천족 모두 다려나?"

해인이의 말에 하나냐가 어깨를 으쓱해 보였다.

"원래 천족들은 이 아이의 존재를 몰랐다. 아는 건 천왕과 그를 데리고 온 나뿐이었으니까. 하지만 얼마 후 마족들이 이 아이의 존재를 떠들어댔지. 아주 자랑스러운 자신들의 전적으로 말이지. 덕분에 이 아이는 천족의 수치를 나타내는 존재로 전락해 버렸어. 그러니 만약 이번 일에 공훈을 세운다면, 넌 네 위치를 찾을 수 있을 거다."

‘뭐어, 그건 별상관이 없는데…….’

“어떻게 저를 죽이지 않고 놔두셨네요?”

“어쩔 수 없지. 천족은 자신의 종족을 죽일 수 없다. 만약 그랬다가는 신성력과 날개를 잃게 되고 말지. 넌 반쪽이라 해도 천족은 천족이니까.”

“헐… 뭐어, 마음에 안 들지만 천왕이 미워할 만하네요. 그렇다고 천왕의 미움을 감수하겠다는 건 아니지만.”

내 말에 하나냐가 다시 한 번 말을 멈췄다가 천천히 입을 열었다.

“천왕이 널 증오하는 이유는… 죽은 그가 천왕의 형제이기 때문이라는 이유가 더 클 거다.”

“켁…….”

“오~ 오빠, 천왕의 조카였어? 나랑 비슷하네?”

“별로 안 기뻐.”

“널 만든 마족이 누구인지도 말해줄까?”

하나냐의 말에 나는 어깨를 으쓱해 보였다. 누구든 별 상관 없었던 것이다.

“그건 아나 모르나 별 상관 없을 것 같은데요? 이제 와서 찾아갈 것도 아니고 복수할 것도 아니고… 그냥 일 이야기나 하죠.”

“할 건가?”

“이 일 안 하면 저도 제 아버지가 전쟁터로 보내 버리겠다고 협박을 하시니 어쩔 수 없죠. 하지만, 정식 천족 인정은 필요 없으니까 나중에 다른 대가를 받으면 안 될까요?"

"정식 천족 인정이야 이번 일이 끝나고 이뤄질 테니 천천히 생각해 보도록 해. 그때도 그게 아니라 하면 너도 해인 양과 같은 조건을 취하도록 하마. 성년식은 너에게도 필요하니 하도록 하고."

"그러죠."

그때였다. 가만히 대화만 들어보고 있던 실피드가 입을 열었다.

"해인아, 그 첼릿 녀석이 문을 두드리는데?"

"아, 식사하라고 온 모양이다. 그럼 저 나가볼게요."

해인이가 자리에서 일어나자 나도 같이 일어났다. 나도 식사는 해야 할 거 아닌가?

Chapter 15
비스닉, 진정으로 어른이 되다(?)

　해인이와 함께 방 밖으로 나갔더니 역시 첼릿이─해인이의 호위기사 중 금발 머리─식사하러 가자고 기다리고 있다가 같이 나온 나를 향해 찌릿~! 한 시선을 보낸다.

　그 시선에 난 등 뒤로 식은땀이 또르르~ 흘러내리는 걸 느끼며 어색하게 웃을 수밖에 없었다.

　'젠장, 빨랑 여성이 되든 성년식을 하든 해야지 이거야 원……'

　성년식을 치르면 아마 모르긴 몰라도 변형하지 않은 상태에서도 해인이 호위기사 수준까지의 힘을 가질 수 있을 테니 최소한 저들의 시선을 두려워하지 않아도 될 거 아닌가 말이다.

그러고 보니 이제야 생각난 건데, 천족에게 받을 대가로 내 몸을 되찾을 수 있는 방법을 찾아달라고 하는 게 어떨까 싶다. 날 이렇게 만든 게 이 몸의 원주인이라면 천족이 다시 본래대로 돌릴 방법을 찾아낼 수 있지 않을까?

'음, 그거 마음에 든다. 나중에 잘되면 그걸 조건으로 내놔야지.'

해인이 일행에 섞여 식당으로 가보니 내 일행은 이미 도착해 있었고, 놀랍게도 신관장을 비롯한 몇몇 신관들에 성기사들까지 섞여 있었다. 그중 아는 얼굴인 파렐 신관과 눈이 마주치자 그래도 아는 사이라고 눈짓으로 인사를 전해오기에 나도 같이 살짝 고개를 끄덕여 줬다.

"저희가 너무 늦은 모양이군요."

해인이 일행 대표인 블랜차드 후작이 신관장을 향해 정중히 고개를 숙여 보이자 그가 사람 좋은 미소를 지어 보였다.

"아닙니다. 저희도 막 왔거든요. 앉으시지요."

해인이 일행이 빈자리를 찾아 앉는 사이 나는 먼저 도착하신 아버지가 잡아준 자리를 찾아갔고, 모든 이들이 자리를 잡고 앉자 신관장이 서로를 소개시켜 주기 시작했다.

"자자, 서로 인사들 하시지요. 앞으로 일행이 되실 분들이니까요. 우선 이쪽은 벨레니 국에서 오신 분들로……."

그렇게 알게 된 건데, 이 자리에 참석한 신관들과 성기사들은 모두 우리 일행과 같이 마족들을 처리하고 '열쇠'를 되찾으며, 혹시 그들에게 탈취 당했을지 모를 마신의 신체 조각을 되찾는 일을 맡게 될 사람들이었다. 즉, 이런 일에 경험이 많고 실력이 뛰어난 자들만 모아놓은 천신 신전의 '드림팀' 이라고나 할까?

신관들과 성기사들, 그리고 해인이 일행과 우리 일행의 소개가 모두 끝이 나서야 기다리고 있었다는 듯 전채 음식이 나왔다.

그렇다고 금방 음식을 먹을 수 있었던 것은 아니었다. 전채 음식이 담긴 접시가 나와 각자의 앞에 놓이자 신전 사람들이 갑자기 양손을 모으고 오르 신에게 감사의 인사를 올리기 시작했던 것이다. 나머지 사람들이 비록 신자는 아니라 해도 예의상 그들이 기도를 끝낼 때까지 기다려야 했으니 음식에 손을 댈 수가 없었다.

'이러언~ 이렇게 오래 걸릴 거면 차라리 진즉 불러서 준비하는 동안 서로 소개시키고 기도했으면 좋았잖아? 어휴, 여기는 '식전 기도는 짧게' 란 모토도 모르나?'

그렇게 긴 기다림 끝에 드디어 기도를 끝낸 신관장이 제일 먼저 포크를 들며 일행들을 둘러보았다.

"앞으로 이 세계를 구할 영웅 분들과 같이 식사를 하게 되다니, 이거 참 영광입니다."

식전 기도를 무진장 길게 한다는 것하고 천신의 신관장이라는 것 빼고는 그는 참 마음에 드는 사람이다.

　농담 섞인 그의 말에 사람들이 다들 가벼운 미소를 지었고, 분위기도 부드러워져 사람들 사이에 간간이 가벼운 대화가 오가기 시작했다.

　그리고 그때를 틈타(?) 폴 트라한 경이 날 바라봤다.

　“정말 부럽습니다, 천족을 직접 만나셨다니. 전설처럼 그렇게 아름답던가요?”

　폴 트라한 경이 부러움이 가득한 어조로 묻자 나는 쓴웃음을 지었다.

　“확실히, 인간 같지 않은 외모더군요.”

　천왕에 대해 감정이 안 좋아서 그런지 그 외모가 나에게는 별로 어필이 되지 않았지만, 확실히 그나 하나냐나 이 세상의 것 같지 않은 미모였더랬다.

　“히유, 나도 직접 만나봤으면…….”

　폴 트라한 경이 혼잣말로 중얼거린 거였지만, 의외로 그 말을 신관장이 받았다.

　“그렇게 될 겁니다. 잠시 후 이곳에 있는 모든 분들이 천족을 뵙게 될 테니까요.”

　그 말에 모든 이들이 놀라는 표정으로 신관장을 바라보자 그는 이유를 모르겠다는 듯 우리를 바라본다.

　“왜들 그렇게 놀라십니까? 잠시 후 천족이 오시는 걸 설마 모르시진 않을 테지요?”

　“아니, 물론 그건 압니다만, 그거야 대표 분들만 가서서 만나시는 게……?”

폴 트라한 경의 말에 신관장이 씨익 웃어 보였다.

“제가 말씀드렸잖습니까. 이곳에 모인 분들이 앞으로 이 세계를 구할 영웅 분들이라고. 그럼 다 같이 가서 만나 뵈어야지, 누구는 가고 누구는 안 가는 게 어디 있습니까? 천족을 만나 뵐 기회가 흔합니까? 기회가 있을 때 뵈어야죠.”

정말 마음에 드는 사람이다. 천신의 신관장만 아니면 따악 좋았을 텐데… 천신의 신관장을 왜 꺼려하냐면, 꼭 미사엘 녀석의 부하 같은 느낌이 들지 않은가 말이다. 미사엘 같은 놈에게는 정말 아까운 사람이었다.

신관장의 말에 내심 기대도 안 하고 있던 사람들의 얼굴이 환하게 피어났다. 특히 내 옆의 폴 트라한 경은 당장이라도 일어나고 싶어서 어쩔 줄 모르는 듯 엉덩이를 들썩거렸다.

그런 그를 향해 난 친절하게 말해줬다.

“트라한 경, 그분이 오시려면 좀 멀었으니까 그냥 느긋하게 식사하시죠?”

옆에서 들썩거리니 신경 쓰여서 식사하는 데 방해가 됐던 것이다.

내 말에 트라한 경이 원한에 찬 눈초리로 날 노려봤다.

“하, 팔라디노 경은 오르게 선택받았다 이겁니까?”

여기서 갑자기 그 이야기가 왜 나오는지 모르겠지만, 그 말에 긴 한숨이 나도 모르게 흘러나왔다.

‘그놈의 선택, 할 수만 있다면 얼마든지 댁한테 넘겨줬을
거다.’

이런 내 심정을 아주 잘 알고 있는 해인이가 이걸 봤는지
쿡쿡거리며 웃는다. 덕분에 난 다시 한 번 해인이의 호위기사
들에게 찌릿 눈초리를 받아야 했다.

‘하아~ 여기나 저기나 다들 식사 방해하는 놈들뿐이구
만.’

툭하면 살벌한 눈초리를 보내는 호위기사들 때문에 난 그
들 앞에서는 해인이에게 말도 제대로 할 수가 없었던 것이다.
뭐, 시선 따위야 얼마든지 감당할 수 있지 않겠냐고 할 수도
있겠지만, 그 시선을 보내는 이들이 엄청난 강자이기 때문에
나중에 따로 불려갈까 봐 쬐게 두려웠던 것이다. 해인이 호위
한 사람도 벅차게 느껴지는데 두 사람이 같이 나오거나 블랜
차드 후작이 부른다면… 생각만 해도 겁난다.

‘헤유우~ 나도 은근히 비굴한 성격이란 말이야.’

그래서 이번에도 여전히 해인이에게 아무런 말도 해보지
못하고—어째 여학생을 짝사랑하는 부끄럼쟁이 남학생 대사 같아
기분이 좀…—식사를 끝내자 일행들이 기다렸다는 듯 자리에
서 우르르 일어났다. 내가 제일 늦게 먹었던 것이다. 하긴,
그사이 빨리 좀 먹으라는 압박의 시선이 날아오기는 했지만,
이건 내가 감당할 수 있어 꿋꿋하게 천천히, 배불리 식사를
마쳤다. 원래 식사란 천~천히 해야 하는 것이 아니던가 말

이다.

서둘러 걸어가는 사람들의 맨 뒤에서 어슬렁거리며 슬슬 따라가는데 앞서 걸어가던 아버지가 문득 걸음을 늦추시며 내 옆으로 다가오셨다.

"도대체 엠브로스 백작과 둘이 무슨 이야기를 한 거냐?"

정확히는 해인이와 둘이 이야기를 한 게 아니라 정령왕 넷에 하나냐까지 해서 일곱 명이서 떠들어댄 거지만, 여기서 그렇게 이야기할 수는 없어서 나는 대충 얼버무렸다.

"뭐어, 대략적으로 이번 일에 대해서 이야기한 거예요. 원래 안 한다고 말하려 했었는데 어쩌다 보니 또 말려들어 가지고……."

흘러내린 머리를 쓸어 올리며 투덜투덜 거리는데 아버지가 걱정스런 얼굴로 물으신다.

"혹시 무슨 협박 같은 거 당한 건 아니고?"

"아뇨, 전혀요."

협박이 아니라 진짜 죽을 뻔했지만, 그건 천왕이 그런 거지 하나냐가 아니니까.

"네……."

거기서 잠시 말을 끊은 아버지가 앞사람들을 힐끔 보시더니 더욱더 작은 목소리로 속삭이셨다.

"네 정체는?"

"다 알던데요? 음, 자세한 건 나중에, 나중에."

앞에 사람들이 모르는 척하고 있었지만, 검기를 사용하는 사람들 정도라면 오감이 무척이나 뛰어난 사람들. 아버지와 내가 작게 속닥거린다고 해도 귀를 기울이면 못 들을 정도는 아니다. 그걸 알고 있던 나는 그렇게밖에 말할 수 없었지만, 아버지는 그것만으로도 충분하셨던 모양이다.

"그래, 그거면 됐다."

그제야 완전히 안심하신 듯 어깨를 툭툭 두드리시고는 걸음을 빨리하셨다.

'으음… 아까 괜찮다고 말씀드려서 안심하신 줄 알았는데, 내 설명이 너무 부족했던가?'

어째 지금까지 계속 걱정하고 계셨던 것 같은 모습이라 죄송한 마음이 들었다.

이번에 신관장이 안내한 곳은 전에 해인이와 내가 들어갔던 곳보다는 작은 홀. 그래 봤자 대략 50평 정도 되는 곳이어서 일행 모두가 들어가는 데는 전혀 문제가 없었다. 단지 이곳도 텅 비어 있고 제단과 오르 신 표식의 조각만 있었기 때문에 일행들은 모두 서 있어야 했다.

'그냥 바닥에 앉으면 안 될까?'

아무래도 이 많은 사람들과 함께 이야기를 하려면 엄청 길어질 텐데, 그때까지 계속 서 있는 건 싫었다. 다리가 아픈 건 아니지만, 서서 이야기하는 것보다 차라리 바닥에 빙 둘러앉아서 하는 게 훨씬 정감 있고 좋지 않겠는가? 엉덩이는 좀 차가울지 몰라도.

'해인이에게 말해볼까? 나랑 해인이가 앉으면 다들 앉을지도 모르는데.'

하지만 그녀 주위의 튼튼한 방어벽 때문에 다가가기가 망설여지던 그때 기다렸던 하나냐 천족이 나타났다.

"이 세상을 구원할 위대한 영웅들이여~"

아까와는 달리 폼 잡고 있는 게 웃긴다. 말뿐만이 아니라 그의 멋들어지게 활짝 펼쳐진 네 장의 날개에서는 신성력이 은은한 빛을 내며 뿜어져 나오고 있었다.

'캬~ 저게 바로 완전 조명빨. 하기야, 이럴 땐 폼 좀 잡아야겠지.'

그의 모습이 보이자 신전 측 사람들이 무릎을 꿇고 고개를 숙였고, 대표로 신관장이 입을 열었다.

"위대한 오르 신의 사자를 뵙게 되어 무한한 영광입니다."

"일어나시오. 나는 그대들의 예를 받을 존재가 되지 못하오."

완전 희극 한 편을 보는 것 같은 기분이 들어 웃음이 나오려고 했다.

'역시 어느 정도의 위치에 있는 자라면 약간의 쇼맨십은 가지고 있어야겠지.'

사람들은 다시 한 번 고개를 숙여 보이고는 자리에서 일어나는데, 그들의 얼굴에는 감격이 어려 있었다.

그런 사람들을 한 번 쭈욱~ 둘러본 하나냐가 만족스러운 표정으로 입을 열기 시작했다.

"그대들도 지금 현재 이 세계가 위험에 처해 있다는 건 아실 것이오. 저 간악한 마족들은 전쟁을 일으켜 사람들을 혼란스럽게 만든 사이 뒤에서는 마신을 부활시키기 위하여 움직이고 있소. 그런 사악한 계획을 저지할 수 있는 이들은 여러분뿐이오."

"오오~"

사람들의 표정을 설명하자면 '감격; 또 감격' 이다.

'나원, 너무 뻔~한 멘트 아닌감?'

뒤에서 시큰둥하니 지켜보고 있자니 해인이가 슬며시 다가왔다.

"얼굴 좀 펴. 분위기 좀 맞춰줘야지."

"넌 맞춰주고 싶냐? 저런 너무 뻔~한 멘트라니… 그러고 보니 세상은 다 비슷비슷한가 봐."

"사람 사는 곳은 다 같다는 거지. 그래도 선택된 용사인데 결연한 표정 정도는 해줘야 하는 거 아니야?"

"그래서 사람들 눈에 안 띄려고 이렇게 뒤쪽에 있잖아. 솔직히 말해봐. 너도 그래서 내 옆으로 온 거 아니야?"

"냐하하하~ 그렇지."

내가 해인이와 속닥대는 사이 어느 정도 일행들의 사기를 띄운 하나냐가 본론을 꺼냈다.

"그대들도 알다시피 이번 일은 규모로 보나 마족의 수로
보나 그 어느 때보다 위험하오. 그래서 명족과 의논 끝에 이
번에는 전과는 달리 일행을 두 팀으로 나누기로 했소. 한 팀
은 우리 오르 신의 사람들이, 다른 한 팀은 크리마 신의 사람
들이 맡게 될 것이오."

여기서부터는 처음 듣는 소리였기에 시큰둥하게 뒤에 물
러나 있던 해인이와 나는 조용히 귀를 기울였다.

하나냐의 말은 간단했다. 여섯 개의 숨겨진 신전 중 하나씩
맡아서 잠복하고 있다가 마족들이 쳐들어오면 그들을 제압하
여 그들이 가지고 있던 '열쇠'를 회수함은 물론, 놈들의 조직
에 대해 알아내라는 것이다. 그러면 후에 모든 사람들이 그들
의 근거지로 달려가 조직을 일망타진한다는 계획이었다. 마
신은 신체 조각 하나만 빠져도 부활할 수 없기 때문에 세울
수 있는 계획이었다.

뭐, 그건 다 좋다. 다 좋은데…

하나냐의 말을 듣고 있던 난 실소를 금할 수가 없었다.

"헐……."

"왜?"

작은 소리였음에도 용케 들었는지 해인이가 돌아본다.

"아니, 이 상황이 웃겨서."

"이 상황이 왜?"

"나는 사람들을 다 부르기에 다 같이 계획을 세우기 위해 의논하려는 줄 알았거든? 그런데 이미 계획은 다 세워져 있잖아. 그럼 왜 몽땅 다 불렀겠냐?"

거기까지 말하자 해인이가 알아들었다는 듯 킥, 하고 웃었다.

"그러니까, 이게 다 쇼맨쉽이라고?"

"그렇지. 간단하게 하려면 신관장 한 사람만 불러서 '이리이리 해라'라고 하면 되잖아? 아아~ 이거 저 천족하고 신관장이 미리 의논한 거겠지?"

저 신관장 씨, 마냥 사람이 좋은 것만은 아니었던 모양이다. 하긴, 그래야 이런 커다란 조직을 잘 이끌 수 있겠지.

내 말에 해인이가 키득키득 웃었다.

"효과 좋잖아. 사람들이 아주 열렬하게 불타오르는데? 으음, 이런 건 나도 배워야겠어."

하긴, 천신을 믿는 사람들에게 천신의 사자라는 천족을 만나게 해주는 건 사기를 고양시킬 아주 최고의 방법일 것이다.

그즈음, 하나냐의 계획 발표 겸 사기 고양용 연설은 끝을 향해 가고 있었다.

"오르 신께서 선택한 영웅은 둘, 이 중 엠브로스 백작이 오르 신의 사람들과 함께할 것이고 팔라디노 경이 크리마 신의 사람들과 함께할 것이오. 이제 모두 출발하시오. 그대들의 앞길에 오르 신의 찬란한 빛이 비추길 기원하겠소."

마지막 말에 신전 측 사람들이 감격스러운 표정으로 무릎을 꿇고 성호를 외치는 사이 하나냐의 모습은 서서히 사라져 갔다.

하나냐가 간 걸 아는지 모르는지 계속 감격 속에서 몸을 떨던 이들이 한참 후에야 드디어 진정했는지 하나둘 자리에서 일어났고, 그런 그들을 이번에는 신관장이 돌아보았다.

"이제 가시오, 진정한 영웅들이여. 오르의 빛이 그대들과 함께할지니 저 사악한 어두움을 그 빛 앞에 무릎 꿇리시오."

그 말에 겨우(?) 진정했던 사람들이 다시금 불타올라 성호를 외치는 것이었다.

"나 이거 보니까 갑자기 그거 생각난다."

시끌시끌거리는 와중에도 해인이는 용케 내 말을 듣고 응해준다.

"뭔데?"

"대~ 한민국!"

내 구호에 해인이가 씨익 웃으면서 손뼉을 친다.

짜작~짝 짝짝!

"오~ 필승 코리아~!"

거기에 한마디 덧붙이기에 나도 팔을 약간 들어 휘둘러 주며 같이 불렀다.

"오~ 필승 코리아~! 아, 그런데 너 한일 월드컵 이후에 왔냐?"

"응. 내가 이곳에 온 게 2003년도였거든. 오빠는 언제?"

"2008년."

"뭣? 그럼 독일 월드컵 봤겠다? 어떻게 됐어? 우리나라 8강에는 올라갔어?"

"아니. 본선 진출에서 땡~!"

"뭐엇? 이러언~ 그래도 2002년 때는 4강까지 가서 기대를 했는데……."

막 월드컵 이야기가 뜨겁게 불타오르려 하는 그때, 차가운 목소리가 들려왔다.

"뭘 기대했다고?"

'헉……!'

블랜차드 후작이었다. 그의 입은 미소 짓고 있었지만 눈만은 차갑게 날 바라보고 있는 거다.

그에 내가 뒤로 슬그머니 물러나는 대신 해인이가 앞으로 나섰다.

"아무것도 아니에요. 이제 끝난 거예요?"

"그래. 그리고 우리는 이제 출발 준비를 해야 하니 어서 가자."

나에게 제대로 인사도 못하고 후작에게 거의 끌려가다시피 가버린 해인은 서두르는 일행 때문인지 그날 저녁 곧바로 마법진을 이용해 펜사 산맥을 향해 출발했다. 해인이네 팀에게 배정된 신전은 펜사 산맥에 있는 곳이었기 때문이다. 펜사 산맥에서 가장 높은 산의 꼭대기에 있다던데, 고생 좀 할 거다. 여기에는 케이블 같은 건 물론이거니와 산길이 제대로 정비되지도 않았으니 천상 수풀을 헤치며 올라갈 텐데, 그 앞에는 예전 내 이웃들이 기다리고 있을 테니 말이다. 뭐어, 해인이나 그 호위기사들, 블랜차드 후작 정도의 실력이라면 눈 하나 깜짝하지는 않겠지만, 최소한 귀찮기는 할 거 아닌가 말이다.

펜사 산맥은 내가 살았던 곳으로, 이 상황에 비추어 보니 그곳에 덜떨어진 마족이 온 것은 아마 그곳에 있다는 숨겨진 신전을 노릴 발판으로 삼기 위해서가 아닌가 한다.

'이럴 줄 알았으면 펜사 산맥 끄트머리로 이동해서 거기서 살걸, 왜 하필 중간 부근에서 살아가지고…….'

해인이네 일행이 출발하고 나자 하나냐가 뻘쭘하게 남아 있는 우리 일행 앞에 다시 나타났다. 천족의 날개를 집어넣고 있어서 그냥 얼핏 보면 미남 신관인 것 같아 그가 천족이란 걸 알아보는 사람이 없었다.

"시간이 없으니 최대한 빠른 시간 안에 성년식을 치르자꾸나."

그리 선언한 하나냐는 곧바로 날 끌고 어딘가로 향했다. 대신전에서도 외진 구석에 있는 별관. 별로 크지 않은 곳이긴 하지만 깨끗한 거 보면 사람들이 이용하는 건물 같은데, 어째 지금은 사람 한 명 보이지 않는다. 그곳을 마치 제집 드나들 듯 척척 들어가는 하나냐의 폼을 보아하니 아무래도 미리 신관장이랑 이야기가 된 것 같다.

하나냐가 날 데리고 간 곳은 그 건물 안에서도 가장 안쪽에 있는 대략 10평 정도의 방이었다. 그동안 신관장이 안내해 준 홀에는 제단과 오르 신의 표식 조각이라도 있었건만, 거긴 진짜 아무것도 없이 텅 빈 방이었다. 오로지 천장 바로 밑의 자그마한 동그란 창문뿐. 그 모습을 보니 혹시 감옥 대용으로 사용되는 방은 아닌지 의심이 들 정도였다.

하나냐는 방 안에 들어서자 내 팔을 놓고서는 입을 열었다.

"천족의 성년식이라면 죽을 일은 없겠지만, 넌 마족과의 혼혈이라 어찌 될지 모르겠구나. 성년식을 치르는 도중 죽는 마족도 있다고 하던데……."

그리고는 품에서 단검을 꺼내 갑자기 자기 손목을 그었다.

"헉? 지금 뭐 하시는 겁니까?"

붉은 피가―천족의 피도 붉었다―흘러나오는 모습에 달려가 손이라도 치켜 올리게 하려는데 하나냐가 제지했다.

"자살하려는 거 아니니 걱정 마라. 천족은 자살 못한다. 마법진을 그리려는 거야."

그리 말하며 한 번 더 단검으로 상처를 후벼 파는 하나냐.

"왜 그래요?"

"이러지 않으면 금방 아물어서 피가 멈추거든."

내가 경악해서 보는 걸 무시하고는 그는 즉시 마법 결계를 그리기 시작했다.

그걸 뒤에서 보고 있자니 왠지 등골이 오싹했다.

예전에, 이 세계에 와서 처음으로 눈을 떴을 때 봐야만 했던 피로 거의 도배를 한 듯한 어두컴컴했던 동굴이 떠올랐던 것이다. 그때는 너무 정신이 없어서 제대로 보지도 못했고 그 후로 한 번도 가본 적이 없어, 이제는 그 동굴이 어디에 있는지 어떻게 되었는지도 모른다. 하지만 지금 생각해 보면 그냥 사방에다 피 칠을 한 것이 아니라 뭔가 마법 결계를 그려놓은 게 아닌가 한다. 그때 제대로 자세히 봐둘걸~ 하는 후회는 들지만, 아마 또다시 그때로 돌아간다면 그걸 제대로 볼 정신은 없을 것 같다.

"궁금한 게 있는데요?"

손목에서 피를 흘려내어 결계를 그리는 와중에도 내 말을 들었는지 하나냐가 가뿐한 목소리로 대답했다.

"물어."

"왜 하필이면 피로 결계를 그리는 겁니까? 울 아부지는 전에 보니 그냥 땅에 나뭇가지로 그리던데."

"결계를 최대한 신성력으로 강화시켜 놓기 위해서지. 보통 천족들은 신성력이 차고 넘치는 천계 중에서도 신성력이 가장 밀집된 장소에 마련된 건물 안에서 성년식을 치르는데, 넌 여기서 치러야 하니 신성력이 많이 부족하거든. 그나마 여기가 대신전이라서 내 피로 그려진 마법진으로 감당할 수 있었던 거지, 다른 곳이었으면 대단한 성물 여러 개를 더 동원해야 했을 거다."

"그럼, 아버지는 왜 못 보게 하시는 거죠? 그냥 단지 보기만 하는 건데……."

아버지는 이 자리에 같이 참여해 지켜보길 원하셨지만, 하나냐가 엄격히 금지했다. 그래서 아버지는 현재 살짝 삐치신 상태로 옆, 옆, 옆방에 계신다.

"여기는 신성력만 존재해야 하니까 네 아버지가 품고 있는 마나가 있으면 안 되거든. 사실 나도 있으면 안 되는데, 넌 어떤 현상이 일어날지 모르니 여기 있는 거다."

"그렇군요. 아, 그리고 또 다른 질문도 있는데 나는 명신의 대신전에 가서 그곳에 보관되어 있는 '열쇠'를 가지고 가라면서 왜 해인이는 그냥 보낸 거죠?"

"그녀에게는 정령왕들이 붙어 있으니까. 정령왕이 있으면 안으로 들어갈 수 있거든."

"그래요? 그럼 해인이에게 정령왕 한 분만 빌려(?)달라고 하면 되지 않을까요?"

"누가 올 것 같은데?"

덤덤한 대답에 나는 핫핫~ 웃었다. 내가 봐도 정령왕들은 어느 누구도 절대 해인이 옆에서 안 떨어지려 할 것 같았으니까.

"음… 필요할 때만 아주 잠깐 와달라고 하면 안 될까요?"

"들어갈 때뿐만이 아니라 나올 때도 필요하다. 언제 나올 줄 알고 또 와달라고 하냐? 거기다 숨겨진 신전 안에서는 마법 따위로 연락하는 건 불가능하다."

"그럼 안 되겠군요. 그런데 정령왕과 '열쇠'가 어떤 관계인데 정령왕이 있으면 숨겨진 신전에 들어갈 수 있는 거죠?"

우리가 '열쇠'를 가지는 이유는 간단했다. 우리가 매복하고 있을 장소가 바로 신전 안이었기 때문이다.

신전은 차원의 틈새를 벌려 그곳에 공간을 만들고 건물을 집어넣은 건데, 이건 배가 바다 위에 떠 있는 것과 같아 닻을 내려 배를 고정시켜 놓은 것처럼 현계와 멀어지지 않게 잡아 줘야 한다고 했다. 이 닻 역할을 하는 것이 바로 신전에서 세운 기둥. 그 기둥이 이 세계 대륙 여섯 곳에 있었고, 우리는 그곳을 찾아가는 것이었다. 이 기둥 주변에 매복하고 있을 수도 있었지만, 만약 거기서 전투를 벌여 기둥에 뭔가 사단이 난다면, 차원 틈새에 있는 신전은 닻 끊어진 배 꼴이 되어 영원히 차원 틈새를 떠돌아다니고, 현계에서는 찾을 수가 없게 된단다. 그건 우리 쪽에서도 마족 쪽에서도 원치 않는 일이었기 때문에 전투장을 신전 안으로 잡은 것이다.

"그 신전을 봉인한 힘은 천신과 명신, 그리고 정령신 세 분. 그리고 양 대신전에서 가지고 있는 '열쇠'란 초대 천왕과 명왕의 심장이거든. 무슨 말인지 알겠냐? 천왕과 명왕의 심장으로 열 수 있는 곳이니 정령왕의 심장으로도 열 수 있지.

물론 정령왕은 심장이 따로 없으니 정령왕 그 자체가 필요한 거지만 말이야."

"휘유~ 그 '열쇠'라는 게 대단한 거였군요. 아니, 그런데 그 중요한 '열쇠'를 왜 인간들에게 맡긴 거죠? 천족이나 명족이 직접 보관하지 않고."

내 말에 이제는 바닥과 벽을 끝내고 마지막으로 천장에 마법진을 그리기 시작한 하나냐가 남의 일 이야기하듯 덤덤한 어조로 말했다.

"초기에는 그랬었다. 그러다 얼마 후 마족의 대대적인 침공을 받아 천계의 '생명의 나무'가 오염되었고, 명계의 윤회전이 무너진 적이 있었지. 그때 하마터면 천계와 명계가 멸망까지 갈 뻔했다. 그래서 천계와 명계가 회복될 때까지 마족이 함부로 넘어올 수 없는 현계에다 임시로 맡기고 우리가 계속 감시하고 있었던 건데 그게 지금까지 이어진 거야. 현계에서는 모르겠지만 천계, 명계, 마계는 휴전과 전투를 계속 반복하고 있는 중이지. 이유야 어쨌든 마족 입장에서 보면 우리 천족과 명족은 자신들의 신을 봉인한 원수이니까."

"헤에……."

뭔지 모르겠지만, 그 생명의 나무나 윤회전이 중요한 건가 보다. 다음 질문은 그걸 물어보려 했는데, 안타깝게도 그전에 하나냐가 마법진을 완성시켰는지 허리를 폈다.

"다 됐다."

“오오······.”

그때 그 동굴처럼 바닥뿐만 아니라 사방 벽과 천장까지 마법진이 그려져 있다. 이걸 보면 확실히 천족들이 내 몸을 되찾을 방법을 찾아내 줄 수 있을 것 같다.

그렇게 내가 마법진을 둘러보는 사이 나를 가만히 올려다보고 있던—성년식을 치러야 했기 때문에 팔찌와 천신기를 잠시 아버지께 맡기고 난 오랜만에 본래의 모습으로 돌아와 있었다—하나냐가 날 불렀다.

“비스닉.”

“예.”

순순히 고개를 돌려 기껏 바라봐 줬더니 이제는 그가 날 보고 있지 않았다.

“비스닉이라··· 이름이 좋군.”

“감사합니다. 양부께서 지어주신 거예요.”

“그래, 좋은 양부를 만나 다행이구나.”

이 천족은 희한하게도 천왕과는 달리 나에게 약간의 정이 있는 듯하다. 하기야, 이 몸이 태어나는 걸 지켜봤다고 하니 자라면서 천왕에게 학대당하는 것도 지켜봤을 것 아니겠는가? 그럼 아무리 천족의 수치라 해도 약간의 동정심은 가지고 있을 거다. 보아하니 원만한 사고방식을 소유한 것 같으니 말이다.

‘뭐, 그래 봤자 나는 기억에도 없으니······.’

그러던 난 문득 떠오르는 게 있어서 물었다.

"그런데, 제가 몇 살이죠?"

그러자 그동안 여유만만한 표정만 보이던 하나냐가 일순 당혹한 표정이 되어 날 바라보았다.

"몇… 살이냐고?"

"예."

어쩐지 그 모습이 재미있어서 속으로 쿡쿡 웃으며 고개를 끄덕이자 그가 천천히 잔잔한 표정으로 돌아오더니 대답이 아닌 뜬금없는 질문을 던졌다.

"비스닉, 넌 내가 누구인지 모르지?"

'누구냐고?

"천족이잖아요. 날개가 두 쌍이니 고위 천족이시고, 이름은 하나냐. 천왕으로부터 이번 일에 대한 전권을 위임받으신 분. 아닙니까?"

내 말에 그가 피식 웃는다.

"잘 아는군. 그래, 맞다. 그리고 너에 대해서도 제법 알고 있는 천족이지. 너도 모르는 네 나이도 알고 있고 말이야."

뭔가 숨은 뜻이 있는 것 같은 어조인데 그게 뭔지 모르겠다. 그래서 살짝 인상을 찡그리고 그를 바라보자, 그는 아무것도 아니라는 듯 씨익 웃어 보이고 대답했다.

"그래, 네 나이를 물었던가? 넌 어디 보자… 그래, 태어난지 올해가 딱 376해째로구나."

"예에~?"

기껏해야 3, 40세 정도, 좀 많으면 50세까지는 감수하리라
생각하고 있었는데, 이건 내가 감수할 수준을 뛰어넘는다.
376세라니.

'허, 허, 허……'

"지금 농담하는 거 아니죠?"

"농담으로 보이냐? 천족으로 치면 별로 많은 나이가 아니
다만? 천족은 보통 300세 즈음에 성년식을 치르니까."

'헐……'

"도대체 천족은 몇 살까지 사는데요?"

내 질문에 하나냐가 이번에는 상큼하게 웃어 보였다.

"몰라."

"네?"

난 순간적으로 잘못 들은 줄 알고 되물었더니, 그가 더욱더
진하게 웃으며 대답한다.

"모른다고."

지금 이 천족이 장난치나… 하는 시선으로 바라보자 그가
킥, 하고 웃는다. 그런데 어째 이 천족이 웃는 모습이 진정으
로 웃는 게 아닌 것 같다.

"정말 몰라. 최초에는 만 살까지 살았다는 기록이 있긴 하
지만 그건 최초였고, 생명의 나무가 마족들에게 오염된 이후
로 태어난 천족들은 수명이 절반 정도로 줄어버렸지. 뭐, 이

건 명계에서 측정해 준 거고, 실제로는 늙어 죽을 때까지 사는 천족이 없어서 말이야."

"하아?"

이해 못할 그 말에 고개를 갸웃거리니 하나냐가 정말 모르겠느냐는 시선으로 바라본다.

"지금 현재 천족의 평균 수명은 대략 3,000살 정도야. 4,000살 가까이 살면 정말 오래 사는 건데, 그때까지 사는 천족이 거의 없어. 그전에 마족과의 전투에서 대부분 죽거든. 아니면 동료나 후배들을 살리기 위해 스스로의 생명을 버리던지. 예전, 마족의 피에 오염된 생명의 나무를 살리기 위해 100명이 넘는 연장자 천족들이 스스로의 생명을 버렸던 것처럼."

그래도 뭔 소린지 이해 못하겠다. 마족과의 전투에서 죽는 건 이해하겠는데, 동료나 후배들을 살리기 위해 스스로의 생명을 버리다니, 그건 또 뭔 소리인가?

'설마 피가 모자라 죽어가는 동료를 위해 자신의 피를 다 뽑아 준다는 소리인가?'

여전히 이해 못하는 얼굴로 그를 바라보자 하나냐가 피식 웃고는 고개를 흔들었다.

"뭐, 오늘은 여기까지. 나머지는 나중에 천천히 말해주지. 기회가 있다면 말이야. 자, 이제 착한 어린이는 잘 시간이야."

'나원… 지금까지 잘 말하다가 갑자기 왜 끊는담?'

속으로 그리 투덜거렸지만, 하나냐의 분위기상 캐묻기도
뭣해서 나는 얌전히 그가 시키는 대로 마법진 중앙에 드러누
웠다.

"한숨 푹 자고 일어나면 된다. 뭐, 이건 천족의 경우긴 하
지만 너도 그러길 바라. 그리고 네가 어쩌면 좀 힘들지도 모
르겠다. 성년식을 좀 더 빨리 끝내도록 촉진을 시켜놨거든."

성년식을 촉진시킨 것과 함께 수면제 작용도 하는지 별로
피곤하지 않았는데 그곳에 눕자마자 얼마 안 되어 이상하게
도 졸음이 밀려와 눈꺼풀을 내리누르는 것이다. 몇 번 멍하니
눈꺼풀을 깜빡거리던 난 나도 모르게 스르르 눈을 감았다. 마
지막으로 하나냐의 말을 어렴풋이 들으며 말이다.

"나중에 꼭 깨어나길 바란다."

문득 정신을 차리고 보니 나는 어두운 공간에 홀로 서 있었
다.

'어라? 이거 언젠가 겪어봤던 일인데?'

주변은 물론이거니와 바닥과 천장도 보이지 않는 데다 내
가 바닥을 딛고 있다는 감촉도 느껴지지 않았다. 그렇다고 무
중력 상태에 떠 있는 것도 아니고 분명히 서 있다는 의식은
있어서 떠 있는 건지 바닥에 서 있는 건지 알아보기 위해 넘
어져 볼까 고민하고 있는 와중, 갑자기 스포트라이트가 켜지
는 것처럼 눈앞에서 하양이, 까망이가 나타났다.

'나원, 이거 옛날에 겪었던 일이잖아?'

예전에 처음 나와 하양이, 까망이가 만났을 때도 이랬었다. 그 후에는 현실에서 하양이, 까망이와 만날 수 있었기 때문에 이런 어두운 미지의 공간에 들어올 필요가 없었고, 들어오지도 않았기에 잊고 있었는데 오랜만에 다시 들어오니 감회가 새롭다. 왜 들어온 건지는 모르겠지만……

'혹시 성년식 때문인가? 하긴, 이 육체에는 나만 있는 게 아닌데다 난 원래 주인도 아니었으니. 주인공은 나보다는 하양이, 까망이 쪽이겠다.'

"애들아아~!"

그 주인공들에게 축하 포옹이라도 해줘야지 싶어 다정하게 불렀는데, 이게 웬일? 평소 내 부름에는 언제든 답했던 애들이 쳐다보지도 않는다.

'어라?'

그것뿐만이 아니다. 그동안 친하지는 않아도 그럭저럭 잘 지내왔던 애들인데 지금은 서로를 노려보며 으르렁거리고 있는 거였다.

"왜들 그래? 둘 사이에 무슨 일 있었어?"

두 아이가 안 오니 내가 아이들에게 다가가며 말을 걸어봤지만, 여전히 날 쳐다보지도 않는다.

"애들아?"

그래서 소리를 높이며 하양이, 까망이에게 손을 대는 순간,

파츠츠츠~!!

"우아악~!"

스파크가 일어나며 애들에 대한 접근을 막는 것이었다.

"으아, 아파라……."

무지 화끈거리는 게, 아버지에게 가벼운 전격 마법을 맞은 것만 같았다.

"뭐야, 이게? 여기 예전에 거기가 아닌 다른 데인가?"

소리 내어 물어봤지만 답해주는 이는 아무도 없었고 눈앞에서는 여전히 하양이, 까망이가 으르렁거리고 있다. 이러다 싸울까 봐 나는 다시 한 번 손을 내밀어봤지만 또다시 스파크가 튀며 내 손길을 가로막는다.

아무래도 애들이 내 말을 듣지 못하는 게 이 스파크와 연관이 있는 것 같아 본격적으로 살펴보려 하는 그때, 어디선가 많이 들어보던 목소리가 들려왔다.

"살라~ 쏼라~ 살라~"

실제로 그렇게 말하는 건 아니었지만, 너무 감이 먼데다가 익숙한 말이 아니라서 그렇게밖에 들리지 않았다.

"뭐지? 누구더라?"

분명 들어본 목소리인데 누군지 퍼뜩 생각이 나지 않아 머릿속에서 인명록을 뒤적거리고 있는데, 갑자기 하양이, 까망이가 딛고 있는 바닥에서 각각 황금색의 원이 찬란한 빛을 뿜으며 만들어지는 거다.

“이번에는 또 뭐야?”

그런데 그게 그냥 단순한 원이 아니었다. 원이 그려졌다 싶은 순간 그 안에 또 다른 원이 그려지고, 그 안에 삼각형이 그려지는 사이 그 도형들 틈새에 글자가 쓰여지기 시작한다. 즉, 마법진이 만들어지고 있는 거였다.

뭔지는 모르지만 하양이, 까망이의 상태가 안 좋은데 만들어지니까 더더욱 불안해지는 느낌이라 난 일단 피하고 보자고 마음먹고 다시 애들에게 손을 뻗었다.

이번에도 파지직~ 거리며 스파크가 따끔한 고통을 수반한 채 날 가로막았지만 참았다. 이까짓 고통이야 지금만 참으면 되는 건데, 이것 때문에 하양이, 까망이를 그냥 놔두다가 뭔 일 나면 그게 더 큰일 아니겠는가?

독한 마음을 먹은 보람이 있는지 이번에는 아까보다 조금 더 가까이 손을 뻗을 수 있었다. 이제 조금만 더 애를 쓰면 애들에게 손이 닿을 것 같다고 생각한 그때.

우웅~!!

묵직한 힘의 파동이 애들의 발밑에서부터 사방으로 퍼져 나갔다.

“컥~!”

난 두 애들을 한꺼번에 낚아채려고 양손을 뻗고 있었던 터라 방어 동작도 취해보지 못한 채 해머로 치는 것 같은 그 힘을 정통으로 맞고 그대로 뒤로 날아가 버렸다.

이 공간은 어딘지 모르겠지만, 확실히 바닥이 존재했다. 덕분에 뒤로 날아간 나는 등을 한 번 부딪치고 튕겨 나가 한 바퀴 돌아 앞면을 아래로 철퍼덕~! 하고 떨어졌다.

"꾸엑~!"

턱을 잘못 부딪쳐 혀를 심하게 깨무는 바람에 입에서는 피맛이 돌고 눈앞에는 별이 번쩍이며 돌았다.

배, 무릎, 팔꿈치 등에도 눈물이 핑~ 돌 정도의 얼얼한 통증이 닥쳐와 일어나기도 힘들었지만, 편히 뻗어 있을 때가 아니었기에 억지로 몸을 일으키며 두 아이를 바라봤더니, 하양이, 까망이의 온몸에 어디서 나타난 건지 모를 황금빛이 나는 레이스 리본이 칭칭 감겨 있는 거다.

"뭐야, 저건 또?"

진짜 여긴 거기가 아닌 모양이다. 왜 자꾸 알 수 없는 일이 일어나는 건지 원.

하양이, 까망이는 아버지가 만든 마법의 위장막은 귀찮아했으면서도 지금의 황금빛 리본은 아무렇지도 않은 모양이다. 아니면 서로 으르렁거리느라 바빠 불편함도 못 느끼나?

그래도 뜬금없이 황금 리본이 나타난 것 외에 별일은 없어 보여 다행이다 싶었는데, 거기서 끝이 아니었다. 애들의 몸이 갑자기 커지기 시작한 것이다.

원래 애들은 내가 품에 안을 수 있는 크기였는데 곧 품에 안지 못할 크기를 넘어서더니 나중에는 네 발로 선 애들의 등이 내 허리까지 올라올 정도로 커졌다. 거기다 약간 동글했던 얼굴선이 날카롭게 바뀌었고, 둥글고 큰 눈은 길게 찢어져 매서워졌다. 다리도 길어지더니 전에는 따로 내놓지 않으면 보이지 않았던 발톱도 살짝 삐져 나와 날카로움을 자랑하고, 뾰족해도 귀여워 보였던 이빨이 이제는 보기에도 섬뜩할 정도가 되었다.

그즈음에서 아이들의 성장은 서서히 멈췄고 그와 함께 황금빛 리본은 제 할 일을 다 했다는 듯 희미해지더니 결국 사라졌다.

이제는 진짜 다 끝난 건가 싶어 애들에게 다가가려는데, 애들의 상태가 뭔가 이상하다.

"얘들아?"

이번에는 또 뭔가 싶어 황급히 뛰어가려던 난 몇 발자국 가지 못해 보이지 않는 무언가에 부딪쳐 버렸다.

쾅~!

"우쒸, 젠장할~"

세게 부딪쳤기 때문에 소리도 컸고, 이마가 화끈, 눈물이 핑~ 별이 번쩍인다.

"도대체 이건 또 언제 생긴 거야?"

손을 내밀어 두드리니 딱딱 소리가 났다. 이 정체 모를 투명한 막이 나와 애들 사이를 굳건하게 막고 있었던 거였다.

남은 한시가 급한데 왜 자꾸 이런 방해물이 생기는 건지 모

르겠다고 투덜거리며 좌우로 더듬더듬 길을 찾고 있는데,

"크헝~!"

"크와앙~!"

소름이 쫙~ 끼치는 울음소리에 고개를 돌리니 커다래진 하양이, 까망이가 서로를 향해 막 덤벼들고 있는 거다.

"이 자식들이, 싸우지 말라니까!"

정체 모를 투명막을 주먹으로 쳐가며 외쳤지만 내 말은 들리지도 않는 모양이다.

하긴, 들을 정신도 없을 것 같다. 애들 눈을 보니 둘 다 눈동자가 사라진 채 하양이는 청록색으로, 까망이는 붉은색으로 바뀌어 불길하게 희번덕거리고 있었던 것이다.

"미치겠네."

그 모습에 다급해져 서둘러 투명막을 더듬거렸지만, 애들에게 다가갈 수 있는 구멍은 못 찾고 투명막이 애들을 중심으로 반경 100m의 공간을 둔 채 삥~ 둘러 형성되어 있다는 것만 알아냈다.

"이런, 젠장!"

유리처럼 매끈한 감촉이었지만 강도는 훨씬 세서 내가 주먹으로 때려도, 손톱으로 내려쳐도, 발로 차도 멀쩡하다.

그렇게 내가 투명막 밖에서 길을 찾기 위하여 분투하는 사이 애들의 싸움은 본격적으로 벌어지고 있었다. 아까 탐색을 위해 서로 주변을 돌며 가끔 한 번씩 부딪쳐 볼 때는 그나마

괜찮았는데, 본격적인 전투에 돌입하자 당연하게도 몸에 통증이 피어오른다. 그것도 처음, 아직 애들이 작은 몸으로 싸울 때보다 더 강력한 통증이었다.

"요즘 내 육체가 수난시대로구만."

그리 투덜거리면서도 나는 투명막을 돌아가며 때려대고 있었지만 깨질 기미는 전혀 보이지 않는다.

"이를 어쩌지? 아, 위로 올라가 볼까?"

바닥부터 손이 닿는 곳까지는 몽땅 두드려 봤지만, 아직 위에는 못 올라가 봤다. 위로 올라갈수록 안쪽으로 휘어지는 거 보니 커다란 돔의 형태를 가진 것 같은데다 표면이 매끄러워 벽 타기는 불가능하지만 나에게는 날개가 있었다.

날개를 꺼내 위로 날아오르려 하는 순간, 난 날아오르는 대신 양팔로 몸을 감싸 안고 땅으로 쓰러졌다.

"크윽~!!"

이 두 녀석이 강하게 부딪친 모양이다. 다른 건 그나마 이를 악물면 견딜 수 있었는데 이번 건 좀 심했다.

"이 자식들이 싸우지 말라고 했는데 감히 내 말도 안 듣고 싸워? 나중에… 나중에 두고 보자."

도대체 누가 이런 상황을 만들었는지 알 수가 없으니 보이는 두 녀석을 향해 내 분노를 집중시킬 수밖에 없었다. 두 애들에게는 미안한 일이긴 하지만, 사실 내가 지금 고통스러운 것도 두 녀석들이 싸우기 때문이 아닌가 말이다. 물론, 두 녀석들도 싸우는 게 본의는 아닐지도 모르지만, 그건 부차적인 일이고.

이를 빠득빠득 갈며 바닥에 엎드려 잠시 숨을 고르고 있었더니 통증이 약간 가라앉는 듯했다. 그러나 간신히 몸을 일으키던 나는 완전히 일어서기도 전에 다시 한 번 휘청거리며 몸을 굽혀야 했다.

"크윽… 이 시키들이 진짜아~!"

정말 시간이 없다. 앞으로 이런 통증을 계속 겪게 된다면 난 결국 쓰러질 것이고 저 녀석들은 내 몸이 망가질 때까지 저렇게 싸우다 우리 셋 모두 죽게 될 거다.

"두고 보자, 이 시키들. 두고 보자, 이 시키들……."

통증이 가라앉을 때까지 잠시 쉴 틈도 없을 것 같아 마치 주문처럼 그 말만 중얼거리며 몸을 똑바로 세웠다. 올라가 봤자 별 소용이 없을지도 모르겠지만, 지금 생각해 낼 수 있는 일이 그것밖에 없었기에 난 거기에 집중할 수밖에 없었다.

또 한 번의 통증이 몸을 강타해 다시 비틀거렸지만 이를 악물고 버틴 채 날개를 움직였다. 온몸이 너무 아파서 날개에 힘도 들어가지 않았지만, 그래도 몇 번 펄럭이니 간신히 떠오를 수 있었다.

"빨리, 빨리, 빨리, 빨리이~ 이 시키들, 나중에 두고 봐! 으응?"

그렇게 이를 악물며 간신히 꼭대기까지 올라왔지만…….

"에휴, 내가 이럴 줄 알았지."

이 막을 만든 이가 누구였던지 하여간 완벽한 걸 좋아하나 보다. 맨 꼭대기까지 단단한 투명막으로 막혀 있다는 걸 깨닫고 나는 절망의 한숨을 내쉬었다. 아까 그나마 통증이 덜했을 때도 깨기 힘들었는데 온몸이 통증 때문에 부들부들 떨려 제대로 힘도 안 들어가는 이 상황에서 어떻게 깰 수 있단 말인가.

내려다보니 애들이 뒤엉켜 물어뜯고 있는데 가관도 아니다. 만약 저 애들이 피를 흘리는 존재였다면 지금쯤 둘 다 피투성이가 되어 있을 거다. 피를 흘리지 않아도 몸이 많이 너덜너덜해진 게 눈에 보일 정도였으니 말이다.

"미치겠네. 젠장, 방법이 없나? 큭, 이 시키들이 진짜……."

나는 또다시 몸을 강타하는 통증 때문에 휘청거리다 하마터면 굴러 떨어질 뻔했다. 얼른 날개를 퍼덕이고 중심을 잡아 간신히 몸을 세울 수 있었지만, 여차하면 그대로 떨어졌을 거다.

"에휴, 저 시키들 때문에 죽기도 전에 먼저 추락사할… 잠깐……."

십년감수한 심정으로 투덜거리던 난 문득 떠오른 아이디어에 고개를 끄덕였다.

어차피 지금은 다른 방법도 없었고, 난 지금 버티고 서 있을 여력도 거의 다 떨어져 가는 상황. 이대로라면 기회는 단 한 번뿐이었다.

"젠장, 이래 죽으나 저래 죽으나, 이판사판이닷!!"

그리 중얼거린 나는 남은 힘을 끌어 모아 날개에 보냈다. 난 더 이상 투명한 막을 때릴 힘도 없었기에 생각해 낸 방법이란 내가 아닌 다른 방법으로 내 몸에 힘을 실어주는 것. 즉, 높은 곳까지 떠올라 가서 손톱을 최대한 빼어 들어 아래를 향해 겨냥한 다음 투명한 막을 향해 떨어질 생각이었다.

이제 날개도 힘이 거의 다 빠져 날개가 부들부들 떨리는 게 느껴졌지만, 쉽게 포기할 수는 없어 나는 조금만 더, 조금만 더를 외치며 가능한 한 최대의 높이로 올라갔다. 높이 올라가면 올라갈수록 떨어져 내리는 힘은 더 강해질 테니 말이다. 물론, 그와 함께 내 몸도 더 큰 충격을 받겠지만…….

하양이, 까망이가 점으로 보일 정도의 높이까지 올라왔을 즈음, 더 이상 날개를 퍼덕거릴 힘이 없던 나는 더 올라가는 걸 포기했다.

이대로 떨어져서 투명막이 깨지면 좋은 거고, 안 깨져도 어쩔 수 없다. 어차피 이 상태에서 떨어져 내린다면 살 수 있을 것 같지도 않았기 때문이다.

"젠장, 이 시키들… 다 네놈들 때문이닷!"

나는 손톱을 길게 내어 한 점으로 모은 다음 날개를 접었다.

그러자 처음에는 서서히 내 몸이 떨어지기 시작하더니 점점 속도가 빨라지기 시작했다.

슈와아앙~!!

각도가 비틀어지지 않게 날개를 살짝 움직여 요리조리 방

향을 잡으면서 떨어지다가 드디어 투명한 막과 손톱이 부딪
칠 시점이 되자 난 크게 외쳤다.

"너희들, 내가 싸우지 말랬지이이~!!"

콰장창~!!

요란한 소리가 울려 퍼지기는 했는데 그게 투명막이 깨지
는 소린지 내 손톱과 팔뼈가 부러지는 소린지 헷갈린다.

하긴, 너무 큰 통증이 온몸에 덮쳐 왔기 때문에 그걸 인식
할 정신도 없었다. 단지 마지막에 바닥에 부딪칠 각오를 하고
있었는데, 뭔가 부드러운 기운이 날 받은 건 알 수 있었다. 하
지만 그게 뭔지는 알 수 없었다. 그걸 인식한 직후 눈앞이 깜
깜해졌으니까.

그로부터 한참 후.

나는 문득 뭔가 따듯한 것이 내 얼굴을 닦아주는 느낌에 간
신히 정신을 차릴 수 있었다.

"으으윽… 끄으윽……."

그와 함께 제일 먼저 느껴지는 건 내 온몸을 휘젓고 다니는
강력한 통증이었다.

하지만 통증이 느껴지는 거 보니 일단 죽지는 않은 모양이
다.

그래서 힘겹게 눈을 떠보니 세상에나… 좌청룡 우백호가
아니라 좌하양 우까망이다.

날 물끄러미 바라보고 있는 모습에 괘씸한 감정이 일어 '이놈 시키들~!' 하고 고함을 치려했는데, 곧바로 녀석들의 너덜너덜한 모습이 눈에 들어오는 거다. 그 모습을 보니 가슴이 미어지는 게 안타까운 감정이 물씬물씬 피어올라 괘씸한 감정을 덮어버렸다.

"이노무 시키들… 싸우지 말랬더니만……."

덕분에 나온 건 분노가 쪽~ 빠진 목소리. 하긴, 목소리가 잔뜩 쉬고 힘이 하나도 없어 고함치는 건 불가능했다. 입을 여는 것도 힘든데.

그래도 애들을 보아하니 다행히 제정신을 차려 셋 다 사이좋게 죽는 일은 면한 모양이다. 이 영문을 알 수 없는 일이 그 정체 모를 투명한 막을 깨뜨리면 다 해결되는 일이었던 걸까?

이상하게 갑자기 커진 덩치도 여전했고, 동자가 없이 전체가 청록색, 붉은색인 요상한 눈도 여전했지만 그 눈에 어려 있던 불길한 빛은 사라져 있었다.

'아마 그런 걸 광기라고 하는 거겠지? 그런데 왜 갑자기 애들에게 광기가……?

일이야 잘 해결된 것 같긴 하지만 의문은 풀리지 않았기에 생각 좀 해보려고 했지만, 녀석들이 벌름 혀를 내밀어 얼굴을 핥는 바람에 생각을 이을 수가 없었다.

그러고 보니 아까 느꼈던 따뜻한 느낌이 이 녀석들 혀였나 보다. 예전에는 차갑고 말랑한 젤리 느낌이었는데, 업그레이드(?)되니까 온기가 생긴 모양이다.

'아니, 그런데 눈동자는 왜 없어졌지? 예전에는 둘 다 까만 눈동자가 똘망하게 있었는데. 원래 성장하면 이런가?'

귀여운 모습을 볼 수 없다는 것도 아쉽지만, 그 똘망한 눈을 볼 수 없는 게 더 아쉽다. 하지만 이제 와서 물리라고 할 수도 없었기에 난 곧 아쉬움을 날려 버리고 현실로 돌아왔다.

우선은 녀석들에 대한 꾸중이 안 끝났다.

"그런데 너희들 도대체 왜 싸운 거야? 혹시 날 죽이려고 작정한 건 아니겠지? 이번엔 정말 위험했던 거 아냐 모르냐?"

내 말에 녀석들이 잘못한 것을 알았는지 고개를 푹 숙인 채 눈치를 보며 끼잉거린다. 그러고 보니 이 녀석들, 이제는 울음소리도 낼 줄 알았다. 이것도 업그레이드 효과일까? 어쩜 한 번 더 업그레이드하면 말도 할 수 있을지 몰랐다.

'그럼 한 번 더 업그레이드된 눈은 어떨… 아우, 자꾸 딴 곳으로 빠지네.'

나는 정신을 차리려 고개를 흔들려다 온몸으로 느껴지는 통증에 '으윽…' 하고 신음 소리를 내뱉었다.

그러자 애들이 곧바로 걱정스럽다는 시선으로 날 바라본다.

이런 둘의 반응을 보니 아무래도 아끼는 자기들 정신이 아니었던 것 같다. 그래도 그렇지, 일단 이 녀석들은 천기와 마기가 형상화된 존재들이 아닌가? 누가 뭔 수를 쓴 건지 몰라도 그런 데 쉽게 넘어가면 안 되지.

그래서 난 다시 입을 열었다.

"짜슥들이 말이야, 내가 아무리 불러도 들은 체도 안 하고, 내가 아까 얼마나 너희들을 불렀는지 모르지? 지금 목 쉰 거 봐라. 그때 너희들 부르다 이렇게 됐어."

내 말에 애들 시선이 자꾸 내려가는 게 조금 더 했다가는 땅 파고 들어가게 생겼다.

그래서 난 그쯤 하기로 했다. 그렇지 않아도 애들 모습도 안쓰러웠던 데다 온몸이 아파서 더 떠들기도 힘들었다.

게다가, 일단 안 죽고 살았으니 녀석들을 혼낼 기회는 앞으로도 많지 않은가.

"한 번만 더 그랬단 봐. 그땐 정말 가만 안 둬, 알간?"

엄한 목소리로 혼내고 싶었지만, 점점 기운이 빠져나가던 터라 내 목소리는 점점 작아졌다.

'그나저나 이 녀석들 귀여울 때는 하양이, 까망이란 이름이 어울렸는데, 지금 그 이름은 좀 그렇네. 바꿔줘야 할까나?'

하지만 괜찮은 이름을 생각하지도 않고 눈을 감아버렸다. 너무 피곤해서 우선은 한숨 자고 싶었던 것이다.

다시 정신을 차리고 눈을 떴을 때 보인 건 새카만 어둠이 아닌 새하얀 천장이었다. 드디어 현실로 돌아온 모양이다.

살짝 손을 움직여 보니 약간 뻣뻣한 느낌은 있어도 아프진 않다.

그에 안심하는 기분으로 내가 양손을 하나씩 천천히 움직여 보는데 누군가의 얼굴이 불쑥 나타났다.

"깼냐?"

아버지셨다. 성년식을 치르는 동안에 출입금지당하셨던 분이 들어온 거 보니 성년식이 끝난 모양이다.

그동안 걱정을 하셨는지 얼굴이 약간 핼쑥해 보이신다.

"몸은 좀 어때?"

내가 몸을 일으키려 하자 힘겨워 보였는지 아버지가 얼른 부축해 주시며 물어보셨다.

"음~ 좀 어색해요. 꿈에서 엄청 엉망진창으로 다쳤던 터라. 그런데 저 얼마나 오래 자고 있었지요?"

"일주일. 별일은 없었고?"

별일이라면 하양이, 까망이 녀석이 엄청 싸워 대서 날 죽일 뻔했다는 것과 투명막을 깨기 위해 죽을 뻔했다는 것 정도?

그런데 그거 한 거 가지고 일주일이 지났다니, 내가 그 어두운 공간에서 정신을 잃고 있던 게 몇 시간이 아니라 며칠이었나 보다.

조심스레 일어나 앉는데 다행히 약간 뻐근함만 느낄 뿐 통증이 없다. 그걸 느낀 후 허리도 천천히 돌려가며 난 아버지의 질문에 대답했다.

"꿈속에서는 신나게 싸우기만 했어요. 덕분에 엄청 다쳐서 아팠거든요. 그래서 지금도 아플 줄 알고 걱정했는데, 멀쩡한 것 같네요. 오래 누워 있어서 그런지 좀 뻐근한 것 빼고……."

내 말에 아버지가 안도한 표정이 되었다.

"그러냐? 그 하나냐란 천족이 무지 창백해 보이기에 걱정했더니만… 하긴, 원래 지키고 있는 사람이 더 힘든 법이지."

아버지 말에 깨달은 건데, 그 어두운 공간에서 애들 발밑에 황금색 원이 그려지기 직전 들리던 귀에 익은 목소리는 바로 하나냐의 것이었다.

'뭐냐, 그럼 성인식을 위해 마법진을 발동시키는 주문 같은 거였나?'

그러면서 방을 살펴보니, 내가 잠들기 전 방 전체에 그려져 있던 그 시뻘건 마법진이 깨끗이 사라져 있다. 하긴, 아까 눈 뜰 때 본 천장이 희긴 했었다. 아마 내 성년식이 끝나서 같이 사라졌나 보다.

"그 천족은 어디 갔어요?"

하나냐의 모습도 보이지 않아 물어보니 아버지가 순순히 대답하셨다.

"천계로 돌아갔다. 힘을 많이 소비해서 일단 휴식을 취하고 돌아온다더구나. 언제 올지는 모르니까 일단 너보고는 명신전으로 출발하랬다. 그런데 확실히 성년식이 대단하긴 대단하구나. 너 기운이 두 배는 더 늘어 보여."

　아버지의 말씀에 난 살짝 내 몸을 살펴봤다. 과연, 예전에 비해 힘이 펄펄 넘쳐서 지금 기분이라면 붉은 머리가 아니라 보라색 머리가 와도 상대할 수 있을 것 같다. 하긴, 하양이, 까망이가 그리 성장했으니 당연하겠지.

　그러고 보니 하양이, 까망이가 갑자기 이상해진 것도 아무래도 성년식 때문인가 보다.

　'그 투명한 막도 그 때문인가 보네.'

　뭐, 정확한 건 하나냐가 돌아올 때 물어보면 알 수 있을 거다.

　내가 그리 생각할 때 아버지가 내 어깨를 톡톡 치셨다.

　"그러고 보니 본래 모습 보는 것도 정말 오랜만이구나. 산에서 내려온 후에는 항상 인간의 모습으로 있었으니까."

　"뭐, 저도 인간의 모습이 익숙해져서 갑자기 커지니까 이상하더라구요. 이제 인간의 모습으로 돌아가야겠죠. 아버지, 제 팔찌 가지고 오셨죠?"

　"오냐, 너 들어가 있는 동안 성능을 키워 놨다. 성년식을 치르면 힘이 강해질 거니 거기에 맞춰 조정하라고 그 천족이 친절하게 가르쳐 줬잖냐."

　"아하하하……."

　아버지는 내 성년식을 못 보게 한 채 그사이 팔찌 성능을 업시키라고 한 것이 여전히 마음에 안 드시는 모양이다.

　그런 아버지에게 하나냐에게 들었던 이유를 말해줄까 하다가 그만뒀다. 혹 그게 천족만의 비밀이라 하나냐가 일부러

말 안 한 걸지도 모른다는 생각이 들었기 때문이다.

아버지와 함께 숙소로 향하는데 앞에 땀에 흠뻑 젖어 있는 로마노 토카라 경이 막 방으로 향하고 있다가 날 보고는 아는 체해왔다.

"이제 나오셨나 보군요?"

언제나 예의 바른 로마노 토카라 경이다.

"아, 예. 그동안 바쁘셨나 봅니다?"

나도 싱긋 웃으며 말을 받자 그가 어깨를 으쓱해 보였다.

"팔라디노 경께서 나올 때까지 수련을 했습니다. 일행이랍 시고 같이 있다가 팔라디노 경께 짐이 되면 안 될 테니까요."

"예?"

수련을 하면 했지 거기에 왜 날 끼워 넣는가 싶어 고개를 갸웃거리자 아버지가 내 옆구리를 쿡 찌르더니 속삭이셨다.

"그 하나냐 천족이 저쪽에다가도 한마디 했거든."

'하이고……'

그래서 로마노 토카라 경의 어조가 그리도 결연했나 보다. 천족을 만나 엄청 기뻤을 텐데, 그 천족에게 '약하니까 수련 좀 하지?'란 소리를 들었으니 얼마나 충격이었겠는가?

하지만 솔직히 아리엘 일행이 해인이네 일행에 비해 약하 긴 했다. 난 전에는 아리엘 일행을 꽤나 강하게 여겼었는데, 해인이네 일행을 본 뒤로는 그닥 강하게 느껴지지 않아서 이번 일에도 차라리 빠지는 게 안전하지 않을까 하는 생각도 했었던 것이다.

"일단 비스닉이 나왔으니 명신전으로 이동할 거네. 될 수 있는 한 빨리 갈 생각이니 일행에게 이야기를 전해주게."

아버지의 말에 로마노 토카라 경이 '드디어~'란 표정으로 대답했다.

"알겠습니다. 그럼 전 씻으러 가던 중이라 이만 실례하겠습니다."

원래 난 내일 아침에나 출발할 생각이었는데, 신전 측에서는 마음이 다급했던지 내가 나왔다는 소리를 듣자마자 즉시 이동할 수 있게 조치를 취해줬다. 하긴, 그럴 만도 한 것이 해인이네 일행은 벌써 일주일 전에 숨겨진 신전을 보호하러 떠났으니 난 늦어도 한참 늦은 격이었다. 게다가 난 즉시 출발하는 것도 아니고 일단 명신전에 먼저 들러야 했으니 말이다.

명신의 대신전에 가는 건 어렵지 않았다. 명신의 대신전과 천신의 대신전에는 각각 이동용 마법진이 존재하고 있었기에 마법진으로 눈 깜빡할 사이에 이동할 수 있었던 것이다.

"어서 오십시오, 여러분. 명신의 신전에 오신 것을 환영합니다."

명신의 신관들은 회색 신관복을 입고 있기에 명신의 대신전은 회색빛으로 꾸며진 게 아닌가 생각했건만, 의외로 회색,

흰색, 검은색을 다양하게 사용하고 있어 개인적으로 하얀색 일색인 천신의 대신전보다 더 보기가 좋았다. 무엇보다 눈이 아프지 않아서 제일 좋았다.

천신의 대신전에서 미리 연락을 해준 덕분인지 우리는 도착하자마자 곧바로 명신의 신관장을 만나볼 수 있었다.

"그대들이 이번에 오르께서 선택하신 용사들이로구려. 어서 오시오, 기다리고 있었소."

명신의 신관장은 대략 60대 후반의 나이 지긋한 할아버지셨는데 그분을 보자마자 떠오르는 건 모 유명한 패스트푸드점 앞에 세워져 있는 유명한 할아버지였다.

"환영해 주서서 감사합니다, 예하. 앞으로 같이 행동하게 되었으니 잘 부탁드리겠습니다."

우리 일행의 대표로 아버지가 나서서 인사하자 신관장이 사람 좋은 웃음을 지으면서 답했다.

"헛헛, 무슨 그런 말씀을. 우리야말로 잘 부탁드리겠소. 자, 자, 시간이 없소. 일단 이번 일에 같이 행동할 성기사와 신관들을 소개해 드리겠소이다."

두 신전에서는 서로 똑같은 수의 사람들을 보내기로 미리 짰는지 천신의 신전에서 해인이네 일행에게 붙여준 이들과 같은 수였다. 고위 신관 둘에 일반 신관 셋, 그리고 성기사의 조직 중 최고 엘리트만 모아놨다는 1개 조(12명)였다.

엘리트만 모아놔서 그런지 그 조의 조장은 30대 후반으로 잘 벼려진 명검 같은 느낌을 풍기는 사람이었다. 무뚝뚝하고 고지식해서 임무에만 집중하지만, 실력이 뛰어나고 통솔력도 있어 부하들에게는 든든한 상관인 그런 이미지를 가진 사람 말이다.

조원들도 다들 30대 초반 아니면 20대 후반 사람들이었는데 얼마나 군기가 잘 들었는지 다들 빠릿빠릿해서 난 특공부대를 눈앞에 둔 기분이었다. 확실히 이들이라면 중급 마족이 변형하고 덤빈다 해도 너끈히 감당할 수 있을 것 같아 든든했다.

신관들도 천신의 신관들은 다 학자 타입이었는데, 명신의 신관들은 떡대까지는 아니어도 단단한 몸집을 가지고 있는 것이 평소 몸을 단련해 온 것처럼 보였다.

'혹시 체력 단련을 하는 분들만 골라서 보낸 걸까?'

그거야 아무래도 체력 단련을 하는 분들이라 같이 싸우러 간다는 것에 의지가 된다.

거기다 아리엘 일행도 내가 잠들어 있는 사이 하나냐에게 뭔가를 받아 그걸 가지고 수련을 했다니 전보다 더 기대를 해도 될 거다.

"좋습니다, 그럼 우리도 출발해 볼까요?"

Chapter 16
말이 씨가 된다?

마법 이동으로 마르타 국에 도착해 다시 말을 타고 이동하다 보니 이 미사엘 시키 내가 밉다고 가장 먼 장소를 일부러 나에게 떠맡긴 게 아닌가 하는 의심이 들었다. 놈하고 별 관계가 아니었으면 '혹시나…' 했어도 '에이, 설마…' 라고 부정했을 텐데 워낙에 관계가 안 좋다 보니 의심이 제법 그럴듯하게 여겨지는 거다. 나 말고 다른 일행이 있어도 미사엘 녀석이라면 그럴지도 모른다는 생각이 드는 거 보니 난 이놈에 대한 편견이 단단하게 박힌 모양이다.

이번에 미사엘이 나에게 떠맡긴 신전도 프스카야 국에 있었다. 명신의 대신전이 남대륙의 왈그린 국에 있는 걸 감안해

볼 때 우리는 이 그라함 대륙을 종단하는 셈이었다. 비록 절반은 마법진으로 금세 이동한다 해도 말이다.

해인이네는 마르타 국에 붙은 펜사 산맥이 목표라 정말 부럽게도 산 밑에까지는 마법진으로 이동할 수 있었을 거다.

그러고 보니 숨겨진 6대 신전 중 하나는 녹스 국에 붙은 퀸모드 산맥 위에 있고, 또 다른 하나는 왈그린 국 내에 있다던데, 그 가까운 곳은 놔두고 왜 대신전에서 가장 먼 곳만 골라 우리에게 맡기는 건지 모르겠다. 가까운 곳보다는 멀리 있는 곳을 먼저 공략할 거라 생각해서 그런 걸까나?

우리의 목표인, 신전으로 들어갈 수 있는 기둥이 세워진 곳은 스폴라드 언덕이라는 곳으로 케르겔렌 바다에 접한 높은 절벽 꼭대기라고 했다. 절벽 위에 기둥 하나만 덜렁 있으면 사람들이 쉽게 다가갈 수 있는 거 아니냐고 했더니, 그 기둥이 세워진 언덕 전체에 강력한 마법이 펼쳐져 있어 사람들의 접근을 막고 있다 했다.

거기다 언덕이 외진 곳에 있어 주변에 인가가 없단다. 가장 가까운 곳에 있는 마을이 말을 타고 가도 5일 정도 걸리는 거리에 있다니, 마법이 아니어도 접근하는 사람이 거의 없을 것 같다.

우리 일행은 전과는 달리 이번에는 신분을 숨길 필요도, 사람들 있는 곳을 피할 필요도 없었기에 마을과 마을을 통해서 이동했다.

그래 봤자 잠자리만 빼고는 좋은 건 없었다. 해 뜨기 전에 출발해서 다음 마을에는 한밤중에 도착했기에 씻고 자기 바빴으니 말이다. 식사도 삼시 세끼가 다 도시락. 그래도 이게 명신전에서 손을 써서 우리가 도착할 마을에 성문 개폐, 머물 여관, 도시락, 갈아탈 말 등등을 미리 준비해 줬기에 가능한 일이었다.

덕분에 전보다 두 배는 빨리 이동할 수 있었지만, 휴식도 최대 생략, 식사도 웬만하면 말 위에서 해결했기에 밥 먹다 체할 뻔한 적도 여러 번이었다.

이런 상황이었으니 명신전 사람들과의 여유있는 대화는 꿈도 못 꿨다. 그쪽 사람들에게 궁금한 게 꽤 많았는데 말이다.

하지만 그 정도로 서둘렀기에 우리는 단 일주일 만에 그 언덕과 가장 가까운 마을, 즉 그 언덕을 5일 정도의 거리로 남겨 놓은 지점에 도착할 수 있었다. 그리고 당연하겠지만, 그곳에도 명신전의 사람이 미리 도착해서 여관을 잡아놓고 있었다.

그 마을에 도착한 것은 해가 지기 직전쯤으로, 이전이라면 그다음 마을을 향해 달렸을 테지만 여기서는 이다음 마을이 없었기에 멈출 수밖에 없었다. 덕분에 마상에서 먹거나 서서 급히 먹었던 식사에서 벗어나 오랜만에 식탁에 앉아 갓 만들어진 따끈따끈한 음식을 즐길 수 있었다.

야채와 고기가 듬뿍 들어간, 김이 모락모락 피어오르는 따끈한 스튜는 냄새도 끝내줬다. 그와 함께 아직 온기가 식지 않은 말랑말랑한 빵에, 시들지 않은 싱싱한 샐러드도 반가웠다. 오죽했으면 사람들이 식사 기도하는 동안 스튜가 식지는 않을지, 샐러드가 시들지는 않을지 초조할 지경이었다.

드디어 그들의 기도가 끝나고 식사가 시작되었다.

금방 한 음식을 오랜만에 맛보는 기분이란 예전에 아직 인간 세상에 나오기 전 아버지가 가져오신 제대로 된 음식을 처음으로 먹었을 때의 감격을 다시 맛보는 것 같았다.

아마, 다른 사람들도 나 정도는 아니어도 그 비슷한 기분이었나 보다. 대화가 전혀 없이 먹기에 바쁜 식사 시간이었으니 말이다.

대화의 장이 열린 건 식사가 끝나고 후식으로 따끈한 차 한 잔씩 들 때였다. 다들 정신없이 먹었던 게 계면쩍었던지 괜히 헛기침만 해대는 모습이 웃겼다.

"여기 음식이 참 맛있군요."

"그러게나 말입니다. 덕분에 잔뜩 먹었지 뭡니까?"

"하하하, 저도 그랬습니다."

"하기야, 그동안 열심히 운동했으니 식욕이 좋을 만하지요."

그렇게 왁자지껄하게 떠드는 사람들을 보고 있자니 앞으로 있을 마족과의 전투에 대한 두려움은 보이지 않고, 어디 여행 가는 사람들 같다. 두려움도 마비될 정도로 혈기가 펄펄 넘치는 나이는 아닌데 말이다.

그러고 보니 조원들은 물론이고 웃는 모습이 보기 힘들 것 같은 조장이나, 언제나 엄숙할 것만 같은 고위 신관들의 얼굴까지 부드럽게 풀려 있었다.

하지만 어째 아리엘 일행의 표정은 다르다. 아리엘이나 로마노 토카라 경이야 워낙 내색하지 않는 사람들이니 잘 모르겠지만, 폴 트라한 경은 아직은 표정 관리가 서툰 녀석이었기에 쉽게 알 수 있었던 것이다.

'쟤야말로 지금 뜨겁게 불타고 있어야 하지 않나? 왜 저리 불편한 표정이야?'

의아해서 바라본다는 게 너무 노골적으로 쳐다본 모양이다. 내 시선을 느꼈던지 폴 트라한 경이 나를 향해 고개를 돌리더니 인상을 찡그리며 물었다.

"뭘 그렇게 보십니까?"

"에? 아, 아무것도 아닙니다."

사실은 왜 불편한 표정이냐고 묻고 싶었지만 혹시 말 못할 사정이 있는지도 모르는데 사람들 앞에서 물어보는 건 실례일 것 같아 얼버무렸는데, 덕분에 좌중의 시선이 나에게 몰렸다.

"어디 불편하십니까?"

내가 폴 트라한 경에게 묻고 싶었던 말을 고위 신관 중 한 명인 저메인 신관이 물어왔다.

그는 햇빛에 타 검게 그을린 피부에 키는 작지만 단단해 보이는 몸을 하고 있어 신관복만 벗고 표정만 잘 잡으면 어느 조직의 중간 보스 정도로 보이는 외모를 가지고 있었는데, 그게 또 한국의 연예인 L모 씨를 연상시키게 해 나는 그에게 호감을 가지고 있었다.

"아니, 별거 아닙니다. 그냥 모두들 편안해 보이셔서… 긴장되지 않으십니까?"

내 말에 연륜 있는 사람들이 빙그레 웃는다.

"당연히 긴장되지요."

저메인 신관의 대답에 난 약간 어이가 없어졌다. 저 표정이 긴장하는 표정이라니, 그렇다면 이 사람들은 긴장으로 몸이 얼어붙는 일은 없겠다.

나의 이런 내심을 읽었음인지, 저메인 신관의 미소가 진해졌다.

"태평해 보이나 보죠?"

"솔직히요. 보통 중요한 임무를 앞두고 있으면 긴장과 걱정으로 분위기가 굳어 있지 않습니까?"

그 질문에 대한 대답은 조장인 코헨 성기사에게서 나왔다. 그의 인상과 같게 무뚝뚝한 목소리로 말이다.

"미리부터 굳어 있으면 오히려 육체의 피로를 누적시키게 됩니다. 전투에 최상의 컨디션을 유지하려면 쉴 때 푹 쉬는 것이 좋지요."

틀린 말은 아닌 것 같지만, 그걸 실천하는 사람들이 더 대단해 보인다. 사람 마음이 원하는 대로 쉽게 좌지우지되는 게 아니었으니 말이다.

"임무에 실패할까 걱정되지 않으십니까?"

"안 하려고 노력하는 겁니다. 지금은 최선을 다하는 것만 온 신경을 집중할 뿐, 결과는 나온 걸 보고 생각해도 늦지 않습니다. 아직 알지도 못하는 결과를 미리부터 걱정해 봐야 소용이 없으니까요."

멋진 말이긴 한데, 나는 왜 그런 멋진 말을 들었으면 감격하는 걸로 끝내지 못하고 한 번씩 비틀려서 뭔가를 쿡 찔러보려고 하는 걸까나?

"음, 만약을 대비하려는 생각은 안 하십니까? 그러니까 예를 들자면 지금 이 마을에 마족이 키메라를 잔뜩 이끌고 쳐들어와서 마을 사람들을 인질로 잡고 임무 포기를 요구한다든가 '열쇠'를 넘기라고 한다는 것 같은?"

내 말에 이번에는 또 다른 고위 신관인 프레이스가 자신 있는 어조로 대답했다.

"그런 걱정 또한 하지 않습니다."

"왜요? 전혀 일어날 것 같지 않으십니까?"

천신도 저리 자신만만해하다가 습격당했지, 아마?

하지만 프레이스 신관이 그윽한 어조로 답한 말은 내 예상과는 좀 달랐다.

"이미 대단한 인질이 잡혀 있기 때문입니다. 이 세상의 '멸망'이라는."

그의 '중년 미남'이라는 명칭을 달 수 있을 정도의 준수한 외모와 참 잘 어울리는 목소리였건만, 나는 그 말에 웃을 수가 없었다. 그러니까 지금, 내가 말한 일들이 일어나도 마을 사람들의 목숨을 버리는 한이 있어도 임무를 완수하겠다는 그런 뜻이 아닌가 말이다.

냉정하다 해야 할지 대단하다 해야 할지… 뭐, 이성적으로 생각하면 옳은 말이지만.

하지만 프레이스 신관의 말이 옳다고 생각되어져도 냉정한 건 냉정한 거였나 보다. 그의 말이 끝나자 주변은 조용해졌고, 그렇게 되자 일행들은 하나둘 내일을 위한다는 명목을 가지고 방으로 올라가 버리는 바람에 대화의 장은 거기서 끝나 버렸다. 하긴, 시간이 좀 늦어지긴 했다.

그리고 난 코헨 성기사의 말이 옳다고 생각되어 그런 게 아니라 원래 별생각이 없었던 터라 프레이스 신관의 말에도 별 영향을 받지 않고 맘 편하게 침대 속으로 파고들어 쉽게 잠이 들었다. 마을 습격 이야기야 내가 코헨 성기사를 찔러보려고 꺼낸 이야기일 뿐, 정말 그런 일이 일어날 거라고는 생각지도 않았기 때문이다. 어차피 적들이나 우리나 목표는 숨겨진 신전이었으니 사단이 나도 거기서 날 거라고 여겼다.

그러나 내가 대략 네다섯 시간 정도 잤을까?

단잠을 자고 있는 날 누가 툭툭 친다.

"비스닉, 일어나라. 얼른 일어나!"

아버지의 목소리였다.

다른 때도 아버지가 먼저 일어나 날 깨우셨기에 이번에도 난 '벌써 일어날 시간인가?' 란 생각을 하며 무거운 눈꺼풀을 들어 올렸다.

아직 해도 뜨지 않아 캄캄했지만, 원래 매번 이런 시간에 일어났기에 눈을 비비며 상체를 일으키는데 아버지가 다짜고짜 내 침대 옆에 세워뒀던 검을 나에게 던지시는 거다.

"헉! 뭐예요?"

얼결에 그걸 받아 들며 항의하던 난 아버지의 심각하게 굳어진 얼굴을 그제야 발견하고 뭔 사단이 났음을 깨달았다.

"습격이다."

"마족의?"

황급히 침대를 박차고 일어나며 묻자 아버지가 고개를 끄덕이셨다.

"아마도."

급히 침대 옆 협탁에 올려놨던 옷들을 걸치던 난 문득 어제 저녁에 내가 했던 말이 떠올랐다.

"설마… 마을 사람들을 인질로 잡으려는 건 아니겠지요?"

말이 씨가 된다더니… 하는 생각을 하며 괜히 그런 말을 했다 자책하는데 아버지가 방문을 열고 나가며 대꾸하신다.

“잡는다 해도 우리가 시키는 대로 할 것 같으냐?”

옷도 제대로 챙겨 입지 못했지만, 아버지가 나가시기에 허둥지둥 검을 들고 뒤쫓아 나가니 옆방의 문들이 벌컥벌컥 열리며 잠자리용 옷차림으로 손에 검만 든 일행들이 뛰쳐나왔다.

“무슨 소리입니까? 습격이라니요?”

언제 또 저들에게 연락한 건가 싶었지만, 곧 아버지가 마법사시니 마법으로 뭘 어떻게 했겠거니… 하고 납득해 버렸다.

저메인 신관이 아버지께 다가와 묻자 아버지가 심각한 표정으로 대답하셨다.

“마을 밖 100m 지점까지 다가와 있습니다.”

하지만 어째 신전 측 사람들, 특히나 고위 신관들은 믿지 못하겠다는 표정이었다.

“마기가 전혀 느껴지지 않는데 습격이라니요? 백작님은 그걸 어떻게 알아내신 겁니까?”

“임무 중 이동 시 취침 전 간단한 경보 마법을 외곽에 걸어 놓는 건 당연한 겁니다. 게다가 놈들은 몬스터들로 이루어진 무리라 당연히 마기를 가지고 있지 않습니다. 아마 그 사이에 조종하는 무리가 있을 테지만, 자세한 탐색 마법을 펼치지 않았던 터라 확인은 못했습니다.”

이번 아버지의 말에 고위 신관들과 성기사 조장, 부조장들의 시선이 교환되더니 곧 조장인 코헨 성기사가 결정을 내렸다.

"일단 무기만 들고 최대한 빨리 마을을 빠져나갑니다."

그 누구도 마을 사람 목숨을 거론하진 않았다. 아마 전날 저녁 나와 프레이스 신관의 대화 덕분일 거다.

'으음, 말이 씨가 된 것 같긴 하지만, 미리 이야기가 되어 다행… 같지 않나?'

그러나 천만다행히도 완전히 무시한 건 아니었다.

"팔라디노 백작님께선 마을 사람들을 깨워주십시오. 혹시라도 마을을 향한 공격이 있을 시에 대응할 수 있도록."

"여관을 나가는 즉시 큰 폭발을 일으키겠습니다."

아버지가 대답하는 사이, 일행은 각자 자신의 방에서 망토만 가지고 나와 잽싸게 아래층으로 뛰어내려 갔다. 조용히 움직이려는 시도는 없었기에 십여 명의 사람들이 쿵쾅거리며 들고 뛰자, 그 요란한 기색에 사방에서 불평의 소리가 튀어나왔고, 여관 주인 또한 눈을 비비며 밖으로 나왔다.

"무슨 일이십니까?"

"몬스터가 쳐들어왔습니다. 즉시 사람들에게 알리세요!"

성기사 한 명의 다급한 대답에 여관 주인이 새파랗게 질려서 안쪽으로 다시 뛰어들어 갔다.

일행의 뒤를 따라 여관 밖으로 나오니 갑자기 강한 폭발음과 함께 허공에 거대한 불꽃이 폭발을 일으켰다. 마을 사람들을 깨우려는 아버지의 마법이었다.

그 사이 다른 일행은 마구간을 거의 부수다시피 해서 열고 들어가 말들을 꺼내고 있었다. 하나둘 말들이 잠자다 놀라 깨서 몰려나오자 일행은 자기 말을 찾거나 안장을 올릴 시간조차 아까웠던지 아무 말이나 잡고 맨 등에 올라탔다.

그때 아버지가 다시 소리쳤다.

"놈들이 입구 앞에 모여 있습니다!"

이 마을은 성벽이 없었지만, 대신 나무와 흙을 이용해 만든 두터운 목책으로 마을 경계를 둘러싸고 있었고, 목책 입구도 굵은 통나무로 만든 튼튼한 문을 달아놨는데, 무게가 상당해서 한 사람의 힘으로는 열 수 없는 정도였다. 그런 문을 여러 개 만들기는 힘든 일, 그래서 문도 딱 하나밖에 없었다.

만약 우리 일행을 노리는 적이라면 제일 먼저 그 문을 포위했을 거다.

아버지의 외침에 코헨 성기사가 단호한 목소리로 대답했다.

"뚫고 갑니다. 팔라디노 백작님, 마법 공격 부탁드립니다."

코헨 성기사의 말에 아버지는 내 등을 치셨다.

"네 뒤에 타자."

"말 타고 마법을 쓸 수 있어요?"

"이 천재 마법사를 무시하지 마라."

목책에 달린 문은 밤에는 잠가두는지 아직 열리지 않아 몬스터들도 들어오지 못했지만, 우리 일행도 나갈 수가 없었다.

"차라리 목책을 성벽 삼아 안에서 농성으로 놈들을 처리하는 게 낫지 않아요?"

내 딴에는 좋은 생각이라고 해서 꺼낸 말이었지만, 아버지가 고개를 저으셨다.

"만약 놈들 사이에 마족이나 마법사가 하나 끼어 있어서 마을을 향해 대단위 공격 마법을 날리면 어쩌냐? 우리가 이곳을 떠나는 게 마을 사람들에게도 좋고, 우리도 마음 놓고 싸울 수 있으니 더 나을 거다."

"그렇군요."

얼마 달리지 않아 저 멀리에 목책과 그 목책에 달린 문이 보인다. 난 당연히 일행이 말에서 내려 일단 문을 열고 나갈 줄 알았는데, 어째 일행은 전혀 속도를 줄이려 하지 않는 거다. 그에 난 설마 하는 심정으로 아버지께 물었다.

"문은 어떻게 열죠?"

하지만 역시나 돌아오는 대답이란,

"부숴야지."

나중에 마을 사람들에게 저주나 안 들으면 정말 다행일 것 같다(욕은 기본으로 먹을 테니까).

"매직 미사일~!!"

아버지는 나에게 대답하자마자 매직 미사일을 부르셨고(?) 그 부름에 허공에서 십여 개의 매직 미사일이 즉시 나타나 목책 입구로 날아갔다.

콰과과광~!

저 정도의 폭발 소리라면 따로 사람들을 깨우려고 마법을 쓰지 않았어도 됐을 것 같다.

매직 미사일에 의하여 입구가 산산조각나 버리자 그 너머에 버티고 있던 존재들의 모습이 눈에 들어온다. 개중에 아주 낯익은 반가운 얼굴들(?)도 중간 중간 보였고, 처음 보는 얼굴들에 엄청 괴상한 모습을 한 놈들도 보인다.

일단 입구 너머로 보이는 놈들은 백여 마리 정도. 우리 일행에 비해 네 배 정도 많은 숫자이기는 하지만, 최강의 실력자들만 모아놓은 기사들에 대마법사까지 있는 일행을 제압하기에는 약간 모자란 감이 있는 숫자였다. 사실 나 혼자만 나선다 해도 대략 20여 마리 정도는 문제없었으니 말이다.

그러나 성년식을 치르고 한층 업그레이드된 내 감각이 저게 다가 아니라고 외치고 있었다. 내가 적이라도 새벽에 잠 못 자고 기습하는데 딸랑 저놈들만 데리고 오지는 않았을 것 같다. 이왕 습격하러 오는 거 확실하게 끝장을 내려 하지 않겠는가 말이다.

하지만 일단은 저놈들을 처리하는 게 우선이었다.

그들의 모습이 보이자마자 아버지의 외침이 다시 터져 나왔다.

"체인 라이트닝~!!"

아버지의 특기인 번개 마법이 시전 되었다. 목책 밖의 하늘에서 시커먼 먹구름이 끼더니 그곳에서부터 여러 줄기의 번개가 천둥소리를 동반하며 땅을 향해 내리꽂히는 거였다.

꽈르르릉~!!

우르릉 콰콰광~!!

그런데 이게 웬일?

화려하게 수십 개의 번개가 지상으로 떨어지는 것까지는 좋았는데, 그 번개들을 정통으로 맞아놓고서도 쓰러지는 놈들이 채 10여 마리도 안 되는 거다. 게다가 쓰러지는 놈들 중 절반 정도는 꿈틀꿈틀거리는 게 완전히 죽은 것 같지도 않다.

"이런, 내가 놈들을 너무 얕봤군."

물론 아버지가 그놈들을 향해 마법을 한 방 더 날리실 수는 있었지만, 이미 우리 일행이 목책의 입구에 거의 다 도착했다는 것이 문제였다.

"매직 미사일!"

시간이 없었던 탓에 아버지는 매직 미사일을 불러냈고, 순식간에 우리 앞에서 20여 발 정도의 매직 미사일이 형성되어 놈들을 향해 날아갔다. 그러나 번개를 맞아도 멀쩡했던 놈들이 그거 가지고 해결될 리가 없었다.

과연, 놈들에게 부딪친 매직 미사일이 폭발까지 일으켰지만, 놈들은 거뜬하게 그 폭발을 맨몸으로 견뎌내는 것이었다.

하지만 놈들이 폭발의 여파를 완전히 막지는 못해 두세 걸

음 뒤로 물러났고, 그건 우리 일행에게 약간의 여유를 제공했
다.

"발검!"

맨 앞에서 달려가던 코헨 성기사의 우렁찬 목소리에 일행
의 주변을 감싼 형태로 달려가던 성기사들이 일제히 검을 뽑
아 들었다.

"크리마의 영광을 위하여~!"

한목소리로 외치자 그들의 검에 희뿌연 신성력이 어렸다.

그와 함께 신관들도 성기사들에게 축복을 내리며 전투를
보조하기 시작했다. 당연하겠지만, 같이 검을 빼어 든 아리엘
일행과 나에게도 축복이 내려지는 게 느껴졌다. 정신이 더 또
렷해지고 기운이 컨디션 최상일 때보다 더욱 펄펄 났으니까.

"크와아앙~!!"

제일 먼저 코헨 성기사의 검이 몬스터들에게 내려쳐졌고,
그 뒤를 이어 성기사들도 달려들었다.

나도 합류하고 싶었지만, 내 뒤에 아버지가 타 계시는 관계
로 신관들 틈에서 얌전히 말을 달렸고, 아리엘 일행은 성기사
들 틈에 끼어들어 검을 휘두르기 시작했다.

그런데 이 몬스터 녀석들, 내가 산에서 봤던 때보다 훨씬
강해 보인다. 덩치도 훨씬 커졌고, 힘도 강해졌고, 스피드도
업그레이드된 것이 눈에 확 뜨일 정도였다.

덕분에 우리 일행은 입구를 막고 있던 놈들을 뚫지 못한 채

발을 멈춰야 했고, 그렇게 발이 묶인 채 녀석들을 상대하는 사이 뒤에 있던 놈들이 우리를 아예 포위해 버렸다.

"저 자식들, 너무 강한데요?"

"우리 앞을 가로막는데 어찌 일반 몬스터들을 내놨겠습니까? 숫자가 별로 많지 않다 싶었는데 이유가 있었군요."

"빨리 저놈들을 해결해야 할 텐데, 힘들 것 같군요."

"괜찮아. 이 정도로는 우리 성기사단을 이기지 못해."

일반 신관들의 불안이 커질 듯하자 지켜보고 있던 저메인 신관이 즉각 끼어들어 안심시켰다. 하지만 그도 내심으로는 걱정이 될 거다. 시간을 끌면 불리한 건 우리 쪽인데다 저놈들은 간단한 마법에는 별 타격을 받지 않으니 뒤에서 제대로 보조를 못해줘 기사들이 놈들을 고스란히 감당해야 했던 것이다.

"아버지, 시간 벌기용 말고 좀 센 것 좀 날려 봐요."

잠깐의 시간 벌기용도 기사들에게는 도움이 되긴 하겠지만, 그래도 한 방에 죽이면 더더욱 도움이 되지 않겠는가 싶어 말했더니만 아버지의 눈이 치켜 올라갔다.

"모르는 소리 하지 마라. 내가 안 그러고 싶어서 그런 줄 알아? 강한 마법을 날리면 그만큼의 여파가 사방으로 퍼진단 말이다. 저놈들이 우리 일행에게 딱 붙어 있으니 그 충격 여파는 분명 우리 일행에게도 들이닥치는데 어떻게 함부로 쓴단 말이냐! 게다가 우리 뒤에 뭐가 있지?"

우리 뒤에는… 마을 목책의 입구가 있었고, 그 입구에는 무장을 마친 마을 사람들이 진을 치고 있었다. 만약 강한 마법을 날렸다가 잘못해서 저 목책 쪽으로 여파가 미친다면 뒤탈이 클 거다.

'이거야 원, 여러 가지 문제가 복잡하게 얽혔네. 그래서 우리 일행이 그리 마을을 벗어나려 한 거였구만.'

나는 마을을 벗어나야 맘 편히 싸울 수 있다는 말을 가볍게 생각했었는데, 마을을 끼고 싸운다는 건 확실히 애로사항이 많았다.

"그럼 폭파시키는 거 말고 놈들을 얼리는 건 어때요?"

"생각 안 해본 건 아니다만, 단체로 얼리는 건 어렵고, 한 놈만 얼리는 건 있는데… 그게 지금 얼마나 효과를 보겠냐? 차라리 매직 미사일을 날려 약간 주춤거리는 사이 기사들이 처리하게 하는 게 낫지."

그 말을 듣고 보니 또 그게 옳은 것 같다.

하지만 놈들이 업그레이된 덕인지 검기 수준이 되어야 가죽을 뚫고 상처를 입힐 수 있었던 데다, 단순히 심장을 찌르는 정도로는 놈들을 죽이기도 힘들었다. 최소한 목을 날려야 하는데, 목을 날려도 이놈들이 몸에 힘이 넘치는지 한동안 발광을 해대는 거다. 살아 있을 때도 겁없이 달려드는데 목이 떨어진 상태에서는 그걸 넘어서는 발광(?)이었기에 검기로 무장을 하고 있는 기사로서는 엄청 난감할 수밖에 없었다.

이때는 사지를 한꺼번에 절단하던지 힘이 빠질 때까지 기다리는 것뿐 다른 수가 없어 이런 사태를 방지하기 위해서는 허리를 절단해서 놈들을 쓰러뜨려야 했다. 그러나 목보다 두 배는 더 두꺼운 허리를 절단하는 게 어디 쉬운 일이던가? 이 래저래 놈들을 상대하는 건 정말 어려운 일이었다.

그나마 다행이라면 몬스터들이 부서진 입구를 지나 마을 안으로 들어가는 일이 없다는 것 정도? 그걸 보면 확실히 이 놈들의 목적이 우리라는 걸 알 수 있었다. 하긴, 그거 외에 이렇게 강한 몬스터들이 떼를 지어 올 일도 없었지만 말이다.

우리 일행이 놈들을 하나둘 착실하게 처리하고 있었지만, 그 속도가 현저히 느려 시간이 제법 많이 흘렀는데도 몬스터들의 숫자는 1/3도 줄지 않은 것 같았다.

그것만으로도 초조한데, 이 업그레이드된 몬스터 녀석들 말고 또 다른 숨겨진 수가 있다는 게 더욱더 초조하게 만들었다.

"도대체 놈들은 무슨 속셈일까요?"

불안한 듯 내 옆에 있던 한 일반 신관이 주변을 둘러보며 중얼거렸다.

그런 걱정 할 만도 한 것이, 몬스터들이 업그레이드되었긴 했지만 우리 일행을 한꺼번에 처리할 수 있을 정도는 아니었고, 우리 일행도 몬스터들을 단번에 뿌리치고 빠져나가지도 못한 채 소모적인 전투가 길게 이어지고 있는 상태니 말이다.

이놈들을 지휘하는 놈이 나타나서 뭔가를 요구하는 것도 없이 단순히 우리의 발목을 잡고 있는 것으로밖에 보이지 않는데, 이 상황에 우리의 발목을 잡고 늘어지면 놈들에게 무슨 유익이 있다는 걸까?

"안 되겠다. 저 신관 분 옆으로 말을 대거라."

매직 미사일이나 썬더 볼트를 쉴 새 없이 날려 기사들을 돕던 아버지는 결국 이러다가는 끝도 없겠다 싶으셨는지 내 어깨를 툭툭 치시며 지시하셨다. 그래, 시키는 대로 그 옆으로 댔더니만 아버지가 신관의 도움을 받아 그 신관 분 뒤로 옮겨 타시는 거다.

그리고는,

"너도 공격에 가담해라. 아니면 혼자 저놈들 사이에 뛰어들어 날뛰던지."

'내 이럴 줄 알았지.'

아버지가 말을 옮겨 타는 이유야 뻔한 거 아니겠는가?

하지만 나 또한 가만히 앉아서 구경만 하기도 미안했고, 너무 오래 전투가 이어져 초조하던 참이었기에 비록 싸움에 끼어드는 걸 좋아하지 않지만 기꺼이 고개를 끄덕였다.

"제 말 좀 잘 맡고 계세요."

우리 일행 주위에는 벌써 성기사와 아리엘 일행만으로도 빼곡히 들어차 그 틈에 끼기도 어려워 아버지 말대로 아예 밖으로 나가서 휘저어볼 생각이었다. 그러려면 말을 타고 가기

보다는 혼자 몸으로 가는 게 훨씬 편했다. 빼곡히 둘러싸인 일행을 뚫고 나갈 자신도 없었고, 아직 마상 전투를 할 정도로 승마 실력도 좋지 못했으니 안장도 없는 말은 오히려 나에게 방해 요소였던 것이다.

말에서 내리는 대신 말 위에 앉은 채로 가볍게 관절을 돌려 몸을 풀어준 나는 아예 말 등 위로 올라간 다음 힘껏 발을 박찼다.

이히히힝~!!

꽤나 아팠던지 말의 신음 섞인 울음소리가 들려와 미안한 마음이 들었지만, 일행 주변을 둘러싸고 있는 성기사들의 머리를 뛰어넘으려면 이 방법밖에는 없었다. 여기서 날개를 드러낼 수도 없고, 그렇다고 싸우고 있는 성기사들의 어깨나 머리를 밟고 뛰어넘을 수도 없는 거 아니겠는가?

하여간 내가 내 말의 희생으로 성기사들 머리를 뛰어넘어 몬스터들 무리 위로 떨어져 내리자 제일 먼저 푸른색의 기다란 털을 휘날리며 엄청 커다란 고릴라가 달려들었다. 분명 얼굴은 고릴라처럼 생겼는데, 털이 검은색이 아니라 파란색이라는 게 신기하고, 키가 3m에 가깝다는 게 놀라웠다.

거기다 놈의 손톱 또한 길고 날카로워 보이는 것이었다. 물론 내 것보다는 덜 강해 보였지만, 저 굵은 팔에 달려 휘둘러지면 꽤나 위협적인 건 분명했다.

그런 놈이 무식하게 굵은 팔로 날 내려치려 하기에 나는 가볍게 발을 퉁겨 놈의 겨드랑이 사이로 빠져나가 놈을 돌아보지도 않은 채 검을 뒤로 휘둘렀다. 손에 전달되는 감각으로 보아 제대로 놈의 팔을 잘라낸 게 분명했다.

'히야, 이제는 소리 소문 없이 본능 모드가 되어버렸네? 이 본능 모드도 하양이, 까망이처럼 업그레이드됐나? 아차차, 이럴 때가 아니라 오랜만에 둘도 불러낼까? 아버지가 팔찌를 업그레이드시켰으니까 두 애들이 커져도 기운은 가려질 거고, 사람들은 지금 싸우느라 정신없어서 애들이 뭘 하든 알아채지 못할 거 아니야?'

내 생각이 끝나자마자 따로 부르지도 않았는데, 두 애들이 늠름한 모습으로—물론 그 위에는 위장 천을 둘러쓰고—나타났다.

'애들과의 텔레파시도 업그레이드됐나? 전엔 불러야 나타나더니 이제는 생각만 해도 나타나네? 어쨌든, 애들아? 사냥 좀 해볼텨?'

몸은 육체 본능 모드로 들어가 몬스터 사이를 휘젓고 있었고, 의식은 따로 애들에게 말을 건네고 있는 이 상황이 전혀 이상하게 느껴지지 않는 내가 이상한 걸까?

하여간, 내 말에 까망이가 먼저 마치 스트레칭을 하듯 몸을 쭈욱~ 펴더니 갑자기 입을 벌리고 큰 소리를 토해냈다.

"캬오오오~!!"

이게 사람들에게도 들렸는지 안 들렸는지는 모른다. 그러나 몬스터들에게는 확실하게 효과가 있어 잘만 움직이던 놈들이 까망이의 외침(?)에 제자리에서 얼어붙어 버린 것이다.

'와우~'

그 틈에 가만히 지켜보고 있던 하양이가 놈들 사이로 뛰어들었다.

콰직~!

먼저 가장 가까이서 얼어붙어 버린 티라노사우르스 비스무리하게 생긴 놈의 머리를 입을 쩌억 벌려 그대로 깨물자 마치 얼음 부서지듯이 그대로 부서져 버린다. 분명 하양이는 천기가 형상화된 애인데도 저렇게 무서워질 수 있다는 게 신기했다.

그 뒤를 이어 까망이도 질 수 없다는 듯 자신의 주변에 있던, 정말 익숙한 얼굴의 트윈 헤드 오우거에게 달려들었다. 까망이가 많이 커졌다 해도 트윈 헤드 오우거에 비한다면 절반도 안 되는 크기이건만, 까망이 녀석은 아무렇지도 않다는 듯 그대로 달려들어 오우거의 한쪽 목을 물어 그대로 놈을 뒤로 넘어뜨리는 것이었다.

쿠당탕~!!

트윈 헤드 오우거는 그제야 정신을 차린 듯 일어나려고 발버둥을 쳤지만 이미 한쪽 머리는 까망이에 의해 뜯겨 나간 상태였고, 까망이는 그런 놈의 가슴을 타고 올라가 오연한 자세로 놈을 내려다보고 있는 것이었다.

'저 녀석 폼 잡는 건 여전하네. 뭐, 잘 어울리기는 하지만.'

그 모습이 마치 늑대의 왕―으음, 하양이, 까망이는 이제 늑대 모습에서 약간 변형이 되어 괴물 늑대 모습이라 할 수 있었지만…―이라고 해도 무방할 정도로 참 늠름한 모습이라 괜히 내가 우쭐해지는 것이었다.

단지 하양이가 그 모습이 아니꼽다는 듯 까망이를 향해 뒷발로 바닥의 흙을 한 번 차서 날려주고는 다른 놈들에게 달려들었다.

하지만 까망이의 마력은 거기까지 뿐이었다. 이제 겨우 애들이 각각 한 마리씩 해치우고 그다음 놈들을 노리고 달려드는데 곧바로 끼이이이익~!! 하는, 마치 칠판을 긁는 것처럼 듣는 것만으로도 고통을 느낄 정도의 날카로운 소리가 들리더니 굳어 있던 몬스터들이 몸을 부르르~ 떨며 하나둘 정신을 차리고 움직이기 시작하는 거였다.

'역시, 조종하는 놈이 있었군.'

이놈들이 단체로 여기에 몰려왔다고 했을 때부터 짐작은 했지만 모습이 보이지 않아 혹시 명령만 내려놓고 조종하는 놈은 가버렸나 생각했었는데, 역시 근처에 몸만 숨긴 채 상황을 보고 있었나 보다.

하지만 놈들이 다시 움직일 수 있게 되었다 해도 한 번 우리 쪽으로 온 승기는 확고부동했다. 일단 놈들의 움직임이 멈춘 사이에 성기사들과 아리엘 일행이 최소한 한 마리씩은 확실하게 제거한 덕분에 놈들의 숫자가 팍~! 줄어버렸고, 놈들이 움직이게 되었다 해도 나와 하양이, 까망이의 상대는 아니었기 때문이다.

덕분에 놈들의 숫자가 더더욱 줄어 이제 절반 가까이로 줄었을 즈음 코헨 성기사가 외쳤다.

"전진!!"

코헨 성기사의 외침에 일행이 그 즉시 말에 박차를 가했다.

"윈드 해머!"

아버지의 외침에 거대한 바람의 주먹이 형성되어 일행 앞에 버티고 있는 놈들을 후려쳤다. 비록 놈들의 숨통을 끊어놓지는 못했지만, 눈앞에서 치워 버리는 데는 확실히 효과적이었다. 아버지 혹시 '처음부터 이 마법을 사용할 걸' 하고 후회하고 계시지는 않으려나?

눈앞이 뻥~ 뚫리자 일행은 쉽게 놈들의 포위를 빠져나갈 수 있었다.

"비스닉!"

"가요!"

아버지의 부름에 나도 두 애들을 챙기고 황급히 그 뒤를 쫓았다.

내가 놈들의 무리에서 빠져나가자 곧바로 아버지의 마법이 땅을 뒤흔들어 우리 일행을 쫓아오려는 몬스터들을 넘어뜨렸다. 그사이 일행이 녀석들에게서 제법 거리를 벌리고, 넘어졌다 일어난 몬스터들이 우리를 쫓아오느라 몬스터들과 마을 사이에도 거리가 생기자 기회만 노리고 있던 프레이스 신관이 나섰다.

"프레임 브레이스!!"

그 말이 끝나자마자 열심히 우리 뒤를 따라 뛰어오던 몬스터 무리 사이에서 갑자기 새하얀 십자가 형태의 섬광이 형성되어 폭발하더니 몬스터 무리를 새파란 불꽃이 휘감았다.

얼마나 뜨거운 불꽃이었는지 멀찍이 떨어져 달려가는 우리에게까지 그 열기가 잘 전달될 정도였다. 그런 불꽃에 휘감겼으니 아무리 업그레이드된 몬스터라 해도 살아남지 못할 거다.

과연, 불꽃이 사라지고 난 뒤에는 시커먼 덩어리만이 남아 있었다. 땅조차 녹아내렸건만 저 몬스터들은 저만큼이나마 형태가 남아 있는 거 보니 쟤들이 흙보다 더 강한 물질로 형성되었다는 소리인가 보다.

'아니, 그냥 녹는점만 높은 건가?

어쨌든, 무사히 일을 해결했다 싶은 순간이었다.

갑자기 부우웅~ 하는 웬 벌 떼 날아다니는 듯한, 아니, 그보다는 훨씬 둔중한 소리와 함께 시커먼 연기 같은 것이 일행을 향해 달려드는 것이었다.

"우왁!"

"위험해!"

“뭐야, 이거?”

“물러나, 뒤로 물러나!”

“조심해!”

“으악~!”

말까지 놀라서 날뛰는 바람에 소동이 더 커지나 했지만, 다행히 일행이 노련하게 말들을 제압하는데다 즉시 일반 신관들이 일행의 주변을 빛의 막으로 둘러쌌기에 간신히 진정이 되었다. 밖에서는 여전히 정체 모를 소름 끼치는 소리가 들렸지만, 임시방편이나마 그것들을 차단했으니 말이다.

하지만 거기서 끝이 아니었다.

“윽… 크으윽~”

“컥, 꺼어억~!”

“으아아악~!!”

잠시 숨을 돌리나 싶었는데 코헨 성기사와 함께 있었던 성기사 세 명이 갑자기 괴로운 신음 소리와 함께 무릎을 꿇는가 싶더니만, 발작이라도 일으키는 듯 몸부림을 치는 것이었다. 그와 함께 다급히 갑옷을 쥐어뜯다시피 벗으려 하는 거 보니 갑옷 틈새로 무언가가 들어간 것 같았다.

거기다 갑자기 한쪽에 몰려 있던 말들 중에서 다섯 마리가 괴로운 울음소리와 함께 날뛰기 시작했다.

“으악, 이런!”

“잡아!!”

마침 말 가까이에 있던 아리엘 일행이 당혹해하며 말들을
진정시키려 했지만, 한번 날뛰기 시작한 애들 때문에 다른 말
들까지 덩달아 불안해하며 날뛰기 시작한지라 더욱더 정신이
없었다.

한쪽에서는 기사들이, 한쪽에서는 말들이 갑자기 이러니
사단도 보통 사단이 아니었다.

"다른 말들을 저쪽으로 이동시키게. 비스닉! 날뛰는 말들
좀 진정시켜!"

"어떻게 해서든 제압만 하면 돼요?"

"그래, 우선 죽이지만 말고. 아, 다리는 부러뜨리면 안 돼!"

"예이, 예이."

아버지의 지시에 나는 땅을 구르거나 발버둥을 치거나 하
며 괴로워 어쩔 줄 몰라 하는 말들에게 다가가 검집으로 사정
없이 뒷목을 후려쳤다. 목뼈가 부러지지 않을 정도로 강도를
조절했지만 좀 셌던지 애들이 거품을 물며 쓰러진다.

그사이 몸부림치는 기사들은 갑옷을 벗으려 했지만, 마구
잡이식으로 급히 벗으려 하니 어디 그게 제대로 벗겨지겠는
가? 그래, 보다 못한 주변 사람들이 도와주려 달라붙었다.

"진정해, 진정."

"우리가 벗겨줄게."

확실히 주변 사람들의 손길이 빨랐다. 하지만 그럼에도 불
구하고 늦은 모양이다.

"빠, 빨리……."

말들을 때려눕히며 힐끗 보는 사이 한 성기사가 일행을 재촉하려 힘겹게 입을 여는데, 그의 입에서 피가 흘러나오는 거다.

그 모습을 본 일행이 그 뒤 거의 뜯다시피 가슴 보호대를 벗기고, 그 안의 사슬 갑옷을 검기로 끊고, 그 밑의 셔츠를 찢어 피부를 드러냈지만, 결국 그 기사는 마지막으로 가늘게 경련을 일으키더니 고개를 떨구고 말았다.

"이, 이게 무슨……."

그뿐만이 아니었다. 나머지 기사들도 일행의 노력에도 불구하고 모두 약간의 차이에 따라 숨을 거두었다.

일행들이 갑작스러운 일에 영문을 몰라 굳은 사이, 제일 먼저 사망한 기사 가슴 부위의 피부가 볼록 튀어나오더니 꿈틀꿈틀거리다 시커먼 곤충 하나가 툭 튀어나왔다. 내 손바닥 반보다도 작은 곤충은 껍질이 얼마나 매끄러운지 윤기가 자르르~ 흐르며 피부 속에서 튀어나왔음에도 불구하고 피 한 방울 묻어 있지 않았다.

그놈은 사람들의 시선이 자신에게 쏠리자 부끄러운지 몸을 한 번 부르르 떨더니 날개를 펴 날아오르려 했다.

하지만 그전에.

"이게!"

그 검은 곤충이 성기사의 살해범인 것을 깨달은 다른 성기사가 그 곤충을 낚아채 손에 쥐어 터뜨리려 했다.

그러나 그건 그 곤충을 너무 얕보는 행동이었다.

까드득~

"엇?"

마치 금속 상자를 쥐고 힘을 준 듯한 소리에 성기사가 의아해하며 손을 폈다. 그러자 기다렸다는 듯 곤충이 허공으로 튀어 올라 그 성기사의 얼굴을 향해 달려드는 것이었다.

"으헉!"

성기사가 놀라 뒤로 물러났지만 곤충이 더 빨랐다.

하지만 천만다행히도 그 곤충보다도 로마노 토카라의 단검이 더 빨랐다.

쨍강~!

마침 옆에 있었던 로마노 토카라 경이 제때 단검을 휘둘러 준 것이었다.

"아, 감사합니다."

뒤로 물러나려다 엉덩방아를 찧은 성기사가 십년감수한 표정으로 인사하자 로마노 토카라 경이 싱긋 웃으며 손을 내밀었다.

"당연한 일을 한 건데요."

'이렇게 해서 동료애와 신뢰가 쌓이는 거겠지?

내밀어진 손을 잡고 일어나는 성기사의 모습을 주변 사람들이 흐뭇하게 바라보는데,

"저놈 아직 안 죽었습니다!"

그래도 그중 곤충을 계속 주시하고 있었던 이가 있었나 보다.

그 성기사의 외침에 모든 이들의 시선이 땅에 떨어진 곤충으로 향했다.

검은 곤충은 정신을 차리려는 듯 몸을 부르르 떨더니 또다시 날개를 펴 날아오르려 했다.

"끈질긴 놈이군요."

검은 곤충을 계속 지켜보고 있던 성기사가 그놈을 냅둘 수 없었는지 날기 전에 손으로 집어 들었다.

하지만 곧 빠각빠각 하는 소리가 나더니 성기사가 기겁하며 놈을 내던지는 것이었다.

"왜 그래?"

"이놈이 내 장갑을 갉았어!"

그리 말하며 장갑을 내밀어 보이는데 거기에는 날카로운 것으로 긁은 자국이 뚜렷하게 나 있었다.

"헉……."

성기사가 금속제 장갑을 끼고 있어서 다행이었지, 안 그랬다면 고놈이 피부 밑으로 파고들었을 거다.

부웅~!

성기사의 손에서 내던져진 그 곤충은 드디어 날개를 펴고 날 수 있게 되었다.

하지만 녀석의 명줄은 결국 오래가지 못했다.

샤악~!

마치 진검으로 신문지를 베는 것 같은 가벼운 소리와 함께 놈은 코헨 성기사의 검기에 의해 드디어 두 동강이 나버렸던 것이다. 그 사이에서는 붉은 핏물이 한 가득 배어 나왔는데, 아마도 그건 아까 사망한 성기사의 피일 듯했다.

"어이가 없군. 이 작은 것이 검기에 의해서만 베일 수 있단 말인가?"

코헨 성기사의 말에 사람들의 표정이 심각하게 굳어졌다.

그런데 그때였다.

"으헉, 여기서도 나옵니다!"

일반 신관의 외침에 시선을 돌리니 죽임을 당한 또 다른 두 성기사의 몸에서도 검은 곤충들이 기어나온다.

그에 나는 아차 싶어 나에게 쓰러진 말 쪽으로 시선을 돌리자 거기서는 이미 늦어 검은 곤충들은 벌써 말들 몸속에서 튀어나와 허공으로 날아오르고 있었다. 한 마리당 대여섯 개씩은 들어갔었는지 곤충들의 숫자가 제법 많았다.

그것들을 내가 한꺼번에 처리하기 힘들어 하양이, 까망이를 불러내려 했는데 아버지가 먼저 나서셨다.

"윈디 실드!"

바람으로 실드를 형성할 수도 있었던 모양이다. 뭐, 이번에는 보호하는 실드가 아니라 감옥이 되어버렸지만.

한줄기 부드러운 미풍이 허공을 돌면서 다른 목표를 찾고 있던 애들을 한꺼번에 휘감아 품에 가두고는 아버지께로 가지고 왔다. 말들의 몸속에서 나온 녀석들뿐만이 아니라 두 성기사의 몸에서 나온 녀석들까지 한꺼번에 잡아 가둔 것이다.

'휘유, 이럴 때 보면 정말 마법이 대단하긴 대단한 것 같다니까.'

그렇게 위험해 보이는 곤충들이 튼튼한 감옥에 갇히자 안심이 되었던지 기다렸다는 듯이 신관들이 다가와 그 안을 들여다봤다.

"뭐지, 이런 검은 곤충은? 이것도 몬스터인가?"

"저도 처음 보는 겁니다만……."

"놈들이 새로 만들어낸 키메라일까?"

"그렇다면 정말 큰일입니다. 이번 전쟁에서 놈들이 이걸 사용하기라도 한다면……."

일반 신관 중 한 사람의 말에 주변에 있던 사람들의 얼굴이 새파랗게 질렸다.

"당장 대신전에 알려야 합니다."

"당연한 일일세."

그때.

"잠깐. 이게 뭔지 알 것 같아."

굵직한 목소리로 한순간에 사람들을 진정시킨 건 저메인 신관이었다.

"몸집이 너무 작아서 설마했었는데… 이건 비틀이야."

"예에? 그건 말도 안 됩니다. 비틀은 가장 작은 종류라 해도 크기가 70㎝ 정도지 않습니까? 이건 길이가 5㎝도 될까 말까인데……."

한 성기사가 말도 안 된다는 듯 부정했지만 저메인 신관은 꿋꿋했다.

"그러니까 못 알아봤다고 하지 않았나? 하지만 생김새를 잘 봐. 완전 비틀이잖아. 그게 아니라 해도 검기로 겨우 벨 수 있을 정도의 단단한 각질을 가지고 있는 곤충처럼 생긴 몬스터가 뭐가 있는가?"

"비틀……."

이름이 비틀이라니 너무 웃긴다. 나중에야 그 비틀이라는 말이 풍뎅이라는 의미인 줄 알았지만, 그래도 웃긴 건 웃긴 거다.

"하지만 비틀은 저리 많은 떼로 몰려다니지 않는데요? 많아야 다섯에서 열 마리 정도인데 저기는 완전 떼가 아닙니까?"

이번에는 일반 신관이 반박을 해봤지만 저메인 신관은 굳건했다.

"큰 놈을 작게 만들었으니 몇몇 몰려다니는 걸 떼로 몰려다니게 만들 수도 있었겠지. 배를 보면 될 거 아니야? 팔라디노 백작, 이거 한 마리만 따로 빼낼 수 있습니까?"

저메인 신관의 요청에 아버지가 고개를 끄덕였다.

그러자 곧 작은 공간 안을 뱅뱅 날아다니던 여러 마리의 곤충 중 한 마리가 분리되어 밖으로 꺼내졌다.

"잡아보게."

저메인 신관의 지시에 한 성기사가 잽싸게 낚아채 자신의 손바닥 위에다 올려놓고 뒤집었다. 곤충은 바로 서려고 계속 발버둥 쳤지만, 쬐끄만 놈이 거대한 성기사의 힘을 이길 수가 없었다.

그런 곤충에게 다가간 저메인 신관은 단검을 꺼내 가차 없이 배를 푹 찔렀다. 그러자 그동안 성기사의 악력에도, 토카라 경의 단검에도 멀쩡하게 버티던 곤충이 맥없이 찔려 죽어버린다.

"진짜 비틀이었군요."

폴 트라한 경의 말에 로마노 토카라 경도 거들었다.

"곤란하군요. 비틀의 약점이 그대로 있다는 건 다행입니다만, 이건 너무 작아서 각각 배를 공격하기 힘들지 않습니까? 일반 비틀은 크기가 커서 배를 공격하는 게 가능한데……."

"누가 이런 생각을 했는지, 정말 대단하군. 보통 키메라라는 건 힘을 강하게, 크기를 크게, 더더욱 빠르게라고만 생각했는데……."

엄청 뜻밖이었던지 오랜만에 과묵하던 아리엘도 끼어들었다.

‘그런 걸 발상의 전환이라고 하는 거란다.’

하지만 지금 남의 아이디어를 감탄하고 있을 때가 아니었다.

아버지는 이제 남은 비틀들을 보더니 한 마리를 꺼내서 라이트닝 볼트를 쏘아 보셨다. 그러자 파지직~ 하는 전기에 그대로 감전된 비틀이 뒤로 발라당 넘어지며 꼼짝도 안 한다.

“죽은 걸까요?”

기대에 찬 어조로 누군가 물었지만, 아는 사람이 없으니 대답이 나올 리가 없었다.

“기다려 보죠.”

그리 대답한 아버지는 잠시 후 다른 곤충들을 하나하나 꺼내서 매직 미사일, 불덩어리 등등을 먹여보시는 거다.

하지만 이놈들, 갑주 덕분인지 3클래스의 마법에도 멀쩡하다. 라이트닝 볼트에 감전된 녀석도 잠시 후에 몸을 바르르 떨며 정신을 차렸으니까.

“역시 클래스를 높여야겠군요.”

아버지가 한숨을 내쉬며 내뱉는 말에 프레이스 신관이 고개를 끄덕였다.

“그렇겠지요. 보통 비틀도 3클래스의 마법은 먹히지 않았으니까요. 이 갑주의 강도는 거의 강철과 같은 강도 아닙니까?”

프레이스 신관의 말을 듣고 있던 나는 문득 떠오르는 생각이 있었다.

'강철 같다고? 그럼 금속과 비스무리하다는 건가?'

전에 금속을 고온으로 달군 후에 즉시 급냉을 시키면 깨지기 쉬운 상태가 된다는 이야기를 들었다. 뭐, 대부분의 물체를 액체질소로 꽁꽁 얼리면 깨지기 쉬워지지만.

"아버지, 잠시만요. 아까 불덩이로 달군 놈 있죠?"

내가 불쑥 끼어들자 아버지가 의아하다는 시선으로 날 바라보셨다.

"불덩이? 파이어 볼 말이냐?"

"예, 그거 어딨죠?"

내 말에 한 마리씩 따로 분류해 놓은 곳에서 한 마리를 가리키셨다.

"이건데 왜?"

"마법 중에 얼음 만드는 마법 있죠? 그거 저기다가 한번 사용해 보세요."

"높은 클래스 말이냐? 어차피 4, 5클래스 마법을 쓰려고 했다."

"아뇨, 아뇨. 높을 필요 없고, 그냥 엄청 차갑게 해줄 수 있으면 됩니다."

내 말에 아버지는 어리둥절해 하시면서도 순순히 마법을 써주셨다.

"아이스 볼트!!"

　그러자 그 즉시 붉게 달아올랐다가 거의 식어가던 비틀의 갑주에 새하얗게 서리가 내렸다. 하지만 액체질소로 얼린 것 정도는 아닌 것 같아 이 정도로도 효과가 있을지 좀 걱정이 됐다. 아예 센 마법을 써서 더 낮춰달라고 해야 했을까?

　'뭐, 일단 해보고 안 되면 다시 해달라고 해야지.'

　"혹시 얼리면 효과가 있을 거라고 생각한 거냐? 하지만 이 놈들은 아이스 계열의 마법에도 버틸 수 있어. 얼리면 그때는 행동이 정지되지만 얼음이 녹으면 그 즉시……."

　아버지가 설명해 주려는 듯 입을 여셨지만, 내가 녀석을 손가락 끝으로 세게 튕기자 말을 멈추시고 입을 떠억 벌리셨다. 그도 그럴 것이, 검을 맞아도 멀쩡했던 놈이 단지 손가락으로 튕긴 것에 파스스~ 하고 산산조각나서 흩어져 버렸으니 말이다.

　'휴우, 다행히 효과가 있었군.'

　결과에 만족해 내가 씨익 웃자 아버지가 나에게 달려들어 내 멱살을 잡고 흔드셨다.

　"이게 뭐냐? 어떻게 된 거냐? 왜 이러는 거지?"

　"우왁~ 아, 아버지… 머, 멱살……."

　그러나 아버지는 내 말도 안 들리는 듯 빨랑 말하라고 더욱 더 흔들 뿐이었다.

　결국 옆의 사람들이 달려들어서야 겨우 나에게서 떨어져 나가셨고, 그제야 난 겨우 숨을 돌리며 입을 열 수 있었다.

“어우… 콜록… 절 죽이려고 작정하셨죠?”

“농담 말고 빨리 말해라. 어찌 된 거냐?”

농담 좀 해서 아버지의 경직 좀 풀려고 했는데 이번에는 안 통한다.

그래서 나는 잽싸게 아는 대로 순순히 털어놓을 수밖에 없었다.

“놈들의 갑주가 강철 같다고 해서 문득 떠오른 거예요. 예전에 금속은 고온으로 달궜다가 급속 냉각시키면 쉽게 깨진다는 이야기를 들었거든요.”

“뭐? 그게 무슨 소리냐?”

“그럴 리가 있소?”

“설마…….”

기껏 지구의 21세기 과학을 말해줬더니만, 아버지를 비롯해서 사람들이 전혀 믿지 않는 눈치다.

“뭡니까? 보셨으니까 아시잖아요.”

“우연이겠지.”

폴 녀석의 말에 나는 녀석을 한번 째려보고 입을 열었다.

“그럼 다시 한 번 해보시면 되겠네요. 아서야 할 건 아주 뜨겁게 달궜다가 그 후 즉시 급냉시켜야 한다는 겁니다. 아주 최대한 차갑게요.”

내 제의에 사람들이 고개를 끄덕이며 아버지를 바라봤고, 아버지도 기꺼이 받아들이셨다.

"좋다. 어디 다시 한 번 해보자."

새로운 비틀을 하나 꺼내 윈디 실드 안에 가두고 우선은 불로 달궜다. 불화살을 날리셨는데 크기는 작아도 마나는 다량으로 들어가 있어 제법 만족스러울 정도의 고온까지 올라갔다. 거기다 작은 밀폐 공간 안에서 달궈서 그런지 더욱더 뜨겁게 달궈지는 것 같았다.

그렇게 해서 비틀의 검은 갑주가 시뻘겋게 달아오르자 그 직후 곧바로 비틀의 사이즈에 맞춘 작은 사이즈의, 그러나 마나는 가득 담긴 얼음 화살을 날리셨다.

피쉬이익~!

뿌옇게 수증기가 피어오르는가 싶었더니 곧바로 비틀의 갑주에 하얗게 서리가 내렸다.

그 모습에 내가 녀석의 갑주를 튕기려 했더니 갑자기 손이 뻗어 나와 날 제지하는 거였다.

"내가 해봐도 되겠소?"

코헨 성기사였다.

"그러세요."

솔직히 내가 해보고 싶었지만—안 뿌사지면 힘으로라도 뿌사뜨리게—강렬한 시선을 감히 무시할 수가 없어 순순히 양보를 해줬다.

그리하여 모든 이들이 보는 앞에서 코헨 성기사가 금속 장갑 끝으로 비틀을 톡! 하고 건드리는 거다.

당연하겠지만, 비틀은 부서지지 않았다.

"그게 뭡니까? 쉽게 부서진다고는 했지만, 그렇게 살짝 건드리는데 부서지겠습니까?"

어이없어서 내가 툭 내뱉자 코헨 성기사의 얼굴이 살짝 붉어진 것 같… 은 줄 알았는데 잘못 봤나 보다. 여전히 덤덤한 얼굴로 '그런가?' 라고 대답한 그가 이번에는 단검을 꺼내 검의 손잡이 끝으로 아까보다는 세게 툭! 하고 쳤다.

그러자 이번에는 확실히 챙강~ 하는 소리와 함께 유리 깨지듯 산산조각나는 것이었다.

"오오~"

코헨 성기사의 일거수일투족을 뚫어져라 지켜보던 일행 앞에서 감탄의 목소리가 흘러나왔다.

"좋군요. 이놈들을 퇴치할 수 있겠습니다."

희망적으로 외치는 신관들에게 난 다시 한 번 주의를 줬다.

"그냥 허허벌판 위에다 하면 효과가 없고, 지금처럼 밀폐 공간 안에서 달구고 급냉시켜야 효과가 좋을 겁니다."

"지금 한번 해봅시다. 팔라디노 백작님, 가능하시겠습니까?"

프레이스 성기사의 말에 아버지가 고개를 끄덕였다.

"제가 불과 얼음을 준비하겠습니다만, 저 녀석들을 한 공간 안에 가두기까지 하는 건 어렵습니다."

"걱정 마십시오. 그건 저희가 맡지요."

일반 신관들은 지금 우리 일행을 보호하고 있었던 터라 고위 신관 두 사람이 나섰다.

"그럼 제가 저 날파리들을 모으는 즉시 결계를 쳐주시기 바랍니다."

"알겠습니다."

아버지의 말에 고위 신관들이 고개를 끄덕였다.

그리하여 먼저 나서는 건 아버지.

"딤 윈드!"

마법 시동어가 외쳐지자 일행의 보호막 밖에서 갑자기 강한 돌풍이 불어 시끄럽게 부웅~ 거리며 날아다니는 비틀 떼를 휩쓸어 한곳으로 모았다. 그렇게 모으니 엄청 많아 보이던 비틀이 대략 쌀가마니로 한 가마니 정도의 규모로 줄어들었다.

"지금입니다!"

"홀리 실드!"

프레이스 신관의 외침에 아버지가 모은 비틀 떼 주위를 은은한 신성력으로 형성된 방어막이 둘러쌌다.

방어막이 완성되자 그 뒤는 일사천리였다. 아버지가 곧바로 강력한 화염 주문과 냉각 주문을 반복해 녀석들을 달궜다가 얼리셨고, 마지막 마무리는 저메인 신관이 나섰다.

"포스!"

짝!

왜 거기서 박수가 들어가는 건지 모르겠지만, 하여간 저메인 신관의 외침과 박수가 어우러지자 얼어붙은 비틀 녀석들 사이에서 강력한 충격파가 형성되어 놈들을 산산조각 내는 것이었다.

"와우~"

어째 아버지의 번개 마법보다 저메인 신관의 충격파 마법이 더 멋있게 느껴진다.

'나중에 부탁해서 한번 배워볼까? 에에… 물론 크리마 신의 힘은 아니지만, 신성력은 신성력이니까 가능하지 않을까나?

내가 크리마 신의 신성 마법을 탐내는 사이 다른 사람들은 뒷마무리를 하고 있었다.

"훌륭하군. 이 모든 걸 대신전에 그대로 보고하게."

저메인 신관이 일반 신관에게 지시하는 사이 아버지와 프레이스 신관이 주변에 또 다른 비틀이 있나 없나 살펴봤고, 없다는 것이 확인되자 방어막을 풀게 했다.

하지만 또 다른 공격이 있을지 몰라 일행은 한동안 긴장을 풀지 않고 계속해서 주변을 탐색했지만, 대략 30분여가 지나도 아무런 공격이 없자 그제야 긴장을 완전히 풀 수 있었다.

어느새 하늘에는 해가 떠서 세상을 환하게 비춰주고 있었다. 다른 때 같으면 출발했어도 진즉에 출발했을 시간이었지만, 지금은 일행이 꼭두새벽부터 일어나 이리 뛰고 저리 뛰었기에 다들 지쳐 있어 이대로 출발한다는 건 힘들어 보였다.
게다가 짐들도 몽땅 여관에 두고 왔고 말이다.

그런 이유로 코헨 성기사는 일단 일행을 이끌고 마을의 여
관으로 돌아왔다.

모든 일이 해결되었으니 이제는 내일 아침 출발인지 오후
출발인지 결정하는 사이 맛난 음식이나 실컷 먹고 푹~ 쉬는
것만 하면 된다고 생각했었건만…….

"지금 당장 출발해야 합니다!"

돌아오는 내내 적들이 이런 황당한 일을 벌인 이유를 알아
내려 고심고심 하고 계셨던 아버지가 이유를 깨달으셨는지
여관에 도착하자마자 그리 외치시는 거다.

피곤해서 빨리 씻고 침대에 들어가길 바라는 일행에게는
날벼락 같은 소리였다. 그러나 그 말을 하는 사람이 아버지셨
으니 무시는 못했기에 일행들은 '부디 착각한 거라고 해주세
요.' 라는 의미가 가득 담긴 시선으로 아버지를 바라봤다.

하지만 아버지는 그 시선을 아는지 모르는지 심각한 얼굴
로 자신에게 다가온 코헨 성기사와 두 고위 신관을 바라보셨
다.

"빨리 출발해야 합니다. 한시가 급합니다."

"도대체 무슨 일입니까?"

"놈들의 의도 말입니다."

저메인 신관이 물어오자 아버지는 왜 모르냐는 듯한 어조

로 외치셨다.

하지만 무턱대고 그리 말하면 알아들을 리가 없다.

"의도라니요? 부디 진정하시고 알아듣게 설명 좀 해주십시오."

그래도 연륜이 있다고 프레이스 신관이 침착하게 묻자 아버지가 길게 심호흡을 하신 뒤 빠르게 입을 열었다.

"우리가 지금 어딜 가고 있지요?"

"다 아시면서 왜 물어보십니까?"

코헨 성기사가 주변을 경계하며 그리 말하자 아버지는 더 이상 뭐라 하지 않고 설명을 이으셨다.

"놈들의 습격, 정말 이상하지 않습니까? 놈들과의 사이를 생각하면 우리의 목숨이 끊어질 때까지 죽어라 달려들었어야 할 놈들입니다. 그런데 우리가 몬스터들만 제거하자 조종하는 놈도 그냥 사라져 버렸단 말입니다. 꼭 우리를 이곳에 붙들어놓는 것이 목적인 것처럼 말입니다. 그럼, 왜 우리를 여기에 묶어두려 했겠습니까? 우리를 적당한 숫자의 몬스터로 여기에서 묶어두는 사이 주력은 지금 어디 있겠습니까?"

"신전!"

프레이스 신관이 낮게 외치자 저메인 신관과 코헨 성기사의 얼굴도 덩달아 굳었다.

"지금 그 소리는 놈들이 신전을 습격하는 사이 우리가 지원을 못하게끔 길을 막았다는 이야기십니까?"

코헨 성기사의 말에 아버지가 고개를 끄덕였다.

"그것밖에 이유가 없지 않습니까? 제 추론이 틀렸다면 좋겠습니다만, 만약 맞다면 지금 신전이 위험합니다. 어쩌면 이미 늦었을지도 모르지요."

아버지의 말이 끝나자마자 코헨 성기사가 급히 몸을 돌려 일행을 향해 외쳤다.

"지금 즉시 짐을 챙겨라! 최대한 빨리 목적지를 향해 달린다!"

그리고는 고위 사제들을 향해 물었다.

"일행에게 회복 축복을 내려주실 수 있겠습니까?"

"한 번 정도는 가능합니다."

다행히 저메인 신관이 여유가 있었는지 자신있게 나섰다.

"부탁드립니다."

"알겠습니다."

둘의 대화를 듣고 있던 아버지는 서둘러 우리도 짐을 챙기자며 나를 이끌고 방으로 올라가셨다.

그 뒤를 따르던 나는 아버지의 추론에 의문이 들어 입을 열었다.

"아버지, 왜 하필 우리가 가려는 신전을 습격한 거죠?"

"난들 아냐?"

급했던지 아버지의 대답은 별 신통치 않았지만 나는 개의치 않고 말을 이었다.

"이상하지 않으세요? 신전은 여섯 개나 있고, 놈들은 우리가 그쪽으로 간다는 걸 알 정도로 정보력이 뛰어나다면 우리 앞길을 가로막을 게 아니라 차라리 우리가 가지 않은 신전으로 가는 게 훨씬 낫지 않아요?"

내 말에 짐을 들고 막 방문을 나서려던 아버지의 발걸음이 딱 멈췄다. 그리고 나를 휙 돌아보시는 폼이 내 말이 맞다 여기셨던 모양이다. 방문을 나가는 대신 초조한 얼굴로 손가락으로 턱을 톡톡 두들기시며 깊은 생각에 잠기시더니 얼마 지나지 않아 하얗게 질린 얼굴로 날 바라보셨다.

"더더욱 서둘러야겠다."

그렇게 말씀하시며 후다닥 달려 밑으로 향하는 아버지의 뒤를 따르며 나는 소리 높여 물었다. 아버지가 정신없어 보이셔서 작게 말하면 안 들릴 것 같아서였다.

"아니, 결론이 어떻게 났는데요?"

"놈들이 우리의 발목을 잡은 건 확실해. 그럼, 왜 그랬냐가 문제인데… 우선 놈들은 우리를 피해 다른 신전을 찾을 수가 없어."

"왜요?"

"왜 모르냐? 놈들은 여섯 개 신전을 모조리 습격해야 해. 우리가 여섯 곳 다 지키는 걸 포기하고 단 두 곳이라도 철저하게 막자는 이유가 그거 아니냐? 하지만 놈들이 정보가 빠르다는 가정 하에 아까 같은 습격을 한 걸 보면 우리가 가기 전 우리 앞에 있는 신전을 습격하고, 우리가 신전으로 찾아가 확인하는 사이 다른 신전을 찾으려는 것 같다. 즉, 우리 일행과 부딪치지 않으려는 거지."

"에에? 아니, 우리만 피하면 소용 있나요? 엠브로스 백작 팀도 있는데……."

"둘 다 상대하느니 한곳이라도 피하는 게 좋지 않냐? 게다가……."

거기까지 말씀하시던 아버지의 입이 다시 다물어졌다. 아마 좀 더 생각을 해보시려는 것 같다.

그사이 나도 아버지의 말을 토대로 차근차근 상황을 정리해 보고 있었다.

'신전이 습격당하면 연락… 을 못하는구나. 신전은 차원의 틈새에 있어서 마법 통신은 불가능하다고 했으니까. 그러니 습격당해도 우리는 직접 가보지 않는 한 모르지. 과연… 아버지 말씀이 옳아. 우리 일행을 따돌리며 우리보다 한발 앞서 신전을 습격한다는 작전 같아. 하지만 우리가 그다음 어느 신전으로 갈 줄 알고? 계속 지켜보고 있기야 하겠지만, 우리도 빨리 움직이는 편인데. 혹시, 우리보다 더 빨리 움직일 수 있다는 건가?'

"어쩌면……."

아버지의 말에 나는 퍼뜩 생각에서 깨어나 아버지 말에 귀를 기울였다.

"어쩌면 엠브로스 백작 일행을 그 신전에 잡아두려 하는 건지도 모르겠다. 그 신전에 침입하지 않는 이상 백작 일행은 침입이 있을 때까지 그 신전에서 기다리고 있어야 하지 않느냐? 다른 곳 먼저 하고 나중에 전력을 기울인다는 작전인지도 모르지. 그렇다는 건, 이건 놈들이 최단시간 안에 여섯 개의 신전 모두를 침입하려는 계획일 거다."

"하긴, 엠브로스 백작팀은 일주일 전에 이미 출발했으니 놈들이 습격하기 전에 먼저 도착해서 방어막을 구축했겠군요. 그런데 놈들은 열쇠를 탈취해 간 지 이제 거의 한 달이 되었는데 왜 이제야 습격을 하는 걸까요?"

이번 내 질문에 대답한 건 아버지가 아니라 코헨 성기사였다. 아버지와 나는 벌써 아래층에 도착해 있었던 터라 그곳에 있던 사람들이 우리 대화에 귀를 기울이고 있었던 거였다.

"습격 준비 기간이 필요했던 거겠지요. 한두 명의 마족으로는 습격이 불가능할 테니 이번처럼 많은 몬스터와 키메라가 있어야 하는데, 천신의 대신전을 침입하면서 많이 소비하지 않았습니까?"

"그전에 숨겨진 신전까지 습격할 정도의 양을 준비하지 않았을까요?"

내 말에 아버지가 고개를 저으신다.

"불가능할걸? 키메라가 하루에 수십 개씩 뚝딱 만들어낼 수 있는 건 줄 아느냐? 한 마리 만드는 것도 강한 놈을 만들려면 최소한 한 달 정도는 걸린다. 놈들은 천신의 대신전을 습격하면서 최소한 절반 이상의 수를 소비했을 거야. 그러니 조금이라도 더 만들어야 했겠지. 전쟁에 동원될 놈들도 만들어야 할 테니까.”

‘아… 그래, 전쟁도 있었지? 하지만 거대 규모로 분업화하면 대량생산도 할 수 있을 것 같은데…….’

그에 대해 좀 더 물어보고 싶었지만, 다들 밖으로 나가 말에 올라타고 있었기에 더 이상 질문을 할 분위기가 아니어서 나도 얌전히 말 위에 오를 수밖에 없었다.

문득 해인이가 정말 괜찮을까 걱정되기는 했지만, 솔직히 우리 일행보다 훨씬 강한 팀들이니 아마 나보다도 더 안전할 거라는 생각에 곧 걱정을 떨쳐 버렸다. 호위기사에 최연소 소드 마스터라는 후작을 빼고도 4대 정령왕이 해인이 뒤에 떠억 버티고 있지 않은가 말이다.

‘진짜 부러운 일이지. 뭐, 그렇다고 울 아버지가 못마땅하다는 건 아니지만서도. 그나저나 말이 씨가 된다고 꼭 어제저녁에 말한 게 씨가 된 것 같은데, 설마 아버지 말도 씨가 되려나? 은근히 걱정이네.’

Chapter 17
천족 소환? 모르고 한 건데…

우리 일행은 진짜 죽어라~ 달렸다. 내가 토 나올 것 같은 심정이었으니 다른 일행은 더더욱 죽을 맛이었을 거다. 그나마 사흘째 아침에 목적지에 도착해서 다행이었지, 하루만 더 달렸으면 아마 쓰러져 사망하는 사람이 나왔을지도 모른다. 말들 중에는 진짜 지쳐 쓰러져 죽은 말도 있었던 것이다. 가여운 녀석들 같으니라고.

그런 상황이었으니 일반 신관들은 끝까지 따라오지 못한 채 이틀째 날 지쳐 뒤처졌고, 아버지와 고위 신관들은 끝까지 따라오기는 했지만 얼굴이 완전 백지장 저리 가라 할 정도였다.

어쩌다 잠깐의 휴식 시간에는 구토를 하는 사람들이 줄을 이었고, 나중에는 말을 타고 가는 게 아니라 말에 매달려 이동하는 사람들도 속출했다.

그럴 수밖에 없었던 것이 코헨 성기사가 밤을 새워 달릴 것을 명했던 것이다.

식사는 하루에 한 끼 먹었나? 더 먹었어도 제대로 소화가 안 됐을 것 같다.

거기다 우리가 있는 곳은 프스카야 국.

비록 마골라스 사막까지는 아니었지만, 사막과 초원을 짬뽕해 놓은 듯한 들판을 이틀 연속으로 밤을 새며 달렸으니 무사히 도착한 게 기적 아닌가?

이건, 일행 중 대마법사와 고위 신관을 비롯한 여러 신관들이 있기에 가능했던 일이었다. 일행이 지쳐 쓰러질 때마다 그들이 회복 마법과 회복 축복을 내려 기운을 북돋아줬으니 말이다.

덕분에 회복 축복을 신나게 내린 일반 신관들이 먼저 탈진해 버렸다. 그렇지 않아도 그들은 기사들보다는 체력이 약한 편인데, 같이 말을 달리면서 신성 마법까지 퍼부어댔으니 일반 신관중에 사망자가 안 나온 것이 진짜 명신의 은혜일 거다.

그런데 그렇게 달리다 보니 나는 문득 놈들의 습격 의미가 진정 우리의 발목을 잡는 것뿐이었을까, 하는 의문이 들었다.

우리에게 뭔가 요구한 것도 없고, 습격한 놈들도 결국은 우리에게 처리되었으니 단순한 발목 잡기처럼 보였지만, 결과만 본다면 발목 잡힌 것도 아니었다.

녀석들과 싸우느라 잡혀 있었던 시간은 기껏해야 5, 6시간 정도인데, 놈들의 습격에 놀라 신나게 말을 달려 신전에 도착한 건 사흘째 아침. 원래 우리가 도착 예정했던 시간이 나흘쯤이었던 걸 생각해 보면 오히려 하루 정도의 시간을 단축해 준 셈이었다.

뭐, 일행이 지쳐 싸울 상태가 아닌 점을 노린 거라면 그건 성공했다고 말해주고 싶다.

그러나 마법진에 의해 가로막힌 언덕에 도착해도 무슨 공격의 기미 같은 건 없었으니 역시 아버지의 말이 옳은 것 같지만, 납득하자니 계산 결과가 자꾸만 마음에 걸리는 것이었다.

그에 대해 아버지께 물어보고 싶었지만, 까딱 잘못했다간 숨넘어갈 것처럼 헐떡대시는 아버지를 보자니 차마 묻질 못하겠다.

하긴, 나도 힘들어서 물을 기운도 없긴 했다. 이대로 쓰러져 잠들면 한 3박 4일은 일어나지 못할 것처럼 피곤했으니 말이다.

그렇게 일행이 힘들게 힘들게 도착했으면 좋은 결과가 기다리고 있어야 하는데, 결과는 정반대였다.

"세상에……!"

"크리마시여……!"

온통 피 칠이 된 신전 내부, 그 안 여기저기에 널려 있는 붉은 덩어리들, 숨소리 하나 없이 조용한 신전은 완전히 공포의 집 그 자체… 였던 건 아니었고, 그냥 신전을 관리하는 10여 명의 신관들이 모조리 사지가 결박되고 입이 틀어 막힌 채 각자의 방에 갇혀 있었다.

그들은 우리가 올 때까지 불편한 자세로 아무것도 먹지 못한 채 방치된 탓에 굶주림과 탈수 증상에 근육통, 관절통 등등의 고통을 호소했지만, 그 외에는 별다른 상처가 없는 걸 보니 단 한 번에 모든 이들이 제압된 모양이다.

물론, 잘 모셔져 있던 마신의 신체가 탈취된 건 기본이었고 말이다.

하긴, 그럴 만도 한 것이 이 숨겨진 신전은 열쇠가 없다면 완전한 밀실과 같았기에 경비를 위한 기사가 상주하지 않는다고 했다. 게다가 여기에 계신 분들은 모두 7, 80대의 나이 지긋하신 할아버지 신관 분들. 이런 분들이 어떤 대항을 할 수가 있겠는가 말이다. 그래서 대신전에서는 '열쇠'를 빼앗기자 급히 경비대(?)용 특공대를 급파한 거였다.

하지만 한발 늦어 중요 물품을 탈취당하고 말았으니…….

"역시 성년식을 하지 말고 엠브로스 백작 팀과 같이 출발할 걸 그랬나 봐요."

　구출된 신관들의 모습을 보니 이게 왠지 내 탓인 것만 같아 그리 속삭이자 아버지가 나를 위로하려 어깨를 토닥이셨다.

　"미리 출발했다고 그들을 막을 수 있었을 것 같냐? 너 여기에 그 보라색 머리의 마족이 왔었다면 막을 수 있었겠어?"

　"아니 뭐, 나 혼자면 힘들었겠지만 아버지에 명신전의 신관들과 성기사들이 같이 있었을 테니 막을 수 있지 않았을까요?"

　내 반박에 아버지가 핏 웃으셨다.

　"보라색 머리는 혼자 왔겠냐? 게다가 그가 만약 여기서 변형해서 덤빈다면? 너도 같이 변형할래?"

　다른 사람들과 같이 있는 상황이라면 최후의 최후까지는 버텼겠지만, 결국에는 변형했을 거다. 사람들 눈초리도 걱정이지만, 그것 때문에 할 수 있는데도 못해보고 죽는다는 건 더 싫었으니까.

　그러나 그건 보라색 머리가 쳐들어와서 변형했을 때의 문제지, 여기에는 그가 아닌 빨간 머리가 왔을 수도 있잖은가. 그럼 성년식 전이라도 변형하지 않고 충분히 상대할 수 있었을지도 모른다.

　그때 이번에 구출받은 할아버지 신관 한 분이 우리에게 다가왔다.

　"이렇게 저희를 돕기 위해 달려와 주시다니, 정말 감사합니다."

신관 할아버지의 인사에 아버지도 마주 고개를 꾸벅했다.

"당연히 해야 할 일을 했을 뿐입니다. 몸은 좀 어떠십니까?"

"허허허, 제가 무슨 큰 해악을 당했다고요. 정식으로 인사드리겠습니다. 크리마의 미천한 종입니다."

보통 다른 신관들과 인사를 할 때는 '크리마의 종 OOO입니다. 부족하지만 OOO 자리를 맡고 있습니다' 라고 소개를 받아 '예, OOO 신관이셨군요. 저는 OOO입니다' 라고 대답하건만, 이 할아버지 신관은 이름은 물론이거니와 지위도 밝히지 않고 끝내 버리니 아버지와 나는 당혹스러울 수밖에 없었다. 그걸 알려주지 않는다고 그냥 '신관' 이라고 부를 수도 없었고 말이다. 여기 절반 이상이 다 '신관' 이었으니.

이런 우리의 내심을 알았는지 그 할아버지 신관이 사람 좋게 허허, 웃었다.

"저는 이름도 지위도 없는, 단지 크리마의 종일뿐입니다. 숨겨진 신전에 오는 이들은 전부 은퇴한 사람들뿐이라 지위도, 이름도 없답니다."

어쩐지 구출된 신관들이 다들 나이 지긋하진 분들뿐이라 했더니 그런 이유가 있었나 보다.

"그러셨군요. 마법사 그에텔이라 합니다. 이쪽은 제 아들 비스닉이구요."

이름도 지위도 버렸다는 할아버지 신관을 배려함인지 직

장(?)도 지위도 생략된 아버지의 소개에 신관이 기분 좋게
웃어 보였다.

그에 나도 꾸벅 인사를 했다.

"안녕하십니까? 그래도 심하게 다친 분이 없어서 불행 중
다행입니다."

큰일을 겪으신 분이라 위로 차원에서 한 말인데, 신관 할아
버지가 쓴웃음을 짓는다.

"차라리 죽었으면 좋았을 것을……."

'헛, 마족을 막지 못한 것에 그리 절망을 느끼시나?

괜히 내가 찔려서 움찔거리자 아버지가 한숨을 내쉬더니
입을 여셨다.

"어떤 마족이 침입했었습니까? 숫자는 몇이었지요?"

"일단 사람의 모습을 한 이는 셋이었소. 한 명은 보라색 머
리의 20대 중반의 청년, 한 명은 하얀색 머리의 10대 초, 중반
정도의 소년, 나머지 한 명은 마법사 로브를 깊숙이 눌러써서
얼굴을 숨긴 자였소. 그들은 20마리의 마수를 대동한 채 들어
왔기에 부끄럽게도 우리는 제대로 된 저항 한 번 못해보고 순
식간에 제압을 당해 버렸다오."

보라색 머리라는 말에서 벌써 게임 아웃이었다. 차라리 우
리가 없었던 것이 신관 분들께는 행운이었다. 우리가 있었다
면 모두가 무사하지 못한 패배가 되었을지도 모른다.

"너무 자책하지 마십시오. 그 정도의 숫자라면 저희라 해

도 막기 어려웠을 것입니다."

아버지의 말에 나도 얼른 고개를 끄덕였다.

"예에. 만약 신관님께서 목숨을 잃으셨다면 크리마 신께서 더더욱 슬퍼하셨을 겁니다. 그러니 이번 일의 책임을 지겠다고 목숨을 끊는 것만은……."

아버지와 내 말에 어리둥절해하던 신관 할아버지가 내 마지막 말에 '아~!' 하더니 허허 웃는다.

"오해를 하셨구려. 아니, 물론 책임을 다하지 못한 것이 죄스럽긴 하지만, 죽음을 거론한 것은 죄를 사함 받고자 함이 아니오. 단지 그들에게 봉인된 물품을 탈취당해 놓고도 구출받을 때까지 아무것도 못하고 있었다는 것이 더더욱 죄스러워 한 말일 뿐이오. 죽었다면 내 영혼이 크리마를 뵐 테니 이곳 상황을 알릴 수 있지 않았겠소?'

'그렇게 깊은 뜻이…….'

크리마가 저승의 신이라고는 하지만, 그렇게 해서라도 정보를 전달할 생각을 하다니 참 대단한 책임감이라고 해야 할지.

"우리는 죽음으로 죄를 씻을 수 있다 생각하지 않습니다. 이생에서 갚지 못한 빚은 이자가 더해져 내세에서 짊어지게 된다고 알고 있지요. 특히 자결은 가장 큰 죄로 아홉 번의 내세를 노예로 살아야 겨우 죗값을 치를 수 있습니다. 그런데 제가 어찌 죽음으로 죄를 사함 받으려 하겠습니까?'

나중에 알게 된 건데 명신전에서는 이런 이유로 노예를 허용한단다. 이생의 죄를 이자까지 덧붙여 내세로 가져가느니 노예가 되어서라도 다 탕감하라는 건데, 이걸 좋은 뜻이라 생각해야 하는지, 아니면 그래도 노예는 안 된다고 반대해야 하는지 나도 헷갈린다.

사족이지만 아리엘네 나라에서도 국민의 70%가 명신의 신도라서 국법으로 노예가 허용되고 있다 한다. 그런 나라에서 귀족인데도 오르의 신도라니 아리엘 일행이 대단한 것 같기도 하고. 혹시 그래서 전에 아리엘 일행이 명신전의 사람들과 같이 있었을 때 불편해했던 걸까나?

어쨌든, 결국 한발 늦은 우리 일행은 숨겨진 신전의 은퇴 신관들을 구출(?)한 후 즉시 신전을 나와 명신의 대신전과 연락을 취했다. 다른 신전도 습격 받을 거라고 경고하기 위해서였다.

우리의 연락이 대신전에 큰 도움이 되리라 믿어 의심치 않았건만, 연락을 받은 대신전에서는 당혹해하며 우리 외에는 습격 받은 곳이 없다고 하는 거였다. 해인이네와 우리 같은 특공대(?)를 파견하지 못하는 곳은 성기사를 파견, 기둥 주변을 지키게 했다는데—역시, 포기했다 해도 완전히 손 놓고 있었던 건 아니었나 보다—그곳에는 아직까지 아무런 조짐이 없다는 거다.

덕분에 우리 일행은 심각한 얼굴로 모여 머리를 맞댔다. 아무 일 없는 건 좋은데, 그러면 전에 있었던 습격의 목적이 오리무중에 빠져 버리니 그게 문제였던 것이다.

역시 정보에서 뒤처지면 모든 면에서 뒤처질 수밖에 없는 것 같다. 놈들은 우리의 움직임을 빤~히 보고 있는데, 우리는 그러지 못하니 놈들의 목적도 파악하기 어려운 거 아닌가?

"혹시 적들이 우리가 어디로 움직일지 본 후에 다음 목적지를 정하려는 게 아닐까요?"

부조장 성기사의 말이 제법 그럴듯하게 느껴진다.

"그럴지도 모르겠군. 우리보다 한발 앞서 움직이려면 우리의 다음 목적지를 아는 건 필수일 테니 말일세."

저메인 신관도 적극 동조하자 프레이스 신관이 입을 열었다.

"정말 그렇다면, 우리가 그 점을 이용하면 어때? 대신전으로 가는 척하다가 때를 보아 목적지로 방향을 트는 거지. 그래서 놈들이 당황하는 사이 최소 3, 4일 먼저 목적지에 도착해 버리면 놈들의 허를 찌를 수 있지 않을까? 안 그렇습니까, 백작님?"

아버지도 그럴듯하신 모양이다.

"한 번 시도해 볼 만하군요. 아니면 이런 방법도 있습니다. 우리가 대신전을 향할 때 대신전에서는 목적지에 사람을 파견하여 그 근처에 이동 마법진을 그리게 하는 겁니다. 그럼 우리는 대신전에 도착하자마자 그 즉시 목적지로 이동할 수 있지 않겠습니까?"

아버지의 말에 저메인 신관이 박수를 쳤다.

"과연, 과연. 정말 좋은 생각이십니다."

"시도하시죠?"

"꼭 시도했으면 합니다. 이번에 그놈들의 허를 찔러 꼭 놈들을 잡았으면 좋겠습니다."

코헨 성기사와 부조장 성기사였다.

활활 타오르는 시선으로 두 주먹을 불끈 쥔 모습에 나는 그들이 바로 며칠 전에 동료를 잃었다는 걸 기억해 냈다.

너무 다급했던 상황에 장례를 치르지도 못하고 그 여관에 미리 파견되어 있었던 명신전의 사람에게 맡기고는 말을 달려야 했었다. 아마 동료의 죽음에 슬퍼할 시간도 없었겠지. 그래서 지금 그들이 더더욱 불타는 건 아닐까?

"좋아, 그럼 다시 대신전에 연락하도록 하지."

프레이스 신관도 적의 허를 찌를 가능성이 생기자 기분이 좋아진 모양이었다.

대신전에 연락을 취하려고 일행과 좀 떨어진 곳으로 가는 프레이스 신관의 뒷모습을 바라보고 있는데,

위이잉~!

마치 이명 같은 소리가 갑자기 귀를 울리기에 나는 자연스레 귀를 후볐다. 하지만 귀가 시원해지는 대신 내 이름을 부르는 소리가 들리는 거다.

[비스닉!]

"예?"

그에 기껏 대답했더니만, 나에게 돌아오는 건 의아함이 가득 담긴 일행의 시선이었다.

"뭐냐?"

나야말로 영문을 몰라 아버지를 바라봤다.

"저 부르지 않으셨어요?"

"아니."

"어라? 누가 날 불렀는데……."

약간 잡음이 섞이긴 했지만, 분명 날 부르는 소리였다. 그래 정말 아무도 안 불렀냐는 시선으로 아버지를 바라보자 아버지가 귀찮은지 건성으로 대답하신다.

"아무도 안 불렀다."

"진짜요?"

그래도 다시 한 번 확인하는 내 질문에 이번에는 아버지가 혀를 끌끌 차셨다.

"피곤하냐? 졸리면 출발할 때까지 시간이 좀 있으니 눈 좀 붙여라."

피곤이라니, 이 중 내가 제일 펄펄할 텐데. 그런데 아무도 안 불렀다잖은가.

'나원 참…….'

진짜 잘못 들었나 싶어 머쓱해하는데.

[비스닉!]

또다시 날 부르는 소리에 잽싸게 일행을 돌아보았지만, 아무도 날 보는 사람이 없었다. 날 불렀으면 날 바라보고 있었을 테니 말이다. 복화술로 장난치는 것이 아니라면.

'나… 정말 피곤했나 보네. 갑자기 환청이…….'

아버지 말대로 좀 자야겠다 싶었는데.

[비스닉, 대답 안 하나? 나 하나냐다.]

그제야 영문 모를 환청의 원인을 알 수 있었던 나.

'아니, 안 보이는 데서 부르는 거라면 자기가 누구라고 먼저 소개해야 하는 거 아냐? 이 천족은 전화 예절도 모르나?'

그래도 내가 피곤해서 환청을 듣는 게 아니라는 걸 알아서 다행이다.

일행 앞에서 대답했다가는 또 이상한 사람으로 보일 것 같아 눈 좀 붙인다고 하고 슬그머니 일행에게서 떨어진 난 그제야 하나냐에게 대답했다.

"예, 들려요."

그런데 돌아오는 말이란,

[비스닉? 아직도 안 들리나?]

인거다.

"뭐야, 들린당께요?"

[비스닉!]

아무래도 이 천족 씨는 내 말이 안 들리는 모양이다. 소설에서는 텔레파시가 들릴 때 그냥 대답하면 상대방도 듣더니만, 여기서는 그게 아닌가 보다.

"나원, 이거 어떻게 해야 들리는 거야? 하나냐, 내 말 안 들려요?"

[비스닉!]

여전히 안 들리는 모양.

"이거 참."

그런데 그때, 내가 어지간히도 답답했는지 부르지도 않았는데 하양이가 불쑥 나타나더니 내 어깨에 자신의 머리를 터억~ 하고 올려놓는 거다.

"응? 왜?"

[비스닉?]

그때 다시 들리는 하나냐의 목소리.

하지만 난 여전히 그에게 말을 전달할 방법을 찾지 못했기에 길게 한숨을 내쉬며 하양이에게 푸념을 늘어놨다.

"에휴, 이 천족이 부르면 뭐 하나. 내 말은 듣지도 못하는데… 아니, 부를 거면 대답할 방법이나 알려주고 불러야 하는 거 아니니?"

[비스닉? 이제야 말이 들리는군.]

하나냐의 말에 나는 어리둥절해졌다.

"어라라, 내 말이 들리는 건가?"

[들린다.]

그제야 난 하양이가 괜히 나타나 내 어깨에 머리를 올린 게
아니라는 걸 알 수 있었다.

"에이, 이놈아. 방법을 알았다면 진작 해주지 그랬냐."

하양이의 머리를 쓰다듬으며 말하자 하양이가 눈으로 웃
는다.

그런데 하나냐가 그 말이 자신에게 한 말인 줄 알고 다급한
음성으로 메시지를 보낸다.

[비스닉? 지금 농담할 시간이 없다. 지금 왈그린 국에 있는
숨겨진 신전이 공격당하고 있어.]

"예? 뭐요?"

뜻밖의 말이 믿어지지 않아 되묻자 하나냐의 음성에 초조
함이 더해졌다.

[왈그린 국에 있는 숨겨진 신전으로 놈들이 습격해 왔단 말
이다. 그러니 넌 지금 당장 신전으로 이동해라.]

그의 지시에 나는 어이가 없었다.

"진심입니까? 제가 날아가도 거기까지는 몇 시간이 걸려
요. 그 안에 전투가 다 끝나겠습니다."

하지만 하나냐의 말은 진심이었고, 방법도 준비해 놓고 있
었다.

[네 양부가 있지 않냐. 좌표를 불러줄 테니 지금 너라도 이
동시켜 달라고 해라.]

그래도 난 하나냐의 지시가 못 미더웠다.

"그런데 저 혼자 간다고 해결되겠습니까? 도움이야 좀 되겠지만……."

다급한 상황에서 내가 자꾸 딴지를 걸자 하나냐가 화가 난 모양이다. 목소리 톤이 한층 낮아지며 한 번만 더 딴지를 걸었다간 가만두지 않겠다는 분위기를 마구마구 풍겨댔다.

[방법이 있으니 널 보내려는 거지. 그러니 넌 시키는 대로만 하면 된다. 지금부터 내가 불러주는 주문을 잘 기억했다가 그 자리에 도착하는 즉시 외워라.]

그러면서 좌표와 주문을 불러주기에 난 이번에는 토를 달지 않고 얌전히 시키는 대로 했다.

다행히 주문은 별로 길지 않아서 외우는 건 어렵지 않았다. 주문을 잊어버리지 않겠다는 자신감이 들 즈음 나는 자리에서 일어나 아버지께로 달려갔다.

"아버지, 왈그린 국에 있는 신전이 지금 공격당하고 있답니다."

남은 기껏 급히 달려와서 말해줬건만, 돌아오는 대답이란 어처구니없는 것이었다.

"꿈꿨냐?"

아니, 누구라도 갑자기 달려와서 대륙 반대편에 있는 신전이 위험하다고 하면 믿지는 못하겠지만, 지금 그렇다고 얌전히 납득할 상황이 아니었기에 나는 발을 구르며 다급히 외쳤다.

"에잇, 진짜… 하나냐 씨한테 연락 온 거란 말입니다. 급히 가달라던데 안 가면 아버지 탓으로 돌릴 겁니다."

내 말에 아버지가 '진짠가?' 하는 시선으로 날 보신다.

"진짜냐?"

"이런 걸로 거짓말할 것 같습니까? 하긴 뭐, 안 간다면 저야 좋지요."

그러면서 앉으려고 하자 아버지가 벌떡 일어나셨다.

"알았다, 가자."

그러자 옆에서 우리 대화를 듣고 있던 사람들이 같이 덩달아 일어난다.

"하지만 지금 가봤자 소용이 있겠습니까? 여기서 거기까지의 거리가 얼마인데……."

프레이스 신관의 말에 난 이마를 쳤다.

"아차, 하나냐 씨가 좌표를 가르쳐 줬는데 깜빡했네요."

"좌표?"

"예, 아버지 이동 마법진 그리실 수 있잖아요. 한 번에 이동하면 좋겠지만 힘들면 우선 마르타 국으로 가서 대신전으로 이동한 다음 가라는데요?"

"말 안 해도 그리하려고 했다. 한 번에 이동하라니, 내가 무슨 드래곤인 줄 아냐?"

그리 투덜대신 아버지는 마르타 국에서 프스카야 국과 가장 가까운 마법진이 있는 도시에 연락하셨고, 아버지의 부탁을 받은 프레이스 신관은 명신의 대신전에 연락, 비상사태를 알려 마법진 사용 스케줄을 비워놓게 했다.

이곳에 있는 사람들 모두 다 같이 갔으면 좋겠지만, 아버지가 한 번에 이동시킬 수 있는 사람은 일곱 명이 한계였다. 그래서 누가 갈 건지 고르는 토의가 한참 진행될 줄 알았는데, 의외로 금방 정해졌다. 아버지와 나는 기본이었고 두 고위 신관도 가는 것이 당연하다는 분위기였다. 그리하여 남은 건 세 자리였는데 아리엘 일행이 왈그린 국 내의 신전이라고 성기사들에게 양보, 성기사들은 실력 순으로 자리를 배정하여 결국 조장, 부조장, 그리고 일반 조원 중 가장 고참, 이렇게 세 성기사가 마법진 위로 올랐다.

"일반 신관과 합류하여 최대한 빨리 대신전으로 돌아가게."

코헨 성기사가 남은 성기사들에게 지시를 내리는 것을 마지막으로 마법진 위에 있던 사람들은 빛에 휩싸여 마르타 국으로 이동했다.

그리고 벌써 네 번째 만나는 덕에 낯이 익은 마르타 국의 마법사가 우리의 모습을 보자마자 외쳤다.

"움직이지 말고 그대로 계십시오. 곧 이동시켜 드리겠습니다."

그리하여 다시 한 번 빛에 휩싸인 일행을 이번에 마중한 건 명신전의 신관들.

우리의 모습이 드러나자마자 대기하고 있던 열 명의 성기사와 두 명의 고위 신관이 마법진 위로 올라왔고, 그들은 가지고 있던 초록빛의 투명한 액체가 든 병을 우리에게 하나씩 건네줬다.

"드십시오. 피로가 회복될 것입니다."

그 말에 나를 제외한 이들은 잽싸게 마셨지만 난 품속에 잘 챙겨뒀다. 별로 피곤하지도 않았거니와, 이 포션이 무지 비싼 거라고 들었는데 어찌 쉽게 마실 수 있겠는가? 비상용으로 잘 챙겨뒀다가 나중에 쓰든지 팔든지 할 생각이었다.

나를 제외한 우리 일행이 피로 회복제(?)를 복용하는 사이 마법진을 조정하고 있던 이가 작업이 끝났는지 큰 소리로 외쳤다.

"좌표 설정이 완료되었습니다! 이제 이동합니다!"

그렇게 해서 다시 한 번 더 일행은 빛에 휩싸였고, 이번에는 빛이 걷히자 제일 먼저 괴성이 들려왔다.

키에에엑~!

캬아아악~!

"도착했군."

우리가 도착한 곳은 전투지에서 제법 떨어진 강 위였다. 즉, 강 위 허공에 떠 있었던 것. 이건 아버지의 힘이었다.

"팔라디노 백작님, 우리를 저쪽 아군이 있는 곳 뒤쪽에 내려주실 수 있겠습니까?"

저메인 신관의 요청에 아버지가 기꺼이 고개를 끄덕이셨다.

"레이 윙!"

아버지의 시동어가 끝나자 부드러운 바람이 무리의 몸을 감싸 허공을 지나 저메인 신관이 요청한 장소에 내려주자 그곳에 있던 이들이 반색을 하며 우리 일행을 맞이했다.

"반가운 분들이 오셨군요. 덕분에 살았습니다."

그도 그럴 것이, 비록 숫자는 적지만 이곳에 있는 신관들은 다들 고위 신관들이었고, 성기사들은 모두 엘리트들이었으니 큰 도움이 될 거다. 거기에 아버지와 나도 있었고 말이다.

날아오며 대충 살펴보니 이곳은 거대한 삼각주였다. 숨겨진 신전과 연결된 기둥은 이 삼각주 가운데 있었다. 그리고 기둥 주위에 수십 개의 천막이 줄지어 있는 걸 보니 명신전에서 파견된 성기사, 신관들이 이곳을 지키고 있었던 모양이다.

기둥이 망가지면 큰일 난다고 그 주변에서 싸우면 안 된다더니, 여기는 전투가 벌어질 것을 대비하여 강력한 방어 결계가 기둥 주위에 펼쳐져 있었다.

"비스닉, 안 돕냐?"

아버지의 부름에 정신을 차리고 둘러보니 다른 이들은 벌써 전투에 끼어들고 있었다.

"아, 저는 하나냐 씨가 시킨 일이 있어서요. 그거 하고 갈게요."

“그래? 알았다. 그럼 나 먼저 갈 테니 나중에 보자.”

“예이~ 그럼 몸조심하세요.”

“오냐.”

그렇게 아버지도 전투에 끼어들자 나도 하양이를 불러냈다. 하나냐가 주문을 외울 때 천기를 일으키라고 했던 것이다.

지금 전체적인 상황은 우리 쪽에 불리했다.

이곳을 습격한 몬스터인지 키메라인지 하는 녀석들이 얼핏 봐도 200마리가 넘었는데 우리 쪽은 이번 지원으로 온 이들을 모두 합해도 성기사가 100여 명 정도에 일반 신관이 25여 명 정도였다.

몬스터들이 성기사의 두 배라는 것만 보면 얼마 전에 우리 일행이 새벽에 기습당했을 때보다는 나은 것 같지만, 실제로는 전혀 그렇지 않았다. 우리를 상대했던 몬스터들은 지금 나온 녀석들에 비하면 어린애라고 할 정도로 이번 몬스터들이 강해 보였던 것이다. 거기다 마기까지 풀풀 풍기고 있었으니…….

‘가만, 마기를 가지고 있으면 마수라고 했던가?’

내가 예전에 아버지께 들었던 정보를 뒤적거리고 있는 그때, 귀에서 이명이 울리더니 곧이어 하나냐의 목소리가 들려왔다.

[비스닉, 아직 멀었나?]

초조함이 가득 찬 그 목소리에 나는 정신이 퍼뜩 들었다.

'아차, 지금 이럴 때가 아니지?

그에 하양이의 도움을 받으며 나는 하나냐가 가르쳐 준 주문을 외웠다.

"찬란한 빛의 의지를 이어가는 이여, 내가 이곳에서 그대를 부르나니 여기에 그 모습을 드러내라!"

하나냐가 가르쳐 준 대로 중얼거리면서 참으로 낯간지러운 주문이라고 생각하고 있었는데, 주문의 결과는 단순히 낯이 간지러운 정도의 수준이 아니었다.

주문이 끝나자마자 갑자기 하양이의 천기가 폭발한다 싶더니만, 하늘을 향하여 마치 불꽃놀이를 쏘아 올리는 것처럼 밝은 천기의 빛을 쏘아 올리는 것이었다.

"헉! 뭐야?"

의도하지 않은 일이 일어나는 것에 화들짝 놀라 하늘을 보는데, 구름을 뚫고 올라간 빛에 화답하듯 잠시 후 하늘에서부터 하양이가 쏘아 보낸 것보다 몇 배는 더 굵고 강력한 빛이 기둥을 이루며 쏟아져 내려왔다. 얼마나 강력했는지 전투에 몰입해 있던 사람들의 시선을 끌어당길 정도였다.

그리고 그 강력한 신성력의 빛은 천기가 마기와 상극이라는 것을 증명이라도 하듯 마수들의 괴로움 섞인 신음 소리를 들리게 만들었다.

끄아아아~!

크으으윽~!

캬아아아~!

'뭐야, 마수들을 한꺼번에 처리하는 주문이었나?'

완전히 틀린 말은 아니었지만, 그렇다고 100% 정답은 아니었다.

정답은,

"처, 천족?"

"천족이다! 천족이 강림하고 있어!"

그랬다. 그 주문은 천족을 현계로 불러내는 주문이었던 것이다.

하늘을 올려다보니 나의 부름을 받은 하나냐가 찬란히 빛나는 네 장의 날개를 활짝 펼친 채 있는 폼 없는 폼 다 잡으며 빛의 기둥을 따라 천천히 내려오고 있었다.

'아니, 천족들은 다 폼생폼사주의인가? 전에도 그러더니만, 왜 사람들 앞에서 저리 폼을 잡나 몰라. 그냥 쌩~ 하고 내려오면 안 되는 겨?'

나는 그 모습에 어이없음을 금할 수 없었지만, 명신의 성기사와 신관들은 기쁨에 찬 외침을 터뜨렸다. 비록 명족은 아닐지라도 같은 편이면서 엄청난 존재가 휘황찬란하게 나타났으니 사기가 팍팍 오르는 모양이었다. 그게 의도된 연출이었다고 해도 말이다.

'찬란한 빛의 의지를 이어가는 이라니, 천족을 말하는 거

였냐? 하여간 주문도 되게 낯간지럽게 지었다니까. 그냥 천
족 나타나라! 하면 안 되는 거냐구?

아직도 절반 정도밖에 내려오지 않은 하나냐를 바라보며
투덜거리고 있는 바로 그때, 마수들 쪽에서 갑자기 시커먼 그
림자 하나가 공중으로 둥실 떠올라 여전히 사라지지 않고 하
나냐의 조명발 역할을 해주고 있는 빛의 기둥을 향해 날아왔
다.

대략 2m 정도의 큰 키에 튼실해 보이는 체격을 가진 존재
가 그 시커먼 그림자의 정체였는데, 등에 거대한 검은색의 피
막 날개 네 장을 가지고 있는 거 보니 고위급 마족이었다.

그러고 보니 그 거대한 체격의 마족 머리카락이 짙은 초록
색이다.

'호오, 그렇다는 건 저 마족이 예전에 천신의 대신전을 침
입했다는 그 마족? 오오, 웬수끼리 만났네?'

과연, 빛의 기둥에 가까이 다가간 그 마족이 하나냐를 보며
살기 가득한 목소리로 입을 열었다.

"크하하하~ 위선자 천족이 여기에 나타다니, 내가 오늘
운이 좋군! 나 심심한 건 어찌 알고 죽어주러 왔느냐?"

그리고 그건 하나냐도 마찬가지였다.

"닥쳐라, 더러운 마족! 죽는 건 내가 아니라 바로 네놈이
다!"

"어허, 위선자 천족께서 사람들 앞에서 거짓말을 하다니,

그럼 안 되지이~ 그럼 사람들이 이제 천족이 거짓말쟁이라
는 걸 알아버리잖아."

"누가 거짓말을 한다는 거냐? 내 말이 거짓인지 아닌지는
두고 보면 알 일! 잔소리 말고 덤벼라!"

그렇게 말하며 하나냐가 손을 뻗자 마치 손안에서 빠져나
오는 것처럼 천신기로 이루어진 새하얀 창이 나타나 그의 손
에 쥐어졌다.

"크하하~ 기다리던 바! 오냐, 오랜만에 천족의 피 맛을 보
겠구나!"

마족도 전투 준비를 했다. 그래 봤자 변형한 거지만.

눈이 길게 찢어지며 눈동자가 사라지더니 전체적으로 진
한 보랏빛으로 변했다. 사람처럼 동그란 귀가 길고 뾰족하게
변했으며, 근육이 좀 더 부풀어 오르고 단단해지는 바람에 입
고 있던 헐렁했던 티셔츠가 팽팽하게 늘어나 쫄티가 되어버
렸다. 덕분에 온몸에 북실하게 나 있는 털이 다 드러날 정도
라 내 눈살을 찌푸리게 만들었다.

'차라리 셔츠를 벗지, 저게 뭐냐? 보는 사람 괴롭게…….'

초록빛의 손톱은 챙, 하고 길어져 날카로운 빛을 뿌렸으며,
그와 함께 이도 길고 날카로워졌다.

그렇게 싸울 준비를 마친 마족과 천족은 서로를 노려보고
있다가 하나냐를 둘러싼 빛의 기둥이 사라지는 것을 신호로
격돌했다.

콰앙~!

쿠아앙~!!

한 번 격돌할 때마다 마치 다이너마이트가 폭발하는 것 같은 폭음이 들리며 땅에까지 충격 여파로 인해 강한 바람이 불어 닥쳤다.

흙먼지는 물론이거니와 심지어는 작은 돌들마저 움직일 정도였지만, 사람들은 그에 아랑곳하지 못했다. 눈앞에 적이 있는데 어디다가 정신을 팔 수 있겠는가?

나 또한 바람에 휘날리는 긴 머리를 부여잡은 채 주변을 빠르게 훑어보고 있었다. 전투에 끼기 싫다고 슬며시 빠질 분위기가 아니라서 이왕 도울 거 확실히 도우려고 어디로 가면 좋을지 찾는 중이었다.

그런데 그때, 대략 100m 정도 떨어진 곳에서 웬 청년 한 명이 날 빤~히 바라보고 있다가 나와 시선이 마주쳤다. 분명 처음 보는 사람인데 날 보는 시선이 심상치 않았다.

나에게 반했다거나—이건 또 다른 의미로 문제가 되었겠지만—존경하게 되었다거나 하는 거였으면 얼마나 좋았겠는가마는, 놈의 시선에 담긴 건 노골적인 적의였다.

회색 머리에 짙은 회색 눈을 가진 평범한 외모의 청년이었는데, 마법사인지 초록색의 마법사 로브를 걸치고 있었다.

"뭐야, 당신?"

나를 향해 다가올 기미를 보이는 것도 아니고 말을 걸려고 하지도 않기에 내가 먼저 입을 열었다. 물론, 날 노려보는 놈에게 고운 말을 쓸 내가 아니었다.

그렇게 해서 튀어나간 시비조의 말에 녀석이 기분 나쁜지 눈썹을 치켜 올린다.

"아직도 천족 소환을 일으킬 수 있는 자가 있다는 게 신기해서 봤을 뿐이야."

"나도 몰랐어."

여러 가지 의미가 담긴 내 말을 그가 어떻게 이해한 건지 큭, 하고 웃으며 고개를 끄덕인다.

"그래, 나도 몰랐지. 이건 정말 기분 나쁜 계산 착오야. 지금까지는 내 계산대로 착착 진행되고 있었는데 말이야. 너란 변수… 너무 커서 기분 나쁘군."

그 말에 나도 진지하게 대답해 줬다.

"나도 기분 나빠. 어떤 빌어먹을 녀석이 귀찮은 일을 일으켜 가지고 남 쉬지도 못하고 여기까지 달려오게 만들어서 말이지. 어떤 놈인지 보기만 하면 사정없이 목을 비틀어주고 싶어."

"그래? 그건 나랑 같은 심정이네. 나도 갑자기 끼어들어 내 일을 망쳐 놓은 놈의 목을 비틀어주고 싶었는데."

녀석이 정말 기쁘다는 듯 미소를 지어 보이는데, 눈은 전혀 웃고 있질 않는다.

"오오, 여기서 나랑 같은 심정을 가진 사람을 만날 줄은 몰랐네."

"그렇지? 나도 그래서 상당히 놀랐어."

모르는 사람이 들으면 참으로 살가운 대화라고 생각하겠지만, 이 살가운 대화는 온몸이 찌릿찌릿해질 정도의 날카로운 살기를 동반한 채 왔다 갔다 하고 있었다.

"그런 의미에서……."

그 말을 하는 평범하게 생긴 녹색 마법사 로브를 입은 놈이 양손을 앞으로 내미는가 싶더니 허리를 구부려 그 양손을 바닥에다 대는 것이었다.

뭐 하는 건가 싶어서 바라보는데, 녀석의 손이 굵어지며 회색빛의 털이 숭숭 솟아나기 시작했다. 변형이었다.

'뭐야, 저놈도 마족이었어?

평범했던 동그란 얼굴은 길쭉해지고, 귀는 머리 위로 올라가 뾰족해졌으며, 몸집은 점점 커져서 결국에는 헐렁한 마법사 로브까지 찢어버릴 정도였다. 동글했던 눈은 길게 찢어지고, 얼굴에도 회색빛 털이 솟아나는가 싶더니 눈동자는 검은색으로 변했다.

그리고 마지막으로 세 개의 탐스러운 꼬리가 길게 뻗어 나오는 것으로 변형을 끝낸 놈을 바라보니 내 키를 넘는 크기의 거대한 회색빛 여우 요괴다. 요괴라고 한 이유는, 얘는 일반 마족과는 다른지 등에 피막 날개가 없었기 때문이다.

진짜 요괴인지 아닌지는 모른다.

그런데 아쉽다. 꼬리가 아홉 개였다면 당당히 구미호라고 불러줬을 텐데 세 개뿐이라 그냥 여우 요괴가 됐다. 삼미호라는 명칭은 내가 못 들어봤으니 말이다.

"절대 곱게 죽여주진 않으마."

여우 요괴로 변한 놈이 나를 향해 으르렁거리자 인간 모습일 때보다 목소리가 가늘고 높아져 마치 예전 전설의 고향에서나 들어봤던 요괴 목소리가 되어버렸다.

그런 놈을 앞에 뒀으니 나도 가만있을 수 없었다.

"얘들아!"

나의 부름에 즉각 내 앞을 가로막은 채 나타나 여우 요괴를 향해 으르렁거리는 하양이와 까망이.

그런데 전에 봤을 때만 해도 제법 크다고 생각했는데, 여우 요괴를 앞두니 이게 또 호랑이 앞의 하룻강아지 모습이다.

'끄으응… 아무래도 좀 더 키워야 할 것 같아.'

내가 하양이, 까망이의 뒤태(?)를 감상하며 그렇게 투덜거리고 있는 사이, 본능 모드는 자기가 알아서 육체의 통제권을 이어받아 검을 뽑아 들고 있었다.

"키득, 키득, 키득… 나에게 그깟 강철 검이 통하리라 생각하는 건가?"

'히야~ 진짜 똑같다. 전설의 고향을 만드신 프로듀서 분들은 선견지명이 있었나 봐. 어쩜 저렇게 요괴 목소리를 똑같이 만들어 내셨을까나.'

　뒤에서 자신의 목소리 가지고 박수 치고 있다는 걸 모르는 여우 요괴 씨는 날 얕보는 양 비웃더니 갑자기 웃음을 뚝 그쳤다.

"건방져!"

저렇게 감정이 오락가락하다니, 좀 맛이 간 놈인 게 분명하다.

"크와앙~!!"

날카로운 포효 소리와 함께 여우 녀석이 나를 향해 달려들었다. 여우 모습이라 그런지 제일 먼저 한 공격이 날카로운 이빨 공격. 그러나 내가 어떤 존재인데 그런 공격에 당할 것 같은가?

하양이, 까망이가 놈의 입을 향해 곧장 달려드는 걸 보며 나도 검을 치켜든 채 뒤를 쫓았다. 물론, 정확히는 내가 아니라 내 육체 본능이 말이다.

하양이, 까망이는 놈을 물려고 하다가 놈의 몸이 너무 커서 여의치 않자 아예 놈의 턱을 향해 직접 몸통 박치기를 날렸다.

하지만 이 여우 요괴 녀석도 보통 놈이 아니었다. 비록 아이들 모습을 보지는 못하지만, 기운만은 확실하게 느끼는지 아주 여유 있게 머리를 비틀어 애들 공격을 피하는 것이었다.

그러나 그 뒤에는 이 몸이 계셨다.

"타핫!"

　살짝 옆으로 비틀어진 놈의 목을 향해 회색빛의 검기로 둘러싸인 검을 내려치려는데 녀석이 오히려 발을 굴러 뒤로 훌쩍 물러나 피해 버리는 것이었다.

　하지만 거기서 공격을 끝낼 내 육체 본능이 아니었다.

　"크앙!!"

　일단 하양이, 까망이가 이제는 가능해진 커다란 소리를 터뜨리며 녀석의 뒤를 쫓아 뛰어올라 각각 뒷다리 앞다리를 하나씩 물고 늘어지는 사이 내 육체가 검을 휘두르자 검기가 놈의 배를 노리고 튀어나갔다.

　하지만 여우 녀석은 하양이, 까망이에게 붙들려 허공에서 균형을 잡지 못하고 땅에 떨어져 내리는 와중에서도 입에서 새파란 불덩어리를 토해내 자신을 노리고 달려드는 검기와 부딪치게 하는 것이었다.

　콰앙~!!

　'에엣? 여우가 입으로 불덩어리도 토해내나? 하긴, 여우 요괴니까 가능할지도.'

　처음 보는 여우 불 쇼에 눈이 휘둥그레져 바라보는 사이, 그 여우는 자신의 탐스러운 꼬리를 휘둘러 자신의 뒷발에 매달린 하양이를 때려 떨어뜨리고는 땅에 균형을 잡고 착지, 그 즉시 앞발에 매달린 까망이를 향해 이빨을 드러냈다.

　'헉, 까망아~!!'

　내 의식의 외침에 동조하듯 내 육체가 검을 들고 놈에게 달려들었고, 하양이도 자신을 떨어뜨린 꼬리를 노리고 뛰어들었다.

그런데 이 여우 요괴 놈, 까망이를 물기 위에 달려드는 줄 알았던 머리를 휘 돌리더니 막 점프하여 녀석의 코앞까지 쇄도해 간 내 옆구리를 노렸다.

콰직!

'끄어억~!!'

육체 지휘권을 넘겼어도 통증은 느끼는 모양이다.

너무 거리가 가까웠고 갑작스러운 일이었던 터라 대단한 육체 본능도 어쩔 수 없었다. 그 와중에도 최대한 몸을 비틀어 피하려 했지만, 결국 녀석의 길쭉한 주둥이 끝에 옆구리를 물리고 말았다.

놈에게 물렸을 때의 소리와 눈물이 쏙 빠질 정도의 통증을 보아하니 아무래도 갈비뼈가 두세 대 정도 나간 모양이었다. 거기에 옆구리부터 시작해서 가슴 절반 정도까지가 놈의 입 안에 들어가 꾸와악~! 눌리고 있는 상태라 숨 쉬기도 어려웠고, 쿨럭~! 하는 기침과 함께 피가 튀어나오는 거 보니 내상까지 입은 듯하다.

그 정도에서 빠져나와도 나는 중상인데, 놈의 이빨이 너무 길고 안쪽으로 살짝 구부러져 있는 형태라 놈이 날 문 채 좌우로 흔들어대도 내 몸이 떨어지기는커녕 오히려 내 살만 점점 더 찢어지고 있었다.

"크아아앙~!!"

그 모습에 하양이, 까망이가 다시 한 번 외치며 다급하게 녀석에게 달려들어 몸통 박치기, 다리 물어뜯기, 꼬리 물고 늘어지기 등등을 시도했지만, 놈은 몸통 박치기는 가벼운 타격인 양 조금 주춤한 정도고 다리 물어뜯는 건 옆의 다리나 뒷다리로 가볍게 털어냈으며, 꼬리는 사방으로 휘둘러 물고 늘어진 애를 떨어뜨렸다.

결국 이 몸이 직접 나서야 했다.

녀석의 입에 물린 채 신나게 흔들리는 덕분에 나중에는 너무 어지러워 물린 통증조차 잊어버릴 정도였다. 그러나 이렇게 정신을 온전히 간수하기도 힘든 상황에서 육체 본능은 여전히 손에 쥐고 있는 검에 힘을 준 채 기다리더니 어느 순간 검기를 머금게 한 검을 날렸다.

어지러운 상황에서도 본 바에 의하면 그 여우 요괴의 눈을 노린 듯한데, 녀석이 이 기습 공격을 알아챈 듯 살짝 고개만 젖혀 검을 피하는 것이었다.

'아~'

안타까운 상황에 나도 모르게 혀를 차고 있는 그때, 푸숙~! 하는 가벼운 파공성이 들리기에 시선을 돌렸더니 여우 요괴 녀석의 턱 밑을 향해 뻗어 있는 내 오른손이 보인다.

'어라?'

의아해서 지켜보는 사이 팟! 하고 손이 그 밑을 빠져나왔는데, 그 뒤를 따라 짙은 붉은색에다 파란색을 섞어놓은 것 같은 요상한 색의 액체가 쏟아져 나왔다.

'에에?'

"크에엑~! 케엑~!"

색깔 참 희한하다 싶어 구경 좀 하려고 했더니만, 여우 요괴 녀석이 입을 벌리며 비명을 지르다가 갑자기 쿨럭 하며 그 괴상하게 탁한 색의 액체를 한 대야 넘게 토해내는 것이다. 덕분에 놈의 이빨에 걸려(?) 있던 난 그 액체를 그대로 뒤집어쓸 수밖에 없었다.

'뜨어억~!!'

기겁해서 당장이라도 숨을 멈추고 몸에 묻은 액체를 씻어내고 싶었건만, 지금 내 몸을 움직이는 건 육체 본능. 나의 심정에 아랑곳없이 마음껏 깊은숨을 들이마시고 있는 통에 그 비릿하고 요상한 냄새를 진득하니(?) 맡고 있을 수밖에 없었다.

'크허헉, 야아~ 냄새가 좀 가실 때까지는 숨 좀 멈추고 있지이~'

지금 상황이 몸을 씻을 수 있을 정도로 여유가 없다는 건 잘 알고 있었기에 그리 투덜댔지만 육체 본능은 들은 체도 안 하고 힘겹게 상체를 들어 올리더니 여우 요괴의 벌린 입 안으로 오른팔을 집어넣는 거다.

놈이 비명을 지르느라 입을 벌리는 통에 내 몸에 박힌 녀석

의 윗이빨은 빠져나갔지만, 아랫이빨은 여전히 몸에 박혀 있
어 내 육체가 놈의 입 끝에 덜렁덜렁 걸린 상태라 가능했던
일이었다. 덕분에 지독한 통증이 날 엄습해 절로 신음이 튀어
나오게 했지만 말이다.

하기야, 통증도 여러 번 겪으면 익숙해지는 건지, 이 세상
에서 살게 되면서 여러 가지 방법으로 통증을 겪어봤던 터라
지금은 어째 엄청 아프긴 해도 버틸 만했다.

여우 요괴는 내가 오른팔을 자기의 입 안으로 집어넣자 불
안함을 느꼈는지 다시 날 물려했다.

하지만 그전에 내 오른팔에서 새하얀 빛이 튀어나가 놈의
목 안을 향해 찔러 들어갔다.

'아, 저게 있었지?

내 오른손에 들린 건 천신기.

그동안 한 번도 사용을 안 해서 까맣게 잊고 있었는데, 육
체 본능은 잘 기억하고 있었던 모양이다.

"크어억~!"

아무리 강한 놈이라 해도 목구멍은 약한 법. 거기다 대고
천신기를 통해 짙은(?) 천기를 쏘아 보냈으니 결과는 자명했
다.

천기의 새하얀 빛이 놈의 목 안을 뚫고 들어가 녀석의 뒤통
수로 빠져나오는 순간 놈의 거대한 몸이 멈칫하더니 잠시 후
부르르~ 하고 경련을 일으킨다. 덕분에 내 몸에 박힌 놈의

이빨도 같이 흔들려 무지하게 아팠다.

그러나 그것도 잠시, 놈의 눈에서 천천히 빛이 사라지면서 녀석의 육체가 힘없이 쓰러졌다.

문제는 이왕 쓰러질 거 마지막에는 좀 잘해서 내 발 쪽으로 쓰러질 것이지, 하여간 미운 놈은 끝까지 밉다고 하필이면 내 머리가 있는 방향으로 쓰러지는 것이었다.

'으악!'

이대로 있다가는 머리와 땅이 부딪치는 건 시간문제. 게다가 그 후에 녀석의 거대한 머리가 내 몸 위로 떨어지는 건 더 큰 문제였다.

그에 난 정말 진심으로 그 상황을 피하고 싶어 나도 모르게 필사적으로 버둥거렸는데, 어째 육체가 내가 원하는 대로 움직이는 거다. 즉, 어느새 육체 본능은 들어가고 통제권이 나에게 넘어와 있었다.

"으악~! 육체 본능 바보! 넘겨줄 거면 확실히 여길 빠져나간 뒤에 넘겨주지 왜 하필이면 지금 넘겨주는 거야아~!!"

그래도 천만 다행스럽게도 나에게는 하양이, 까망이가 있었다.

땅에 이대로 떨어진 뒤 그 위에 녀석의 머리가 덮쳐 오는 최악의 시나리오를 떠올리며 눈을 질끈 감고 있는 날 두 녀석이 달려와 붙잡고 추락 직전에 여우 요괴의 입에서 빼내준 것이다.

“얘들아아~ 내겐 너희들뿐이야~!”

날 무사히 땅에 내려놓은 그들이 너무너무 믿음직하고 멋있고 사랑스러워 두 녀석을 한꺼번에 끌어안고 부비부비 하고 있는데, 내 뒤에서 어이없다는 목소리가 들려왔다.

“마수에게 먹힐 뻔하더니 맛이 갔냐? 허공에 대고 뭐 하는 짓이야, 지금?”

휙 하고 뒤를 돌아보니 아버지가 어이없다는 시선으로 날 바라보고 계신다.

“웬 커다란 마수에게 물린 채 흔들리고 있기에 황급히 달려와 줬더니만 뭐 하는 거냐? 기운이 느껴지는 거 보니 기운 정리라도 하고 있었냐? 헐, 그 말도 웃기다만…….”

“아니, 뭐… 핫핫, 그런 셈이라고나 할까요?”

틀린 말이 아니었기에 머쓱하니 웃어 보이자 아버지가 고개를 저으셨다.

“쯧쯧, 누가 보면 맛 간 놈이라고 할 테니 부디 사람들 앞에서는 그러지 마라. 그나저나 어지간히 급했나 보구나, 그걸 쓰다니.”

아버지가 그리 말하며 이제는 얌전히 내 오른손에 팔찌가 되어 채워진 천신기를 가리키셨다.

“보셨어요?”

“네놈이 그놈의 턱을 찌를 때부터. 물린 상태에서도 알아서 잘한다 싶어 좀 지켜보고 있었지.”

그럼 한참 전부터 보고 계셨다는 소리가 아닌가?

"이야, 너무하신 거 아닙니까? 물린 거 보면 진즉에 좀 도와주실 것이지."

"도와주려고 했는데 네가 혼자서 잘하고 있었다니까. 그런데 그거 안 아프냐?"

아버지가 이번에는 내 옆구리를 가리키며 말하자 그제야 난 아차 싶어서 옷자락을 들어 올렸다. 하도 정신이 없던 터라 다친 것도 깜빡 잊고 있었던 것이다.

이제라도 빨리 피를 닦고 치료를 하려 했는데, 이게 웬일? 아까까지만 해도 무지 아팠던 통증이 지금은 그럭저럭 견딜 수 있을 정도로 확연하게 완화되어 있는 게 느껴졌다. 거기다 상처도 피를 닦아내고 보니 엄청 심한 상처라는 게 딱 보이는데도 출혈은 벌써 멈췄고 상처에도 딱지가 다 앉아 있다.

"뭐냐, 너. 미리 포션이라도 마셨냐?"

치료를 돕기 위해 다가와 계셨던 아버지가 그 모습을 보더니 놀란 얼굴로 날 돌아보신다.

하지만 이건 나도 몰랐던 일이었으니.

"아뇨. 우와~ 나도 놀랐어요."

어쩐지… 이래서 다친 걸 잊고 있을 수 있었나 보다.

'성년식 덕분에 치유 능력도 좋아졌나?'

"흐음, 그 성년식이 좋긴 좋은가 보다."

아버지도 나와 같은 생각이신지 그렇게 말씀하시며 손을

올려 옆구리를 꾹꾹 눌러보신다. 그런데 가만있으면 견딜 만했던 통증이 아버지가 누르자 무지하게 아프다. 덕분에 난 눈물을 찔끔거리며 비명을 질렀다.

"악, 윽, 아아야~ 사살, 사살 눌러요오~!"

"호오, 회복력이 강해졌어도 뼈가 부러진 건 금방 붙지 못하나 보군? 음… 네 개 정도 부러진 것 같다. 내상도 있는 것 같지만, 이 정도의 회복력이라면 따로 치유 마법을 쓰지 않아도 되겠다."

하긴 뭐, 난 지금 당장 일어나서 뛰어도 괜찮을 것 같다. 아니, 그래도 뛰면 좀 아프려나?

아버지가 옆구리를 눌렀을 때 빼고는 큰 통증도 느껴지지 않고 팔도 그럭저럭 잘 움직이자 아버지가 자리에서 일어나셨다.

"괜찮은 것 같으니 난 이만 가보마. 아, 너도 움직일 만하면 좀 도와라. 고위 신관이 참전해서 전황이 유리해졌지만, 빨리 끝내기는 어려울 것 같다. 이러다가는 아군 측에도 피해가 클 거야."

그에 나도 자리에서 일어나 약간 떨어진 곳에서 벌어지는 마수와 성기사들의 전투를 살피려 하는데 아버지가 다시 말을 이으신다.

"참, 저쪽은 안 도와도 되려나?"

"예?"

저쪽은 또 어딘가 싶어 아버지를 바라보니 아버지가 손으로 하늘을 가리키시는 거다.

그 모습에 생각나는 존재가 있어 급히 고개를 올려다보니 저~ 까마득히 높은 곳에서 여전히 두 존재가 부딪치고 있다. 어쩐지 둘이 부딪치는 충격 여파가 별로 느껴지지 않더라니, 땅과의 거리가 엄청 멀어진 덕분에 영향력이 팍 줄어 있었던 모양이다.

"제가 어떻게 도와요? 알아서 하겠죠 뭐."

도우려고 해도 도울 수도 없겠다. 저~ 높은 곳에서 싸우니 도우려면 천상 날개를 빼고 위로 올라가야 하는 거 아닌가 말이다.

"저는 그냥 성기사들이나 도우렵니다."

내 말에 아버지가 픽~ 웃더니 고개를 끄덕이셨다.

"그래, 그럼 가자."

그렇게 해서 아버지와 함께 전투지를 향하려던 난 막 떠오른 생각에 발걸음을 멈추고 아버지를 붙잡았다.

"아, 그런데 아버지?"

"왜?"

"이놈 말이에요."

그렇게 말하며 내가 가리킨 건 여우 요괴의 시신.

"왜? 그놈도 잡아먹게?"

"가능하면요."

전에 그 덜떨어진 마족을 잡아먹어—난 기억도 안 나지만—까망이의 힘이 커졌으니 이놈도 먹으면 그렇지 않을까 싶었던 것이다.

하양이야 이제 천족과 만날 수 있으니 뭔가 다른 방법이 생기겠지만, 까망이는 앞으로는 이런 기회가 흔치 않을 테니 기회가 있을 때 최대한 영양 보충을 해줄 생각이었다.

그러나 성기사들이 있는 데서 놈을 잡아먹을 수는 없으니 나는 혹시 잽싸게 내단이라도 챙길 수 있지 않을까 싶어 아버지를 부른 것이다.

내단이 없으면 심장이라도 챙길 생각이었다.

생으로는 못 먹고 구워서 먹어볼 거다. 그게 얼마나 효과가 있을지는 모르지만, 아예 안 먹는 것보다는 아주 약간이라도 도움이 되지 않을까 싶어서 말이다. 마기의 보충이 안 되면 최소한 단백질 보충이라도 되겠지.

내 말에 머리를 긁적이신 아버지가 주변을 쓰으윽 돌아보다 다들 바빠서 우리를 지켜보지 않는다는 걸 확인하고는 슬그머니 여우 요괴의 시체 쪽으로 다가가셨다.

"나원 참… 널 만난 뒤로는 정말 별일을 다 해보는구나."

그러면서 막 여우 녀석의 배 옆에 쭈그리고 앉아 가죽을 베려고 하시던 아버지가 멈칫하더니 날 부르신다.

"야, 내가 망 볼 테니까 네가 해라. 넌 검기도 다룰 줄 아니 배 정도는 쉽게 가를 거 아니야? 그러고 나서 이놈 몸속에서 마기가 가장 강하게 느껴지는 부분을 꺼내면 돼."

아버지의 말에 속으로 까망이를 부르면서—마기 느끼는 건 까망이 전문이니 말이다—여우의 복부 쪽으로 다가가던 나는 아차 싶어 아버지를 바라봤다.

"아, 저 아버지?"

"왜?"

"저기… 아버지가 선물로 주신 검을 잃어버렸걸랑요?"

아까 여우 요괴 녀석에게 물렸을 때 놈의 시선을 돌리려고 검을 던져 버렸던 터라 지금은 빈손이었다. 그 검이 어디로 날아갔는지도 모르니 나중에라도 찾기 힘들 것 같다.

천신기가 있지만, 에잇, 어찌 이런 데 천신기를 쓰겠는가? 거기다 천신기는 최후의 최후까지 숨겨야 하니까.

내 말에 아버지는 길~게 한숨을 내쉬더니 허리춤에 걸린 단검을 빼 던져 주셨다.

"너도 참 가지가지 하는구나."

"음… 선물 잃어버려서 죄송해요."

일단 의도가 무엇이었든 아버지의 선물을 잃어버린 건 사실이었기에 진짜 미안한 마음으로 사과를 하자 아버지가 손사래를 치신다.

"됐다. 일부러 그런 것도 아니고. 사과할 시간 있으면 빨랑 찾기나 해라. 누가 보면 어쩌냐?"

"넵."

찾는 건 별로 어렵지 않았다. 내가 아니라 까망이가 찾았으니 말이다. 난 그저 아버지께 받은 단검으로 여우의 배를 갈라놓기만 하면 됐다.

배를 갈라놓은 채 슬쩍슬쩍 안의 내용물(?)을 뒤적거리며 찾는 척한 지 얼마 지나지 않아 안으로(?) 들어갔던 까망이가 검은색 바탕에 옅은 회색빛이 소용돌이치는 모양을 가진, 윤택이 흐르는 구슬 하나를 입에 물고 나왔다.

'심장?'

내 말에 까망이가 고개를 설레설레 저어 보인다.

하긴, 내가 보기에도 심장 모양새는 아니다. 거기다 심장이라면 피를 뚝뚝 흘리고 있어야 하는 게 아닌가 말이다.

'내단인가 보구만. 호오, 역시 요괴라 내단이 있는 모양이야.'

까망이에게서 내단을 받아 들고 자세히 좀 살펴보려 하는데—내단을 본 적이 한 번도 없었기에…—그전에 다른 손이 나타나 내단을 채어갔다.

아버지셨다.

"에엣, 아버지!"

그에 반사적으로 항의성 말이 튀어나가자 아버지가 슬쩍 눈을 흘기셨다.

"왜? 빼앗아서 내가 가질 것 같냐?"

그리 말하는 아버지의 손에는 웬 자그마한 나무 상자가 하나 들려 있었다. 그건 전에 와이번 내단을 보관했을 때 사용했던 거였다. 내단이 가지고 있던 기가 흩어지지 않게 막아주는 마법진이 걸려 있다나?

"이걸 그냥 가지고 있길 잘했지."

아버지는 상자 안에 내단을 넣고 그 상자를 다시 마법 주머니 안에 잘 챙겨 넣고는 날 돌아보셨다.

"나중에 적당할 때 줄 테니까 이제 가자."

하긴, 지금 여기서 그거 먹고 잠들면 곤란하니 나중을 기약하는 것이 좋을 것이다. 그래, 먼저 발걸음을 옮기시는 아버지의 뒤를 쫄래쫄래 쫓아가는데 아버지가 갑자기 멈칫하시더니 몸을 휙 돌리셨다.

"아차, 깜빡할 뻔했군. 파이어 볼!"

아버지의 말이 끝나자마자 허공에서 커다란 불덩어리가 형성되더니 곧바로 여우 요괴의 몸에 떨어져 요괴의 시신을 휘감았다.

"증거는 남기지 말아야지."

"휘유~ 철저하십니다요."

정말 감탄스러워 박수까지 치자 아버지가 날 돌아보며 씨익 웃으신다.

"배워라. 세상 살아가는 데 필요한 일이다."

"넵!"

"그럼, 이제 진짜 아군이나 도우러 가자."

그렇게 아버지께 끌려 전투지로 다가갔지만, 내가 한 건 성기사들 틈에 끼어서 마수들을 처리한 게 아니라 그 마수들을 소환해 낸 마법사들의 처리였다.

마수들이란 마계에 사는 몬스터들로 현계에 나타났다는 것은 누군가에 의해 강제 소환되어 왔다는 이야기라고 하셨다.

마수 중에서도 힘이 강력하고 이지를 가지고 있는 존재들은 마족처럼 계약을 할 수 있다지만, 이지보다는 본능이 강한 존재들은 이 세계에 소환해 놓기만 하면 강제 이동에 대한 분노에 휩싸여 눈에 보이는 모든 존재를 죽이려 든다고 한단다. 지금 성기사들에게 무작정 달려들고 있는 마수들이 바로 그쪽.

이런 놈들을 처리하는 방법은 그냥 마수들을 다 죽이거나 아니면 이 마수들을 소환한 자를 찾아서 역소환을 시키던지, 아니면 마법사를 죽이는 것뿐이라고 했다.

마수는 이 세계의 존재가 아니기 때문에 계약하지 않은 상태로 강제 소환된 경우 죽으면 그 몸이 사라지게 되지만, 계약자가 죽으면 원래 세계로 돌아갈 수 있단다.

"마수들이 분노에 휩싸여 모든 존재를 죽이려는 게 자신을 소환한 자를 죽이려 하는 목적에서 나온 것일지도 몰라. 뭐, 난 이 모든 걸 기록으로 봤을 뿐이지만. 그럴듯하지 않냐? 그래서 마수를 풀어놓을 때 소환자는 멀찍이 안전한 장소에 몸을 숨기고 있게 마련이지."

그리 말씀하시며 아버지는 마법으로 주변을 샅샅이 탐지, 곧바로 아버지 말씀대로 전투지에서 멀리 떨어진 안전한 장소에 서 있는 일단의 마법사를 발견하셨다.

마법사 로브를 푹 눌러쓰고 있는 그들은 모두 다섯 명.

그런데 그들의 모습을 확인하는 순간,

"푸하하핫~!! 저게 뭐야? 아하하하~!"

나는 전투지라는 환경에 어울리지 않게 크게 웃음을 터뜨리고 말았다.

그도 그럴 것이, 다섯 명의 마법사 주위에는 그들을 보호하기 위함인지 마수 열 마리가 주변을 둘러싸고 있었는데, 그 마수들이 꼭 황소처럼 생긴 것이었다. 아니, 물론 그렇다고 해서 진짜 소는 아니고, 특이하게도 청동 비늘 갑옷을 입은 것마냥 몸 전체를 청동 비늘이 감싸고 있었다. 그래도 소는 소였다.

비록 크기가 아까의 여우 요괴보다는 작지만 하양이, 까망이보다는 컸고, 일반 소보다는 훨씬 크고 날카로운 뿔이라든가, 소 같지 않게 날카로워 보이는 발톱이 전부 청동으로 되어 있었지만 말이다.

"무시하지 마라. 저게 고곤이라는 마수다."

아버지가 진지한 어투로 충고하셨지만, 그래도 웃음이 멈추지 않고 실실 나오는 건 어쩔 수가 없었다.

이런 내가 얄미로웠던 것일까?

아까 웃음을 터뜨릴 때부터 우리를 향해 시선을 돌리고 있긴 했지만 덤벼들지는 않고 침착하게 노려보고 있던 황소, 아니, 고곤이라는 마수 중 셋이 나를 향해 천천히 다가오다가 갑작스레 빠른 스피드로 달려들었다. 그들의 머리 위에 있는 날카로운 뿔을 나에게로 향한 채 말이다.

'어쩜, 달려드는 것도 황소 같은… 어엇?'

그 모습에도 나는 태연하게 감상하고 있었다. 녀석들의 스피드가 빠르다 해도 엄청 빠른 게 아니어서 나는 충분히 피할 자신이 있었던 것이다.

그러나 놈들과 나의 거리가 대략 10미터 정도 가까워졌을 무렵, 녀석들의 모습이 갑자기 사라졌다.

영문 모를 상황에 놈들의 모습을 찾기 위해 두리번거리는 순간,

쉬익~!

그건 정말 순식간에 일어난 일이었다.

나도 모르는 사이 내 육체의 제어권이 육체 본능의 손에 들어갔는지 내가 의도하지 않았음에도 재빨리 옆으로 몸을 빼자 그 사이로 커다란 검은 그림자가 지나가는 것이었다.

'헉… 큰일 날 뻔했다.'

역시 소의 모습이라 해도 마수는 마수였던 모양이다.

"그러게 조심하라니까!"

어느새 멀찍이 몸을 피하신 아버지가 한소리 외치신다.

그에 나도 뭐라 대답을 해주고 싶었지만, 이미 몸은 육체 본능이 움직이고 있는 상태. 나는 아무 대답도 없이 천신기를 뽑아 들고—검을 잃어버린 터라 어쩔 수가 없었다—다시 한 번 몸을 뒤로 빼냈다.

쉬익~!

이번에도 내 바로 앞을 휙~! 하고 지나가는 검은 그림자.

이놈들은 한순간 스피드를 몇 배로 올릴 수 있는 모양이었다.

그러나 두 번이나 피하고 보니 나는, 아니, 정확히 내 육체는 녀석들의 움직임을 감지할 수 있었던 것 같다.

쉬익!

뭔가 다가온다고 느끼는 순간, 이번에는 멀리 피하는 것이 아니라 단 두어 걸음 뒤로 물러나면서 들고 있던 천신기의 길이를 길게 늘어뜨렸다. 물론 천신기 전체를 천기로 감싸고 말이다.

촤아악~!!

그러자 내 앞을 스쳐 지나가던 검은 그림자가 얼마 가지 못해 크게 흔들리며 그 모습을 또렷이 드러내는데, 청동 소의 넓은 옆구리가 길게 찢겨 있는 것이었다.

신기한 건, 그렇게 길게 찢긴 상처에서는 어떤 액체가 흐르는 대신 시퍼런 연기만이 뭉클뭉클 솟아오른다는 거였다.

'뭐냐, 쟤네 피는 공기와 맞닿으면 기화가 되남?'

생각 같아서는 그 모습을 자세히 살펴보고 싶었지만, 내 몸은 내 말을 들어주지 않았다.

휘익~!

다시 한 번 몸이 돌려지는데, 내 눈 앞에는 앞다리 한쪽이 부러지는 바람에 막 쓰러지는 황소 한 마리가 있었다. 아까 까망이와 같이 나온 하양이의 작품이었다.

그걸 그냥 놔둘 육체 본능이 아니었기에 가볍게 몇 발자국 걸어 놈의 옆으로 다가가더니 한순간의 망설임도 없이 천신 기로 놈의 목을 내려쳤다.

촤악~!

이번에는 아까보다 훨씬 더 많은 시퍼런 연기가 피어오른다.

그래서 순간 몸도 기화해 버리는 건 아닌가 걱정했는데, 다행히(?) 몸은 그대로 있었다. 이건 강제 소환이 아니라 계약까지 맺어진 마수였나 보다.

"크헝~!"

까망이의 외침에 몸을 돌리니 이번에는 까망이가 다른 놈의 뒷다리를 물어뜯고 있었다. 황소들이 여우 요괴보다는 한 단계 낮은 수준의 마수라서 하양이, 까망이가 충분히 한 마리씩 상대할 수 있었던 것이다.

덕분에 육체 본능은 놈들과 싸우기보다는 하양이, 까망이

에게 잡혀 몸부림치는 황소들에게 다가가 그냥 숨통만 끊어
주는 식이었다.

　내가 그렇게 황소들을 상대하는 사이, 아버지와 다섯 명의
마법사 대결도 이미 시작되었다.

　"플레어!"

　한 명의 마법사의 외침에 강한 불꽃이 아버지를 향해 달려
들었지만, 아버지는 가볍게 웃더니 외치셨다.

　"안티 매직 쉘!"

　그러자 놀랍게도 아버지를 향해 쏘아져 오던 불꽃이 허공
에서 말 그대로 순식간에 사라져 버리는 것이었다.

　'어엇, 저럴 수도 있나?

　게다가 더 의아한 것은 아버지가 막아냈으니 분명 다른 마
법으로 공격해야 할 텐데, 이상하게도 마법사들이 직접 몸을
날려 아버지를 공격하려 드는 것이었다. 아버지와 녀석들 사
이에는 거리가 상당해서 원거리 공격이 더 유효할 텐데도 말
이다.

　그러나 그 모습에도 아버지는 여유만만이셨다.

　"다이아몬드 스트라이크!!"

　그 마법은 예전에 한 번 본 적이 있었다. 덜떨어진 마족이
내 거처를 침입했을 때 그놈에게 아버지가 한 번 사용했던 것
이다. 그런데 어째 그때보다 지금 마법이 더 강력하다. 덜떨
어졌어도 마족이 더 강할 텐데 그놈에게 더 강력하게 쓰서야

하는 거 아닌가?

하여간, 그 마법이 시전되자 아버지께 달려드는 녀석들 앞으로 얼음 석순이 솟아나 길을 방해함과 동시에 놈들을 공격한다.

그 즈음 황소들을 다 처리한 나는 아버지께 다가가려고 했는데, 아버지가 외치시는 거다.

"나에게 오지 말고 저놈들 잡아. 이왕이면 생포해라!"

"예이, 예이."

아버지 또한 마법으로 놈들을 잡는 게 아니라 나에게 떠넘기셔서 의아했지만, 그래도 아버지가 시키는 대로 녀석들을 향해 달려들었다. 그랬더니 놈들이 맨몸으로 나에게 덤벼든다.

'이상하다… 얘들도 키메라인가?'

하지만 막상 몸으로 부딪쳐 보니 별로 강하지도 않다. 아니, 물론 보통 사람보다는 강하지만, 그래도 엘리트 기사들보다는 한 단계 떨어지는 수준이라 별로 강하게 느껴지질 않았다.

게다가 아무리 체술을 익혔어도 마법사인데 마법은 안 쓰고 왜 나에게 몸으로 덤벼드는지 의아했는데, 나중에 아버지께서 말씀해 주시길 '안티 매직 쉘' 이라는 마법에 걸리면 6서클의 마법사가 아닌 이상 마법을 사용하지 못하게 된단다. 게다가 이번에는 아버지가 마나를 꽉꽉 넣어서 6서클이라도 마법을 사용하지 못했을 거라고 하셨다. 아마 7서클 정도나 되어야 풀었을 거라나? 아마 그 마법사들은 5서클이나 6서클 정도의 마법사였던 모양이다.

그래서 아버지를 향해 날아갔던 불꽃도 중간에 사라져 버린 건가 보다.

아버지는 8서클의 마법사. 전에 6서클의 마법사가 10명이 아니라 100명이 달려들어도 이기기 어려운 존재가 8서클의 마법사라고 하는 말은 들었지만, 그건 아버지가 자기 자랑을 늘어놓느라 하는 말인 줄 알고 별로 믿지 않았는데, 오늘에야 비로소 그 뜻을 좀 알 것 같다. 아니, 아무리 그래도 좀 과장된 면은 있는 것 같았지만 말이다.

'100명까지는 아니지만… 그래도 몇십 명 정도는 거뜬할 것 같네.'

하지만 덕분에 난 별로 어렵지 않게 놈들을 잡을 수 있었으니, 아직 여우 요괴 녀석과의 전투에서 완전히 회복되지 않은 내 입장에서는 환영할 만한 상황이었다.

그런데 끝까지 좋질 못했다. 내가 두 명을 강하게 후려쳐 기절시켜서 잡자 나머지 녀석들이 그걸 보고는 안 되겠다 싶었던 모양이다.

내가 손도 대기 전에 저들이 알아서(?) 픽픽 쓰러지기에 왜 그러나 싶었는데, 나보다도 먼저 놈들에게 다가가 이것저것 살펴보신 아버지가 혀를 끌끌 차신다.

“죽었다. 자결한 모양이다.”

“헉스…….”

“아무래도 자결용 장치를 지니고 있었던 모양이다.”

자결하는 놈을 실제로 보는 건 처음이었다. 그나마 녀석들이 마물을 몸에 이식한 마법사라 사람 모습을 하고 있지 않아 충격이 덜했지, 만약 사람 모습으로 자결했다면 좀 많이 충격을 받았을 것 같다.

아버지도 놈들의 행태에 안타까워하셨지만—아마 나와는 다른 의미였을 거다—두 녀석이라도 안 죽어서 다행이라고 하셨다.

하지만 아쉽게도 우리는 그놈들에게서도 아무런 정보도 얻을 수 없었다.

나중에 마법사들을 포박했던 성기사와 신관들이 녀석들이 자결을 못하도록 독약이나 무기 같은 건 다 빼앗고 혀도 못 깨물도록 입도 막아놨다는데, 그런 노력도 소용없게 목숨을 잃게 하는 어떤 장치가 몸 안에 삽입되어 있었던 것이다.

아마도 사로잡히거나 배신을 한 경우에 발동되는 장치인 것 같다고 했다. 하긴, 악의 조직이다 보니 그런 장치를 사용해야 배신자를 철저하게 관리할 수 있는 거겠지.

하여간, 그들이 자결한 건 나중 일이고, 일단 아버지와 내가 그 마법사들을 제압하자 그들이 소환했던 마수들이 다 돌아가는 바람에 전투는 우리 쪽의 승리. 안타깝게도 사망자가 아예 없지는 않았지만, 그래도 전투의 규모에 비하면 그리 크지 않다는 게 그나마 위안이었다.

그때 즈음에는 저~ 하늘 높은 곳에서 싸우고 있던 초록색 머리의 마족이 결국 하나냐에게 심장을 찔려 그 높은 곳에서 땅으로 떨어지는 비운을 맞이해야만 했다.

슈웅~ 콰아앙~!!

마족의 몸은 무지 튼튼한지 그 높은 곳에서 떨어졌어도 형체가 짓이겨지는 건 없었다. 안이 어떻게 되었는지는 몰라도 말이다.

만약 하나냐가 이기면 마족의 심장은 나에게 달라고 부탁하려 했는데, 천신기에 찔린 게 마족의 심장이니, 이럴 줄 알았으면 미리 심장만은 건드리지 말아달라고 부탁할 걸 그랬나 보다.

하지만 하나냐의 모습을 보니 그런 부탁을 들어줄 정도로 여유를 가질 상대는 아니었던 것 같았다. 사람들 앞에서는 절대로 흐트러진 모습을 보이지 않던 천족이 지금은 새파랗게 질린 얼굴에 피투성이가 된 몸을 숨길 생각도 못하고 있었으니 말이다. 보아하니 날개도 한 장 뜯겨져 나가 있었다.

뜯겨진 날개를 영원히 회복 못하는 건 아닌지 걱정이 되었는데, 그나마 다행히 천계로 가면 회복될 수 있단다. 하지만 날개는 천기의 원천이라고 할 수 있는 부분이기 때문에 완전히 회복되려면 오랜 시간이 걸리니 아마 당분간 자신을 보지 못할 거라고 했다.

그렇게 말하는 걸 보니 하나냐 대신 다른 천족이 올 것 같아, 혹시 다음에 올 천족을 하나냐가 선택할 수 있다면 고지식한 이 말고 융통성있는 자로 해달라고 정중히 부탁하자 하나냐가 지친 와중에도 껄껄대며 웃는다.

하지만 최대한 힘써보겠다니 조금 안심이다. 천왕에게만 인사권이 있다면 다음 천족이 누구일지 엄청 불안했는데 말이다.

그렇게 해서 하나냐는 곧바로 천계로 돌아갔는데, 그 후 난 하나냐를 소환했다는 이유로 오르 신전의 대성기사로 불려지게 되는 기가 막힌 일이 일어나 버렸다.

이 천족 소환은 엄청 대단한 고위 신관이나 대단한 성기사들만 할 수 있는 일이었다는데, 어느 순간부터인가 그만큼의 능력자가 나오지 않아 2~300여 년간 기록으로만 전해져 오던 소환 마법을 본의는 아니지만 내가 해버렸으니 말이다.

하나냐가 가르쳐 준 주문을 외운 것뿐인데 이런 일이 기다리고 있었다니… 만약 이걸 알았다면 절대로 외우지 않… 았지는 않을 것 같다.

'고위 마족이 이곳에 버티고 있었으니 하는 수 없잖아? 설마, 하나냐가 이걸 노린 건 아니었겠지?'

제르베라 불리는 삼각지에서의 싸움이 우리 쪽 승리로 끝나자 우리 일행은, 그리고 특히나 나는 일단 안도의 한숨을 내쉴 수 있었다. 얼마 전에 며칠 늦는 바람에 마신의 신체를 빼앗긴 일이 있었는데, 이번에도 그랬다면 정말 난처한 일이었을 테니 말이다.

아버지가 아무리 아니라고 말씀하셔도 늦은 이유가 내 성년식 때문이라고 생각하고 있었던 나는 이번 일 덕분에 그나마 약간 죄책감을 덜 수 있어 천신의 대성기사라는 호칭에도—물론, 정식으로 인정받은 건 아니고 그냥 사람들 사이에서 떠도는 이야기였다—대놓고 싫어하지 못했다.

우리 일행은 뒷정리가 끝나도 그곳에 남아 있게 되었다. 우리의 다음 부임지(?)가 바로 그곳으로 정해졌던 것이다.

다른 곳으로 이동하지 않는 건 좋은데, 솔직히 난 이곳이 싫었다. 천막을 치고 생활해야 했기 때문이다.

이곳 삼각주는 기둥을 무사히 지키기 위해 아예 명신전에서 통째로 소유하게 되었다는 것까지는 좋은데, 삼각주 안에는 기둥 외에는 아무것도 없었던 것이다. 명신전의 신성지니 뭐니 하는 이유를 붙여서 사람을 통제했으니 건물을 짓기도 어려웠을 거다.

해서, 이번에 이곳에 기둥을 지키기 위해 파견된 성기사와 신관들은 천막을 가지고 와서 치고 그 안에서 생활을 했었다.

이 후 마족들이 언제 쳐들어올지 모르는데 그때까지 천막

치고 앉아서 무작정 기다려야 한다니, 그건 절대 사양이었다. 야인 생활을 질리도록 해본 나에게 천막 생활을 즐기라는 것 자체가 어불성설이 아닌가 말이다.

그런데 얼마 후, 이런 나를 생각해 줬음인지—설마 그럴 리는 없다고 생각하지만—명신의 대신전에서 빨리 와주십사 하는 연락이 왔다.

나와 아버지뿐만이 아니었다. 이곳까지 함께 온 저메인, 프레이스 고위 신관에다가 성기사 세 사람까지 같이 부르는 것이었다.

이들은 모두 숨겨진 신전을 수비하러 같이 갔다 온 사람들이라 우리는 자연스레 제르베 삼각지에 있는 신전이 아닌 다른 신전을 수비하러 가라는 지시를 받을 거라 생각했다.

명신의 대신전에 아리엘 일행이 도착해 우리를 기다리고 있는 걸 봤을 때도 놀랍기는 했지만, 원래 같은 일행이었으니 이번에 다시 우리와 합류한다 해도 의아하지는 않았다.

그러나 우리가 들은 건 정말 뜻밖의 이야기였다.

"아메리 국으로 가주셔야겠습니다."

풍채 좋은 할아버지 모습의 신관장이 한 말에 일행은 당혹스러운 표정으로 서로의 얼굴을 바라보았다. 그때 저메인 신관이 조심스레 대표로 입을 열었다.

"아메리 국에는 숨겨진 신전이 없는 걸로 알고 있습니다만?"

"물론 없다네. 그리고 이번 임무는 숨겨진 신전을 지키는 게 아닐세."

그렇게 말하는 신관장의 표정이 딱딱하게 굳어진 것으로 보아 이번 일이 보통 일은 아닌 듯하다.

하기야, 아메리 국은 지금 녹스 국으로 쳐들어온 두 연합국 중 한 나라이니 거길 간다는 건 적국으로 간다는 소리였다.

"그렇다면 무슨 일로 가는 겁니까?"

아버지의 질문에 신관장이 긴 한숨을 내쉬고는 입을 열었다.

"지금 새클턴—아메리 국 연합과 중앙대륙연합 사이에 전쟁이 시작되었다는 걸 알고 계시겠지요?"

그러고 보니 두 나라 연합이 전쟁을 일으키겠다고 한 날짜가 이미 지나 있었다.

'정말 그 날짜에 시작되었나?'

이 세계에 TV 매체라도 있으면 금방 알았겠지만, 그런 게 없었으니 전쟁이 났다고 해도 정말 일어난 것처럼 느껴지지 않았다.

하지만 그건 나만 그랬을 뿐, 다른 사람들은 심각한 얼굴로 신관장을 주시할 뿐이었다.

"이번 전쟁에서 중앙대륙연합은 마법사 길드와 우리 신전, 그리고 천신의 신전의 적극적인 지원을 받고 있습니다만, 전쟁에서 우리는 계속 승기를 빼앗겨 후퇴하고 있습니다. 벌써 녹스 국의 1/3의 영토를 잃어버렸으니까요."

'어어, 이건 좀 심각한 이야기인데? 녹스 국에는 천신의 대
신전이 있잖아? 대신전 큰일 났군.'

"그 주된 이유가 저 극악무도한 무리들이 만들어낸 키메라
때문입니다. 그들이 내세운 키메라들은 보통 인간들이 감당
할 수 없으니까요."

키메라가 그들의 군대 사이에 끼어 있다는 이야기는 전에
천신의 신관장에게서 들었었는데, 과연 대단한 힘을 발휘한
모양이었다.

"그런데 얼마 전 아메리 국에 침입한 첩자가 키메라를 만
들어내는 기지를 찾았답니다. 그 정보가 중앙대륙연합국에
도착하는 즉시 특공대가 조직되어 그곳을 파괴하러 떠났습니
다만, 성공하지 못했습니다. 제가 듣기로는 다섯 번의 시도가
있었는데 모두 실패했다고 하더군요."

"잠시만요. 그렇다는 건 저희보고 그 임무를 맡으라는 소
리는 아니겠지요?"

화들짝 놀라 실례를 무릅쓰고 끼어든 내 질문에 신관장이
무겁게 고개를 끄덕인다.

"바로 그겁니다. 여러분은 마족을 상대하기 위해 선택된
영웅들. 그러니 키메라 정도는 충분히 상대할 수 있을 거라
예상하고 있습니다."

'해인이네는요?' 라는 말이 입 밖으로 튀어나올 뻔했다.

하지만 나는 그 직전 간신히 간신히 잡아 다시 안으로 밀어 넣을 수 있었다.

'히야, 내가 좋은 사람은 아니다 아니다 하지만, 이번엔 좀 심하다. 어떻게 위험한 일에 해인이를 집어넣으려 하나? 해인이가 가려 해도 말리고 내가 가려고 해야지.'

하지만 해인이 뒤에 버티고 있는 4대 정령왕이라면 이번 일은 식은 죽 먹기가 아닐까, 하는 생각이 몽글몽글 피어오른다.

'에잇, 안 돼. 정신 차려야지! 게다가 해인이네는 지금 계속 신전을 지키고 있는데 불러올 수도 없잖아.'

그렇게 속에서 마구 피어오르는 유혹과 싸우느라 나는 하마터면 신관장의 말을 놓칠 뻔했다.

"예? 뭐라구요?"

너무 어이없어 되묻는 무례함에도 불구하고, 신관장은 나를 안됐다 여기는지 친절하게 다시 한 번 말해줬다.

"이번 일을 팔라디노 경에게 맡기라는 천신의 신탁이 내려왔답니다."

신탁이라니, 이게 누구의 음모인지는 뻔했다.

'이런 빌어먹을 미사엘 자시익~!'

『아사랴』 제3권 끝

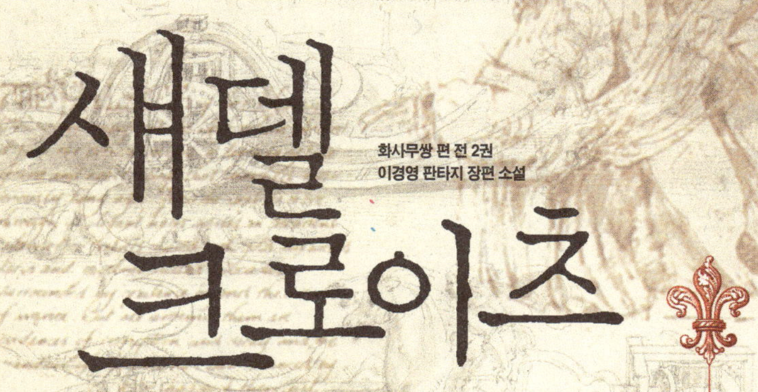

화사무쌍 편 전 2권
이경영 판타지 장편 소설

새델
크로이츠

『가즈나이트』의 명성과 신화를 넘어설
이경영의 판타지의 새로운 상상력!

자신만의 독특한 세계관을 창조한 작가
이경영의 새로운 도전과 신선한 충격.

바란투로스의 특수부대 새델 크로이츠의 리더 파렌 콘스탄.
야만족을 돕는 안개술사를 물리치기 위해 아시엔 대륙에서 온
불을 뿜는 요괴 소녀 카샤.
너무나 다른 두 사람이 운명의 길에서 만나다.
친구란 이름으로 시작된 모험, 그 앞에 놓인 난관과 운명의 끈은
어떻게 될 것인지……

"질투가 날 만도 하지.
요괴가 산신령을 엄마로 두는 건 흔한 일이 아니거든.
괜찮다, 파렌. 본좌가 아는 요괴들 전부 본좌를 질투하고 부러워하니까."
소녀는 손에 잔뜩 받은 빗물을 홀짝 마셨다.
파렌은 그 순수함에 웃음을 흘렸다.
그는 지금까지 자신이 봤던 그녀의 기이한 행동들을 어렴풋이나마 이해할 수 있을 것 같았다.
그렇게 친구가 된 둘은 그 길로 긴 여행을 떠나게 된다.

본문 중에-

세상을 보는 또 하나의 창 - inthebook.net
유행이 아닌 자유추구 - chungeoram.net

Book Publishing CHUNGEORAM

학교에서는 가르쳐주지 않는
10대들을 위한 **인생수업**

작가 : 이빙 | 역자 : 김락준

10대들을 위한 나침반 같은 인생 교과서!
사회 초입에 들어서게 될 청소년들에게 들려주는
100가지 인생 이야기

내 인생의 방향잡기!
여행길에 오르기 전에 접해보자!

100가지 이야기, 100가지 명언

사람은 태어나면서부터 각기 다른 모습으로, 각기 다른 사고로 "인생" 이라는
여행길에 오르게 된다. 내가 지금 서 있는 이 위치에서 그리고 사회라는 공간에서
한 사람의 몫을 당당하게 해낼 수 있는 역량을 키워나가기 위해서는 어떠한 생각을
가지고 있어야 하는 걸까.

늦지 않게 준비하자! 스스로의 마음가짐이 자신의 미래를 결정한다!

설레는 마음으로 떠난 길일지라도 기존에 생각하고 있던 것과는 다르게 흘러가는
사회의 모습에 당혹스럽기도 할 것이다.
그러한 곳에 발을 들여놓기 위해 첫 발걸음을 막 뗀 청소년이라면 학교에서는
미처 배우지 못한 상황에 더욱이 큰 혼란스러움을 느낄 수밖에 없다.
시간이 흐를수록 사회가 한 인간에게 요구하는 것은 다양하고 세밀해지고 있다.
그러한 사회 속에서 자신만이 앞으로 나아가지 못해 제자리걸음을 하게 된다면 어떠할까.
미리 대비를 하지 않는다면 당신 역시 그러한 현상에 빠지는 또 한 명의 사람이 되고 말 것이다.

책장을 넘기는 순간, 책과 당신의 공감대가 형성된다!

적응을 위해 도움이 될 만한
인생의 지혜와 경험, 깨달음이 한가득 담겨있다.
그 속에 담긴 100가지 이야기 그리고 그와 관련된 100가지의 명언은
가슴 깊이 새겨 놓고 되뇌여 보기에 충분하다.

세상을 보는 또 하나의 창 - inthebook.net
유행이 아닌 자유추구 - chungeoram.net

Book Publishing CHUNGEORAM

Rhapsody Of Cardinal

카디날 랩소디

송현우 판타지 장편 소설

놀라운 경험(the enormous experience)!
He created a completely new world.
It is a place who have never known and where never been able to imagine.
This splendid world will introduce the enormous experience for the
person only who reads.
그 누구에게도 알려진 것이 없으며 상상조차 할 수 없었던 새로운 세계를
작가는 완벽하게 창조해내었다.
이 멋진 세계는 독자들만이 체험할 수 있는 놀라운 경험으로 인도할 것이다.

판타지는 허구다? 아니다. 판타지는 일상이다.
우리의 삶은 연속된 판타지의 연장선상에 놓여 있고,
상상은 우리의 일상을 더욱 살찌운다.
『카디날 랩소디(Rhapsody of Cardinal)』를 경험하는 독자들은
더욱 풍부한 일상 속에서 새로운 삶을 경험할 것이다.
멋진 만남! 흥미로운 경험! 이것이 『카디날 랩소디』가 가진 장점이며,
작가 송현우가 독자들에게 바라는 꿈이다.

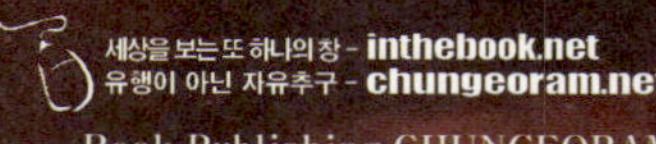

Book Publishing CHUNGEORAM